Wo ein Wille ist

Susanne Bacon

Wo ein Wille ist

Ein Wycliff Roman

Weitere deutschsprachige Bücher von Susanne Bacon:

Träume am Sund. Ein Wycliff Roman (2020)

Schweigen ist Silber. Ein Wycliff Roman (2020)

Wissen und Gewissen. Ein Wycliff Roman (2020)

Inseln im Sturm (2020)

<u>Non-Fiction</u>

In der Fremde daheim. Deutsch-Amerikanische Essays (2019)

Für meinen Vater,

der mir die Welt des Abenteuers Essen eröffnete.

Für meinen Mann Donald,

der mir dabei hilft, sie zu erleben.

Und für all die wundervollen Köche, Gastronomen,

Lebensmittelhersteller,

Food-Blogger und Hobbyköche,

die meine Freunde sind

und meine eigenen bescheidenen Kochkünste inspirieren.

Vorbemerkung

Die Stadt Wycliff ist frei erfunden. Das gilt auch für alle Personen in diesem Roman. Jegliche Ähnlichkeiten mit lebenden oder verstorbenen Personen und aktiven oder stillgelegten Unternehmen sind rein zufällig mit Ausnahme der in der Danksagung Erwähnten.

Susanne Bacon

1

Amuse Bouche

Als mir in einem Restaurant zum ersten Mal eines serviert wurde, dachte ich, man habe meine Bestellung falsch verstanden. Denn ich hatte gar nicht darum gebeten. Aber nein, es war ein kleiner Gruß des Hauses, um „meinen Gaumen zu kitzeln", was es buchstäblich bedeutet. Es scheint, dass einige Restaurants so etwas tun, um Kunden zu binden und ihnen eine Ahnung zu vermitteln, was für eine Küche sie erwartet. Falls ich je ein eigenes Restaurant besitzen werde, würde ich dieses Konzept furchtbar gern übernehmen. (Küchennotizen aus Finn Rovers Reisetagebuch)

Hannah Wilson starrte ein letztes Mal in den Spiegel, bevor sie ihren Seesack schnappte, um zu gehen. Ihr rechtes Auge war bereits halb zugeschwollen und leuchtete in allen Farben zwischen Schwarz, Blau, Violett und einem lebhaften Magentarot. Es sah nicht gut aus, und sie machte sich diesmal nicht einmal die Mühe, es mit Make-up zu verdecken. Ihre geschwollene Wange, die aufgeplatzte Unterlippe und Würgemale am Hals hätten ohnehin eine klare Sprache gesprochen. Nicht einmal ihr stufiges, langes Haar würde es verbergen – die Verletzungen waren dafür zu groß. Jeder konnte sehen, dass sie zusammengeschlagen worden war. Wieder einmal.

Sie hatte aufgehört zu zählen, wie oft Ralphie in den vergangenen Jahren seine Hand gegen sie erhoben hatte. Das erste

Mal war kurz nach Vanessas Geburt gewesen. „Nessa" nannte sie das kleine Mädchen, das ihr so ähnlich sah mit seinen mandelförmigen haselnussfarbenen Augen und seinem rotblonden Haar. Nessa hatte damals in jener Nacht in ihrem Kinderbett geweint, und Ralphie hatte darauf bestanden, mit Hannah zu schlafen, aber Hannah hatte lieber nach ihrem Baby sehen als sich dem Mann hingeben wollen. Das hatte ihn zum Explodieren gebracht. Am nächsten Tag hatte sie eine Extra-Menge Abdeck-Make-up verwendet und ihre Augenlider dramatisch dunkel geschminkt, sodass nur ein aufmerksamer Betrachter die Verletzung darunter bemerkt hätte. Später wusste Hannah, die Zeichen eines herannahenden Sturms zu deuten, der sich in ihrem Partner zusammenbraute. Entweder hatte er den größten Teil seines Gehaltsschecks im Casino verloren und war deshalb schlecht gelaunt. Oder er war von seinem Boss wegen mangelnden Vorankommens auf einer der Baustellen, auf der er arbeitete, ermahnt worden. Bisher hatte es Hannah immer geschafft, sich aus dem Sichtfeld Nessas, die jetzt vier war, zu entfernen, bevor die Schläge begannen. Zumindest war Nessa nie zum Ziel für Ralphies heftiges Temperament geworden.

Bis vor einer Stunde. Nessa hatte die Tür des Schlafzimmers geöffnet, das sie derzeit alle teilten. Sie hatte um die Ecke in die Küche gelugt, gerade als Ralphie ein schweres Glas nach Hannah warf. Das Glas hatte Hannah verfehlt und war an der Wand zerschellt, aber einige Scherben waren von der Wand abgeprallt und hatten Nessa im Gesicht getroffen. Das kleine

Mädchen hatte angefangen zu schreien und war auf Hannah zu gerannt, die wiederum versucht hatte, das Kind mit ihrem Körper zu schützen. In dem Moment hatte Ralphie einen wirklich heftigen Schlag auf ihr Auge gelandet; sie war gegen den Gefrierschrank getaumelt und hatte beinahe das Bewusstsein verloren.

Er hatte sie nur hässlich angegrinst. „Das passiert dir, wenn du mit anderen Männern herumhurst, während ich hart arbeite, um euch zu ernähren." Er war zur Tür gegangen, hatte sie aufgerissen und auf den Boden gespuckt. „Halte mein Haus sauber, Schlampe!" Dann war er hinausgegangen und hatte die Tür hinter sich zugeschlagen.

Als Hannah es endlich geschafft hatte, wieder aufzustehen, hatte sie ihre Arme nach der kleinen Nessa ausgestreckt, die heftig aus einem Schnitt im Gesicht blutete. „Schhh, mein Blümchen", hatte sie gegurrt. „Alles wird gut. Es war nur ein kleiner Unfall, ja? Alles ist gut."

Sie hatte Nessa auf ihre Hüfte gehoben und sie zum Badezimmer-Waschbecken getragen, wo sie ihr das blutverschmierte Gesicht wusch. Der Schnitt war klein, aber tief. Er würde sicher eine Narbe hinterlassen, musste aber nicht genäht werden, vermutete Hannah. Vorsichtig hatte sie die Wunde desinfiziert und etwas Gaze aufgelegt, bevor sie sie mit Pflaster versorgte. Nessa hatte aufgehört zu weinen, aber ihr Schluchzen hatte immer noch ihren dünnen, kleinen Körper erschüttert, und ihre Hände hatten sich an Hannahs Bluse geklammert.

Da hatte Hannah ihre Entscheidung getroffen. Sie war bereit gewesen, es mit Ralphie auszuhalten, um Nessa eine intakte Familie zu bieten. Sie war bereit gewesen, alle Schläge so gut wie möglich ertragen und für Ralphie Ausreden für jeden zu erfinden, der sie nach ihren häufigen seltsamen Unfällen fragte. Sie vermutete, dass inzwischen niemand mehr ihren Geschichten Glauben schenkte, dass sie ihren Kopf an der Küchenschranktür angeschlagen oder eine Stufe zu ihrem Wohnwagen verfehlt hatte oder einen Topf kochenden Wassers auf ihren Fuß hatte fallen lassen. Am meisten hatte sie sich vor dem Tag gefürchtet, an dem Nessa alles selbst herausfinden würde.

Nun, dieser Tag war gekommen, und leider war Nessa mitten hineingelaufen. Da hatte Hannah beschlossen, dass sich die Dinge ändern mussten. Es war nicht in Ordnung gewesen, dass Ralphie sie immer wieder geschlagen hatte. Es war undenkbar, dass Nessa ihm ebenfalls zum Opfer fallen sollte.

Nachdem Nessa verbunden und mit einer Minischachtel Rosinen beruhigt worden war, hatte Hannah einen Seesack unter ihrer Seite des Bettes hervorgezogen und angefangen, Kleidung hineinzuwerfen, ihre und Nessas. Sie hatte das bisschen Schmuck, das sie von ihrer Mutter geerbt hatte, ebenfalls eingepackt. Nichts, das besonders oder wertvoll genug gewesen wäre, um es im Notfall zu einem Pfandhaus zu bringen, aber hübsch genug, dass sie sich besser fühlte, wenn sie das brauchte. Sie hatte auch ein paar Kinderbücher hineingepackt und Nessas Lieblingsplüschtier, einen himmelblauen Elefanten mit gebogenem Rüssel.

Als sie den Wohnwagen verließen, wobei Nessa sich fest an sie klammerte, blickte sie in einem Augenblick der Nostalgie zurück. Dies war sechs Jahre lang ihr Zuhause gewesen. Als sie dem gutaussehenden Ralphie direkt nach ihrem High-School-Abschluss begegnet war, war er so romantisch und nett gewesen. Er hatte für sie Dinner bei Kerzenlicht bereitet, sodass jeder sehen konnte, wie gut sie es hatten. Er hatte ihr versprochen, sie zu heiraten und bald reich genug zu sein, um ein Haus zu kaufen. Und dann würden sie eine Familie gründen und für immer glücklich sein. Die Hochzeit hatte nie stattgefunden. Es war nicht genügend Geld für einen Ring oder eine Party dagewesen, und Hannah hatte beschlossen, sie brauche weder das eine noch das andere. Wie dumm sie gewesen war! Aber auch so verliebt. Nach einer Weile war sie schwanger geworden, und sie hatten angefangen, für das Baby zu sparen. Sie hatten immer seltener von dem Haus gesprochen. Am Ende hatten sich alle drei daran gewöhnt, im Wohnwagen zu leben.

„Komm, mein Blümchen!" ermunterte Hannah Nessa und zog sie sanft fort. „Wir gehen jetzt auf ein großes, schönes Abenteuer. Nur wir zwei."

Nessa sah zweifelnd auf, sagte aber nichts. Sie gingen zur nahegelegenen Bushaltestelle und stiegen in einen Bus, der zufällig leer war. Hannah kannte den Fahrer nicht. Sie schätzte, sie wären in Sicherheit, wenn sie am ersten Abend nur weit genug gelangten.

Sie schafften es aus ihrer kleinen Stadt östlich des Kaskadengebirges im Bundesstaat Washington und landeten in einer anderen Kleinstadt, wo sie sich einen Burger, Pommes Frites und eine Limonade teilten, bevor sie den nächsten Bus bestiegen. Über dem Dröhnen des Fahrzeugs schlief Nessa in Hannahs Armen ein, und Hannah wusste, dass sie rasch einen geeigneteren Schlafplatz finden mussten.

Hannah fragte sich, ob Ralphie inzwischen wieder zu Hause war. Würde er zu betrunken sein, um zu bemerken, dass sie fort waren? Würde er das Blut vom Boden aufwischen oder in seinem Zorn einfach nur durch den Wohnwagen wüten? Oder würde er einfach zusammensacken, halb resigniert, halb erleichtert, dass er seine Bürde los war?

In diesem Bus saßen nur ein paar alte Leute ganz weit hinten bei der hinteren Bustür und ein Wanderarbeiter, der wahrscheinlich nicht einmal Englisch sprach. Es schien also gefahrlos zu sprechen.

Hannah suchte Augenkontakt mit dem Fahrer in seinem Rückspiegel. „Sir?" fragte sie.

Er sah sie kurz an und konzentrierte sich dann wieder auf die Straße. „Was gibt's, Liebes?"

„Ich frage mich, ob Sie wohl ein nettes, billiges Motel in der Nähe von der nächsten Bushaltestelle wissen."

„Ich weiß ein billiges, aber kein nettes", knurrte er und war ihr einen mitleidvollen Blick zu.

Hannah nickte leise. „Ich denke, das würde es tun."

„Rennen Sie vor Ihrem Mann weg?" Nessa rührte sich in Hannahs Armen, wachte aber nicht auf. „Manche Kerle verdienen einfach nicht, wen sie bekommen haben." Er deutete auf ihr Auge und signalisierte, dass er bemerkt hatte, wie sie behandelt worden war. „Sagen Sie mir wenigstens, dass er noch schlimmer aussieht."

Hannah hob eine Augenbraue, zuckte aber sofort davor zurück. „Ich schätze, er merkt nicht einmal, dass wir nicht mehr da sind."

„Ich sag Ihnen was, Kindchen", sagte der Fahrer. „Ich lasse Sie an einem netteren Ort zwei Haltestellen weiter raus. Es ist nicht wirklich eine offizielle Haltestelle, aber Sie müssen mit Ihrer Kleinen von dort nicht weit laufen. Sagen Sie der Dame an der Rezeption, dass Sie der Rührige Larry schickt."

„Der Rührige Larry?"

„Blöder Spitzname", gab er mit einem komischen Blick der Verzweiflung zu. „Sie hat ihn mir verpasst. Fragen Sie *sie*, warum."

Sie fuhren schweigend weiter. Nach einer Viertelstunde und zwei Haltestellen zog der Bus zur Seite bei einem Motel mit einem freundlich wirkenden Rezeptionsgebäude und dem üblichen Gebäude mit einer Reihe Türen entlang eines ziemlich vollgeparkten Parkplatzes.

Hannah schüttelte Nessa sanft, um sie zu wecken. Dann zog sie ihren Seesack unter dem Sitz vor sich hervor. Nessa blinzelte auf die offene Tür und das Motel da draußen.

„Danke, Mr. Rühriger Larry", sagte Hannah leise und sah den Mann an, um sich sein Gesicht zu merken. Würde sie diesem freundlichen, leicht übergewichtigen Mann mit der dunklen Hautfarbe, fröhlichen, großen Augen, leicht ergrauenden Locken und einer Narbe auf der linken Wange je wieder begegnen? „Ich hoffe, das Leben wird immer gut zu Ihnen sein." Sie ließ die Tasche durch die Tür plumpsen, stieg selbst aus und hob dann Nessa heraus.

„Dasselbe für Sie, Liebes. Bleiben Sie weg von hässlichen Männern." Er hob die Hand zum Gruß. Die Türen schlossen sich mit einem Rauschen; der Bus dröhnte davon und ließ sie am nassen Straßenrand in einer Diesel-Abgaswolke zurück.

Hannah seufzte. Dann hob sie den Seesack hoch, ergriff Nessas Hand und ging auf die Rezeption zu.

Drinnen war es warm und gemütlich. Es gab einen kleinen Frühstücksbereich mit einem Gaskamin und einem Zeitschriftenständer. Eine kleine, elfenhafte Frau unbestimmbaren Alters mit leuchtendrosa gefärbtem Haar und flauschiger rosa Strickjacke erhob sich hinter der Theke, um sie zu begrüßen.

„Oh, und auch ein kleines Mädchen!" sagte sie lächelnd. „Sie wollen vermutlich ein Zimmer für die Nacht?"

Hannah nickte und merkte plötzlich, wie erschöpft sie sich fühlte. „Ja, bitte. Der Rührige Larry hat gesagt, Sie hätten vielleicht eins für uns."

14

Die kleine, alte Dame kicherte. „Ich hatte schon erraten, dass er Sie geschickt hat. Welcher andere Bus würde jemals hier anhalten?" Sie grub einen Schlüsselbund hinter dem Schreibtisch aus. „Larry macht jeden, von dem er glaubt, er brauche eine Umarmung für die Seele, zu seiner Angelegenheit. Und zu meiner. Deshalb nenne ich ihn den Rührigen Larry." Sie händigte Hannah die Schlüssel aus. „Frühstück gibt's von sieben bis neun. Die nächste Bushaltestelle ist eine Viertelmeile von hier."

Hannah dankte der Dame und brachte Nessa hinüber zu dem Zimmer, das ihnen zugewiesen worden war. Es war klein, sauber und gemütlich mit seinen leichten Möbeln, Gemälden des Kaskadengebirges und ein paar beschirmten Lampen auf den Nachttischen. Nessa ging sofort hinein und kuschelte sich aufs Bett. Hannah konnte gerade noch ihre und Nessas Schuhe ausziehen. Dann kümmerte sie nichts weiter. Sie legte die Decke des Queen-Size-Betts über sie beide und schlief fast augenblicklich ein.

Am nächsten Morgen riskierte sie einen neuerlichen Blick in den Spiegel und schrak zusammen. Sie sah ziemlich furchterregend aus, aber da war eben nichts zu machen. Und sie wirkte völlig fehl am Platz in diesem hübschen, überdurchschnittlichen Motel-Zimmer. Sie wartete, bis der Parkplatz sich geleert hatte, um neugierigen Blicken auszuweichen. Dann ging sie mit Nessa hinüber zum Rezeptionsgebäude, um zu frühstücken.

„Ich dachte mir schon, Sie würden warten, bis die anderen fort sind", lächelte die alte Dame. „Ich könnte Ihnen etwas für Ihr Gesicht geben, Liebes, wenn ich dürfte."

Hannah schüttelte den Kopf. „Nein, danke. Nessa hat mich gestern so gesehen, und mir ist es egal, wer mich sonst noch so sieht. Ich bin nicht auf dem Weg zu einem Schönheitswettbewerb."

Die alte Dame zuckte die Achseln. „Auch gut und ziemlich mutig, wenn ich so sagen darf."

Hannah lächelte sie matt an. „Nur müde, dass zu verstecken, was jemand anders mir zugefügt hat."

Die alte Dame nickte. „Gut für Sie!" Sie kramte in einem Schränkchen neben ihrem Schreibtisch. „Nessa ... Du heißt doch Nessa, richtig? Ich glaube, du wirst das mögen." Sie hielt ihr eine Tüte Kekse hin. Nessa eilte eifrig zum Tisch und nahm die Tüte.

„Danke, hübsche rosa Dame", flüsterte sie. Die alte Dame lacht laut und herzlich auf.

Hannah errötete. „Entschuldigung", sagte sie.

„Nicht nötig", strahlte die alte Dame. „Kindermund ..."

„Dürfte ich ein paar Plunderteilchen für unterwegs mitnehmen?" fragte Hannah vorsichtig.

„Bedienen Sie sich, Kindchen", nickte die alte Dame und lächelte wohlwollend. „Ich hoffe, Ihre Reise wird an irgendeinem guten Ort enden."

„Was schulden wir Ihnen?" fragte Hannah zwischen einem Bissen, den sie hinunterschluckte, und einem Schluck schwarzen Kaffees.

„Ein Gebet für den Rührigen Larry und auch eines für mich", sagte die elfenhafte, alte Dame.

Hannah öffnete den Mund, brachte aber keinen Laut heraus. Ihre Augen füllten sich mit Tränen. Ihre rechte Hand flog an ihre Brust.

„Ist schon gut, mein Kind", sagte die alte Dame. „Sie beide beeilen sich jetzt besser. Der Bus kommt in zehn Minuten, und auf den nächsten müssten Sie zwei Stunden lang warten."

*

Sobald Paul Sinclair die alte Frau zu Boden gestoßen hatte, wusste er, dass dieser Tag sein Leben verändern würde. Er dachte das nur den Bruchteil einer Sekunde lang, als ihn auch schon etwas Glühendheißes traf und er selbst zu Boden ging. Danach wurde die Welt zu einem Karussell aus wahnsinnigem Schmerz, Schüttelfrost, Stöhnen, Gesichtern und Rückblenden. Rückblenden.

Wo war er gerade? O ja, in der Wycliff Bank. Es war eine Stunde vor Geschäftsschluss, und er hatte eine Diskussion mit Barb gehabt, einer der drei Miteigner ihres Bistro-Restaurants „Le Quartier". Sie hatte sich wieder einmal über ihren muckenden Patisserie-Ofen beklagt. Sie hatten darüber gestritten, ob sie noch eine Weile damit warten konnten, einen neuen anzuschaffen, und erst einmal den Kredit für ihren begehbaren Kühler abbezahlen sollten. Barb hatte ihn schließlich davon überzeugt, dass die Essensqualität wichtiger sei und sie um einen weiteren Kredit bitten *mussten*. Deshalb also war Paul, Chefkoch von Wycliffs Lieblings-Restauranttreff, überhaupt an diesem Nachmittag in der Bank.

„Warum braucht der Krankenwagen so lange?" Ein Mann hielt ihn und drückte etwas fest gegen ihn. Es tat weh, und das Gesicht des Mannes verschwamm. Es tauchte auf und verschwand wieder. Ein Stöhnen übertönte die Kakophonie der Geräusche. Sein eigenes? Schreie, Schluchzen, Ausrufe, Befehle, Sirenen, das Öffnen von Türen, ihr Zufallen, Schritte, das Quietschen der Räder einer Bahre. Noch mehr Gesichter.

Paul hatte mit Mildred Packman, seiner ehemaligen Geschichtslehrerin, in der Schlange gestanden. Wer aus seiner Generation in Wycliff und davor kannte sie nicht? Die freundliche Rentnerin wurde von den meisten ihrer ehemaligen Schüler geliebt. Und hier hatte sie mit Pattie May geplaudert, der Miteigentümerin von „Dottie's Deli", dem deutschen Laden neben seinem Bistro. Die Bank hatte an diesem Nachmittag besonders nachbarschaftlich gewirkt; die Leute standen Schlange, die meisten von ihnen geduldig, und recht viele kannten einander und unterhielten sich leise. Umweltaktivistin Thora Byrd und ihre neue Freundin Angela Fortescue (wie kam sie mit dieser alten Hexe überhaupt aus?!), standen an einem der Schalter, um einen ihrer ersten Firmenschecks einzulösen. Erst vor ein paar Wochen hatten sie ein Heimarbeits-Unternehmen namens „Bags 4 Choosers" gegründet, das nachhaltige Stoff-Einkaufstaschen herstellte und an Unternehmen in der Stadt vertrieb.

Die Tür war erneut aufgegangen, doch statt sich ans Ende der Schlange zu stellen, war der neue Kunde einfach zu den Schaltern gegangen und hatte Angela beiseite geschubst. Er hatte vor dem Kassierer mit einer Waffe gefuchtelt und in die Decke geschossen.

War es das, was Paul roch? Etwas Verbranntes? Oder war es der Geruch von Blut, der ihm in die Nase stieg? Eine stechende Note von medizinischem Alkohol in der Luft wurde von einem scharfen Stich in seinen linken Arm begleitet. Warum erhielt man Spritzen immer in den linken Arm? Flog er? Warum schwebte Angelas Gesicht an ihm vorbei, ihre Wangen von Mascara verschmiert? Und warum weinte sie überhaupt?

Paul hatte ruhig in der Schlange gestanden. Sich nicht zu bewegen, machte einen für den Bankräuber unsichtbar, musste er gedacht haben. Aber Mildred Packman hatte sich bewegt. Und nicht nur das. Sie hatte den Mann beim Namen genannt. Plötzlich hatte sich der Lauf der Waffe auf sie gerichtet. Paul hatte Mildred rasch aus dem Weg gestoßen. Er beugte sich dabei leicht vor und spürte, wie etwas Brennendheißes ihn mit bösartiger Geschwindigkeit traf und ihn zu Boden fällte. Er konnte nicht ausmachen, was es war. Aber sich zu bewegen, stand außer Frage. Er war dazu nicht in der Lage. Er lag einfach auf dem Boden. Er sah Beine auf sich zu eilen. Er hörte jemanden seinen Namen rufen und ein ohrenbetäubendes Geräusch, das der Alarm der Bank sein musste. Dann überrollte ihn Schwärze. Und hob sich wieder.

Wieder und wieder wurde er bewusstlos und erwachte. Er sah Krankenwagentüren zufliegen, während er in einer verwirrenden Kabine lag, die mit einer seltsamen Ausrüstung gefüllt war. Zwei Sanitäter beugten sich über ihn. Die Bahre schwankte leicht, als das Fahrzeug anfuhr, begleitet vom Heulen der Sirene. War das wegen ihm?

„Bleib bei mir, Paul", drängte das Gesicht über ihm.

Er versuchte es so sehr.

Das Gesicht über ihm verschwamm.

Dunkelheit.

*

Aus Véronique Anderssons Tagebuch:

Ich fühle mich, als wäre ich in einem richtig schlechten Film. Und ich kann weder die Geschichte noch die Hauptdarsteller ändern. Ich fühle mich wie betäubt und erschöpft. Désespérée.

Auf Paul ist geschossen worden.

Im einen Moment diskutierte er mit Barb in der Bistro-Küche, im nächsten rettete er Mildred Packman in der Bank das Leben und bekam dabei selbst die Kugel des Bankräubers ab. Wir wussten nichts davon, bis Chief McMahon kam, um es uns zu sagen.

Ich schloss das Bistro für den Rest des Tages und ging sofort ins Krankenhaus. Pauls Eltern waren natürlich schon in der Notaufnahme. Sie wollten mich nach Hause schicken, aber ich wollte nicht gehen. Wir mussten schrecklich lange warten, und ich glaube, wir haben noch nie so viele Belanglosigkeiten gewechselt, nur um wach und ruhig zu bleiben. Die Schwestern konnten oder wollten nicht reden, und die Ärzte im OP-Saal mussten zu beschäftigt sein, um uns auch nur anzudeuten, wie gut oder schlecht es um Paul stand. Einmal schlief ich auf einem der Stühle ein. Das muss gewesen sein, als der Chefchirurg hereinkam, um es uns zu sagen.

Paul hat viel Blut verloren, und er ist in kritischem Zustand. Sie konnten die Kugel entfernen, aber es sieht danach aus, als sei sein Rückenmark dauerhaft beschädigt worden. Der Arzt sagte, er würde möglicherweise nie mehr laufen können. Er sagte auch, dass Paul noch immer um sein Leben ringe. Und dass es immer noch Hoffnung gebe, wenn er erst einmal stabil wäre. Er bestärkte uns also, für ihn zu beten und leise mit ihm zu sprechen, sobald er in der Lage wäre, Besuch zu erhalten. Vorerst liegt Paul in einem künstlichen Koma auf der Intensivstation von St. Christopher's.

Ich kann mir nicht helfen. Ich weine nicht nur um meinen Liebsten. Ich weine um unsere Zukunft. Ich hatte heimlich gehofft, dass Paul und ich irgendwann bald heiraten würden. Ich weiß, dass *wir in die richtige Richtung dafür unterwegs waren. Nun muss ich fürchten, dass er vielleicht nicht einmal überlebt. Und wenn er's doch tut, wird es immer noch geschehen? Oder wird er in einer anderen Welt als der meinen leben? Wie in einer Luftblase?*

Wir werden das Bistro heute Abend wieder öffnen. Wir müssen. Wir müssen unser Unternehmen am Laufen halten, um Kredite abzuzahlen und unseren Lebensunterhalt zu verdienen. Gott allein weiß, wie wir ohne Paul zurechtkommen werden. Oh, mon amour … Wir brauchen ihn so dringend. Ich denke, Barb und Christian werden hinten ganz gut klarkommen. Aber ich muss vorne alles allein bewältigen. Ich muss überlegen, wie wir das Ganze am besten organisieren. Vielleicht müssen wir vorläufig unsere Speisekarte kürzen. Und die Öffnungszeiten auch. Aber weniger Einkünfte gefährden unser Joint Venture.

O Paul, mein lieber, süßer Paul, ich kann nicht glauben, dass du nicht hier bist! Und ich kann nicht glauben, dass ich ans Geschäft denken muss, wenn alles, woran ich denken will, du bist. Bitte, bitte, lieber Gott, mach ihn wieder gesund! Und lass ein Wunder geschehen, dass er wieder laufen kann. Bitte …

2

Welsh Rabbits

Ich habe auch herausgefunden, dass manche sie aus irgendeinem Grund Welsh Rarebits nennen (vielleicht nur, um zu betonen, dass eigentlich überhaupt kein Hase darin ist). Offenbar gibt es Belege aus dem 16. Jahrhundert, dass die Waliser als Käseliebhaber bekannt waren. Vermutlich gibt es dazu so viele Rezepte wie Köche, aber sie alle enthalten geröstetes Brot und geschmolzenen Käse. Ich mag die Variante, bei der man das Brot eintaucht in eine Käsesoße aus aromatischem geschmolzenem Käse, gemischt mit Bier, mittelscharfem Senf, Cayennepfeffer und Worcestershire-Sauce . Es erinnert mich an Fondue.
(Küchennotizen aus Finn Rovers Reisetagebuch)

Ein Hauch von Herbst lag in der Luft. Der Septembermorgen war mild. Ein leichter Dunst schwebte über den dunklen Wassern des südlichen Puget Sound, und die malerischen viktorianischen Häuser der Stadt Wycliff badeten in goldenem Sonnenlicht. Die Haupt-Tourismussaison hatte mit Labor Day geendet, aber die attraktive Stadt irgendwo an der Küste zwischen Olympia und Seattle war immer von Leben erfüllt. Zumindest Downtown mit seinen Tante-Emma-Läden, gemütlichen Restaurants und Tavernen, dem Zentrum für Bootsbau und Bootszubehör, kleinen Galerien, dem Jachthafen und dem

Fährhafen. Die Oberstadt – buchstäblich dies, da sie auf einer hohen Klippe oberhalb der Unterstadt lag – hatte ihr stilles Wohngebietsflair wieder erlangt mit nur wenigen Wochenendtouristen in den noch wenigeren Bed & Breakfasts. Die Bäume im Vorgarten der Sinclairs hatten angefangen, sich zu verfärben und ihre Blätter zu verlieren. Astern und Dahlien trugen bei zur leuchtenden, letzten Farbexplosion vor dem Einsetzen des trüben Winters in Washington. Das verschalte Haus mit seinem zartgelben Anstrich und dem runden Türmchen an einem Ende sah von außen so blitzsauber aus, wie es auch innen war.

Paul starrte aus einem Fenster im Erdgeschoss, als er hörte, wie sich hinter ihm leise die Tür öffnete.

„Würdest du gern auf der Veranda sitzen, Liebes?" fragte Ellen Sinclair, seine Mutter, und steckte den Kopf durch den Türspalt. „Es ist heute so schön und warm draußen."

„Nein, danke", erwiderte Paul schroff. „Lass mich bitte einfach allein."

Die Tür schloss sich wieder. Paul wandte sich vom Fenster ab, und die Räder seines Rollstuhls machten ein saugendes Geräusch auf dem Hartholzboden. Alle Teppiche waren aus dem Vorderzimmer seines Elternhauses entfernt worden, bevor es in ein Schlafzimmer mit Schreibtisch umgewandelt worden war. Das Fehlen eines Stuhls erinnerte Paul ständig daran, dass er jetzt an einen Rollstuhl gebunden war. Er traf nicht mehr die Wahl, ob er die gerade Lehne eines Stuhls, die glatte, kalte Oberfläche eines Schemels, einen festen Sessel oder ein weiches Sofa vorziehen sollte. Es hätte für ihn ohnehin keinen Unterschied gemacht. Er hatte unterhalb seines Gürtels kein Gefühl mehr. Und es bestand wenig Hoffnung, dass sich das je ändern würde. Er lachte bitter in sich hinein. *Wenig* Hoffnung? Wem machte er etwas vor? Er wusste, dass es keine gab. Und dass es allein seine Schuld war.

Eine dumme Sekundenentscheidung hatte sein perfektes Leben in einen Haufen zerstörter Träume und Hoffnungen verwandelt, die Hälfte seines Körpers in totes Gewicht und sein Bankkonto sowie das seiner Eltern in einen Alptraum angesammelter Kredite. Er war so zornig auf sich selbst. Hatte er tatsächlich ein Held sein wollen? Nun, Wycliff sah mit Sicherheit einen in ihm. Aber ihn kümmerten all die Banner und Karten, Reden und Toasts für ihn herzlich wenig. Er hatte aus einer gefährlichen Situation sicher und gesund herauskommen wollen. Und er hatte an jenem schicksalhaften Nachmittag dasselbe für alle anderen in der Bank gewollt. Aber hier saß er mit einem zerschmetterten Körper, und niemand konnte ihm heraushelfen.

Wenn er die Situation analysierte, war er allein darin. Ganz allein. Natürlich waren da noch seine Eltern gewesen. Von Anbeginn waren sie an seiner Seite gewesen. Sein Vater kämpfte sichtlich auf seine Weise schweigend und zurückgezogen mit der neuen Realität. Seine Mutter hatte ihn fortwährend mit roten Augen ermutigt und die Seite seines Krankenhausbetts immer wieder für ein paar Minuten verlassen, nur um mit noch röteren Augen zurückzukommen.

Seine Freundin Véronique war dagewesen, als er zum ersten Mal wiedererwacht war. Sie hatte ihn mit weiten Augen zärtlich angesehen, ihr blondes Haar zerzaust, als habe sie auf seinem Bett in unbequemer Lage geschlafen (was tatsächlich der Fall gewesen war). Er hatte seinen Arm nach ihr ausgestreckt, aber als er versucht hatte, sich zu ihr zu bewegen, hatte dies sich als unmöglich erwiesen, und ihr liebliches Lächeln hatte sich in eine Grimasse aus Sorge und Mitleid verwandelt. Dann hatte sie zu seinem Entsetzen angefangen zu weinen, während er unter seiner Decke herumfuhrwerkte, um herauszufinden, was genau mit seinem Körper nicht stimmte.

Das war vor wievielen Monaten gewesen? Sie hatten sich an seinem Bett abgewechselt. Wie Véronique es schaffte, während sie das Bistro am Laufen hielt, darum hatte er sich keine Gedanken gemacht. Er dachte dieser Tage nicht einmal ansatzweise daran. Er schämte sich. Er fühlte, dass er ihre Welt verändert hatte. Er war ein Erdbeben in ihrer kleinen, gesunden, gemütlichen Welt gewesen. Er hatte ihr Selbstvertrauen erschüttert. Er hatte sie gezwungen, von einem Moment auf den anderen Entscheidungen zu treffen, von denen sie nie gedacht hatten, sie je treffen zu müssen. Von so kleinen Dingen wie, wer wann an seinem Bett sitzen würde, bis hin zu großen wie, wer welche Rechnung bezahlen und welche Versicherung wie anschreiben sollte.

Ärzte, Schwestern und Physiotherapeuten waren zunächst fast immer um ihn gewesen. Aber dann kam der Tag, an dem sie ihm zum ersten Mal einen Rollstuhl präsentierten. Und da war es ihm plötzlich klar geworden, dass nichts je wieder wie früher sein würde. Er hatte seine Frustration herausgeschrien. Er hatte geschluchzt. Er hatte gegen die Schwestern gekämpft, die versuchten, ihm in den Stuhl zu helfen. Sie hatten nach einem Pfleger gerufen, um ihnen dabei zu helfen, ihn vom Krankenhausbett in den Stuhl zu setzen. Da hatte er gesessen und untröstlich geweint. Und sie hatten um ihn herumgestanden und still und hilflos zugesehen; aber sie ließen es sich auch nicht zu nahe gehen, damit es sie nicht verletzlicher gegen den Schmerz machte, dem sie täglich begegneten.

Seine Mutter hatte sich auf die Lippen gebissen. Sie hatte seine Verzweiflung geteilt. Aber sie hatte aufstehen und von seinem Bett weggehen können. Paul hatte bleiben müssen, verhaftet mit seinem Körper mit diesen leblosen Beinen, und seine körperlichen Bedürfnisse wurden von anderen bedient. Demütigung vergrößerte Schmerz und Verzweiflung, Zorn und Trauer.

Nachts hatte Paul dagelegen und überlegt, wie er sein Leben beenden konnte. Er konnte niemanden um eine Waffe bitten. Man hätte es erraten. Er würde sich nicht mit den Tabletten umbringen können, die man ihm gab. Er hatte nicht einmal gewusst, ob sie dazu taugen würden. Als er aufgehört hatte zu essen, um die Demütigung zu vermeiden, die der Nahrungsaufnahme folgte, hatte man ihm rasch Einhalt geboten und ihm mit künstlicher Ernährung gedroht. Er hatte schlaflos gelegen. Er hatte fast jede Nacht geweint.

Die Physiotherapie war zunächst frustrierend gewesen. Paul war aus dem Gleichgewicht. Er hatte wieder lernen müssen, Kontrolle über seinen Körper zu gewinnen. Er hatte sich wie eine Missgeburt gefühlt, die alle anstarrten. Als er zum ersten Mal ganz allein den Wechsel von seinem Bett in den Rollstuhl geschafft hatte, war das ein riesiger Erfolg gewesen. Gewissermaßen. Er hatte immer noch im Zentrum der der Aufmerksamkeit gestanden. Er war immer noch davon abhängig, dass andere ihm Dinge brachten, ihn herumfuhren, ihm in die Dusche halfen. Er besaß die körperlichen Fähigkeiten eines Kleinkindes, nur mit dem Körper und Geist eines Erwachsenen.

Ungeduld und Demütigung wuchsen in ihm. Die Krankenschwestern waren vermutlich an die Verhaltensmuster frustrierter Patienten gewöhnt. Aber Pauls Eltern, Arthur und Ellen Sinclair, und Véronique waren das nicht. Sie waren entsetzt über Pauls Ausbrüche des Schreiens oder seine Anfälle grimmigen Schweigens, die fast noch schwerer zu ertragen waren. Sie hatten angefangen, sich an seinem Bett abzuwechseln, aber außerhalb des Krankenhauses trafen sie sich fast täglich im Hause der Sinclairs, um sich gegenseitig mental zu stärken.

„Ich weiß, er steckt immer noch in ihm, der frühere Paul", sagte Véronique leise an einem besonders entmutigenden Nachmittag. „Aber es wird immer schwieriger, ihn zu finden. Und am schlimmsten ist, dass ich allmählich die Geduld verliere, nach dem Paul zu suchen, den ich einmal kannte."

Pauls Mutter drückte die hübsche, junge Frau an sich. „Ich weiß, Süße. Ich weiß. Wenn es dich ermüdet, gönne dir eine Pause. Vielleicht merkt er, was er dir antut, wenn du nicht mehr jeden Tag bei ihm bist."

„Aber ich brauche ihn auch." Véroniques Augen füllten sich mit Tränen. „Er fehlt mir so. Ich möchte, dass er wieder unter uns lebt. Ich möchte wieder Dinge mit ihm unternehmen. Ich möchte …" Sie brach ab und schluchzte. „Es ist egoistisch, ich weiß. Ich muss einfach Geduld mit uns beiden haben."

Pauls Vater schwieg. Er rührte sich nur in seinem Sessel, als fühle er sich unbehaglich. Was eine hübsche Vignette von einer künftigen Schwiegermutter- und -tochter hätte sein können, die einander umarmten und hielten, wurde durch den Grund verdorben, aus dem sie einander überhaupt umarmten. Sie waren einander wegen Pauls Verletzung sehr viel nähergekommen. Das war das einzig Gute daran. Dieser Tage nannten sie einander beim Vornamen. Aber ihr Sohn zog sich immer mehr in eine Zone des Selbstmitleids und Zorns zurück. Und währenddessen landeten Krankenhausrechnungen in ihrem Briefkasten, die bei weitem das übertrafen, was Pauls Krankenversicherung abdeckte. Sie würden einspringen und sie übernehmen müssen, weil Paul lange Zeit nicht mehr würde arbeiten können. Und wer weiß – vielleicht würde er nie wieder seinen Lebensunterhalt verdienen können.

Abenddämmerung legte sich über die drei in dem gemütlichen Wohnzimmer. Die Möbel warfen tiefe Schatten auf den Teppichboden und die cremefarbenen Wände. Die Flammen des Gaskamins spuckten unregelmäßig Lichtstrahlen in den Raum. Eine Zeitlang waren alle still.

Das war seit Wochen ihre Routine gewesen, den ganzen lieblichen, warmen Sommer lang. Ein Sommer, der mit Touristen gefüllt war, die die Schönheiten Wycliffs bewunderten. Mit einer farbenprächtigen Parade und spektakulärem Feuerwerk am 4. Juli. Mit Delfinen, die nahe dem Jachthafen aufkreuzten, und Seehunden, die auf den Docks bellten. Mit dem alljährlichen Chowder-Kochwettbewerb an Labor Day. Mit den ersten Nebeln, die sich an frühen Septembermorgen über alles legten.

Die Leute begannen, den Banküberfall zu vergessen. Thora Byrd, die Umweltaktivistin, die während des Überfalls entführt worden war, hatte stilvoll ihre Verlobung mit Bürgermeister Clark gefeiert. Die Schulter, die sie sich bei einem Sturz auf der Rathaustreppe während einer Demonstration gebrochen hatte, heilte nun vollends ohne die Unterstützung einer sperrigen Schlinge. Ihre Firma, „Bags 4 Choosers", verkaufte jetzt recyclebare Stofftaschen an alle größeren und einige kleinere Unternehmen der Stadt und ersetzte so Plastiktüten. Und Wycliff plante ein kostenloses Shuttlebus-Programm für die nächste Tourismussaison mit einem Park & Ride Parkplatz außerhalb der Stadt.

All dies war an Paul vorbeigegangen, da er erst im Krankenhaus, dann in der Reha gewesen war. Er hatte viel Post erhalten. Die Besucher waren in Scharen gekommen, einige aus reiner Neugier, andere aus Bewunderung für oder aus Dankbarkeit gegen den Helden der Stadt, die meisten aus Freundschaft. Einige von ihnen hatten ihre Verlegenheit nicht verbergen können, wie mit dem „neuen" Paul umzugehen sei, aber die meisten hatten ihn so behandelt, als leide er nur an einer länger dauernden Grippe. Er hatte nicht gewusst, ob er über Ersteres oder Letzteres zorniger war. Am meisten war er wütend auf sich selbst.

Und jetzt war er wieder zu Hause. Sein einst rotwangiges Gesicht war blass. Sein spülwasserfarbenes, widerspenstiges Haar blieb meist ungekämmt – na und?! Er hatte die Reha hinter sich gelassen. Er konnte vieles selbst tun. Aber seine Familie ging immer noch auf Zehenspitzen um ihn herum und behandelte ihn als Patienten. Nicht wie eine normale Person. Also hielten sie ihn doch für einen Sonderling im Rollstuhl. Paul starrte die Wände an und schluchzte trocken. Sein Leben hatte geendet, als es gerade besser zu werden schien. Er würde nie eine eigene Familie haben. Er konnte seine Karriere vergessen. Er würde in seinem Elternhaus sterben, und es würde niemanden kümmern.

*

Montags war das Bistro „Le Quartier" jetzt geschlossen. Wegen Personalmangels war das zu einer bitteren Notwendigkeit geworden. Aber es war auch irgendwie eine Erleichterung. Zumindest dachten das Véronique, Barb und Christian zunächst. Die aktiv verbliebenen drei Co-Eigentümer des beliebten Restaurants im französischem Stil fühlten sich nach Wochen intensiver Arbeit in Küche und Speiseraum erschöpft. Arbeit, die der vierte Eigner und eigentliche Gründer des „Le Quartier", Paul, normalerweise mit ihnen geschultert hätte. Außerdem mussten sie mit ihren Lieferanten kommunizieren und ihre Konten ausgleichen, ihre Tischwäsche auf Sauberkeit überprüfen, zerbrochenes Geschirr ersetzen, zweimal täglich Reinigungspersonal einsetzen, ihre Küchengeräte in Schuss halten und neue Speisekarten ausdrucken, wenn etwas über die alten verschüttet worden war. Zumindest mussten sie sich nicht um die Tischdekoration sorgen. Kitty Kittrick vom „Flower Bower" kümmerte sich liebevoll um Blumen, Kerzen und Accessoires.

„Ich weiß nicht, wie lange wir so weitermachen können", sagte Christian nach einem neuerlichen Monat mit fast keiner Freistunde. „Wir wissen nicht einmal, wann Paul zurückkommt."

„Lass ihm einfach Zeit, ja?" sagte Véronique mit einem Hauch Verärgerung in der Stimme.

„Ich sagte ‚wenn‘, nicht ‚falls‘", verteidigte sich Christian.

„Ich hab's gehört." Véronique biss sich auf die Lippen. „Tut mir leid." Sie erhob sich vom Tisch im Mitarbeiterzimmer, an dem sie gesessen und ihre Lage diskutiert hatten. Sie ging ein paar Schritte auf und ab. „Ich weiß, es ist nicht einfach. Für keinen von uns. Ihr kocht und backt euch die Finger wund, und ich renne wie eine Furie durch den Speiseraum."

„Nicht nur das", sagte Barb, blass unter ihren tausenden Sommersprossen, und ihre Stimme zitterte etwas. „Unsere

Qualität hat angefangen zu leiden." Ihre Augen füllten sich mit Tränen. „Erst gestern war ich so in Eile, dass ich ein paar noch nicht durchgebackene Soufflees aus dem Ofen gezogen habe, aber ich konnte sie ja nicht einfach wieder hineinschieben. Sie wären zusammengefallen und schrecklich zu essen gewesen. Also musste ich sie wegwerfen und wieder von vorn anfangen. Entweder verschwendet man Nahrungsmittel oder es geht auf Kosten des Geschmacks. Und, Gott bewahre, wir verpassen unseren Gästen am Ende noch eine Lebensmittelvergiftung, wenn wir nicht zusehen, dass alles perfekt zubereitet ist."

Véronique schüttelte verzweifelt den Kopf. „Ich weiß, wir sind von Anfang an furchtbar unterbesetzt gewesen. Aber mit weniger Öffnungstagen und weniger Gästen wegen unseres verlangsamten Services weiß ich nicht, wie wir uns mehr Personal leisten können sollten. Wir machen einfach nicht genug Gewinn."

„Noch ein Kredit?" schlug Christian vor.

Barb stöhnte. Das Wort „Kredit" allein war genug, um sie daran zu erinnern, warum Paul im Rollstuhl saß und sie überhaupt in diesem Schlamassel steckten. Wenn sie nur nicht darauf bestanden hätte, dass Paul zur Bank ginge und um einen neuen Kredit bäte, um ihren Patisserieofen zu ersetzen …

„Entschuldigung, Barb", sagte Christian. „Ich weiß, wie du dich fühlst."

„Nein, tust du nicht", erwiderte sie.

„Hört auf zu zanken", unterbrach sie Véronique. „Es ist sinnlos, über Was-wäre-wenn zu diskutieren. Wir müssen ein paar gute Pläne für unsere Zukunft schmieden, und ich brauche dafür euren Input."

Christian und Barb ließen die Köpfe hängen. Sie wussten, dass Véronique recht hatte. Aber sie hatten das alles schon einmal diskutiert und keine Ideen gehabt, die hilfreich gewesen wären. Eine Küchenübernahme durch den Wycliff Garden Club Anfang des Monats war chaotisch gewesen. Das Restaurant war voll gewesen, aber die Essensqualität war wechselhaft gewesen, und die Küche hatte hinterher wie ein Schlachtfeld ausgesehen. „Viele Köche …", hatten sie trocken bemerkt, während sie nach wichtigen Kochutensilien suchten, die abgelegt waren, wo sie nie zuvor aufbewahrt worden waren. Sie vermissten immer noch einige Schneebesen und ein paar Tranchiermesser. Vielleicht waren sie auch nur zu müde, sie zu sehen; sie lagen ihnen vielleicht gerade unter den Augen. Der Hauswirtschaftsklub der Wycliff High School hatte ihnen Bedienhilfen über die Ferien gestellt, aber sie waren nicht an den Wochenenden gekommen, wenn das Bistro am vollsten war. Und nach Labor Day waren sie gar nicht mehr erschienen.

Sie starrten einander an und zerbrachen sich die Köpfe.

„Sieht so aus, als müssten wir schließen, wenn das so weitergeht", sagte Christian und fuhr sich mit der Hand durch sein dichtes, fast schwarzes Haar.

„Nein!" rief Véronique. „Das kann nicht die richtige Antwort sein. Unser Bistro ist perfekt mit einem perfekten

Konzept und perfektem Essen. Wir sind nur zurzeit auf einer Durststrecke."

„Inzwischen sind es ein paar Monate", murmelte Christian und nahm einen Schluck Wasser.

„Nun, Paul kommt sicher zurück, sobald er sich wieder gesund genug dafür fühlt", behauptete Véronique.

„Klar", spottete Christian. „Natürlich. Es ist nur eine Frage der Zeit. Blablabla. Véronique, wann hörst du auf, das zu sagen? Glaubst du das wirklich? Paul sitzt jetzt im Rollstuhl. Wie sollte er da kochen?"

Véronique warf ihm einen eisigen Blick zu. „Wenn du ihn schon aufgibst, wundere ich mich nicht, dass er sich aufgegeben hat und unter Depressionen leidet! Aber er wird es durchstehen und zurückkommen. Das heißt – wenn *du* ihn nicht aufgibst."

Christian hob die Hände. „Hör zu, ich wünschte, er *käme* wieder! Mann, das hieße, ich könnte mir mal einen Tag frei nehmen, wenn ich das brauche. Das würde heißen, unser Service liefe glatter. Und ich hätte meinen alten Kumpel wieder. Aber ich seh's nicht. Ich versuche es, aber ehrlich gesagt …"

Die Worte hingen in der Luft und Véronique ließ die Schultern hängen.

„Ich weiß", sagte sie leise. „Wir alle wollen unseren Freund zurück. Und gerade jetzt ist er einfach nicht da. Möglicherweise kommt er erst in ein, zwei Monaten wieder."

„Oder in sechs", fügte Christian hinzu. „Manche erholen sich nie. Oder sie wollen ihr Leben komplett verändern. Wer sagt denn, dass er glücklich damit sein wird, was er vorher getan hat?"

„Was schlägst du also vor?"

„Wir brauchen noch einen Profi in der Küche, und wir brauchen mehr Service-Personal für draußen."

„Du weißt, dass wir uns das nicht leisten können."

„Die Bank wird uns da auch nicht helfen", sagte Barb leise. „Wir sind mit unseren Kreditrückzahlungen bereits im Rückstand. Sie werden nicht verstehen, warum wir mehr Personal brauchen. Sie werden uns vermutlich Stellenabbau vorschlagen." Sie schluckte schwer. „Oder, dass wir das Unternehmen dichtmachen."

Sie saßen schweigend da und überlegten.

„Sieht so aus, als brauchen wir ein oder zwei Wunder", sagte Véronique schließlich.

„Man muss schon an Wunder glauben, wenn man eines haben will", antwortete Christian sarkastisch.

„*Ich* glaube an Wunder", flüsterte Barb schüchtern.

„Ich auch", stellte Véronique fest.

Christian grinste mokant. „Na, wenn ihr lange genug darauf hofft, geschieht vielleicht eines."

*

„Wie geht es Paul?" Véronique telefonierte mit Pauls Mutter.

Ellen seufzte und blickte aus dem Fenster in den Washingtoner Nieselregen, der an diesem Septembernachmittag fiel. „Immer dasselbe, Liebes", sagte sie. „Er sitzt in seinem Zimmer und tut nichts. Oder zumindest nichts Erkennbares."

„Möchtest du, dass ich rüberkomme?"

„O Véronique, ich bin mir nicht sicher, ob das etwas helfen würde. Weißt du, ich habe das Gefühl auf einen verlassenen Palast zu blicken, wenn ich ihn sehe. Er ist schön von außen und verspricht viel in all seinen Ecken und Winkeln, aber sobald man ans Tor klopft, findet man, dass er leer ist und das Märchen Vergangenheit."

Véronique schluckte schwer. „Das ist furchtbar. Ich wünschte, ich könnte helfen …"

„Ich weiß. Frag nicht, wie sich Arthur deshalb fühlt. Es macht ihm nichts aus, dass Paul wieder bei uns eingezogen ist. Es macht ihm nichts aus, all die Krankenhausrechnungen zu bezahlen und unsere eigenen Ausgaben zu kürzen. Es macht ihm nichts aus, dass wir jetzt lange Zeit keinen Urlaub mehr machen können. Aber es frisst ihn auf, dass Paul keinen Schimmer Interesse an irgendetwas zeigt. Wenn er sich nur bemühte."

Véronique schloss die Augen. Sie stellte sich vor, wie Paul in seinem kahlen Zimmer saß, in den schönen Garten hinausblickte, sah und doch nicht sah und überlegte, wohin sein

Leben führen würde. „Sagen die Ärzte etwas dazu? Gibt es dafür Hilfe?"

Ellen schüttelte den Kopf und erinnerte sich dann daran, dass Véronique sie ja nicht sehen konnte. „Nicht die Art Hilfe, die ich mir wünschen würde. Antidepressiva natürlich. Und Physiotherapie. Und sie haben angeboten, einen Psychologen herzuschicken, aber Paul will nicht einmal mit ihm sprechen."

„O nein", sagte Véronique. „Er lehnt also jede Hilfe ab?"

„Nun, ich weiß nicht ob er die Tabletten wirklich nimmt. Ich weiß, dass er mit dem Physiotherapeuten arbeitet. Aber ansonsten …"

„Er kann nicht für immer in seinem Zimmer bleiben", protestierte Véronique.

„Er sagt, er könne", erwiderte Ellen. „Er sagt, es sei der einzige Ort, an dem die Leute ihn nicht anstarrten, als sei er eine Kuriosität. Wo er niemanden verlegen oder übermäßig hilfsbereit mache. Er sagt, er müsse fort von den Menschen sein, damit sie bequem leben können."

Véronique atmete tief ein. „Das ist also alles?"

„Nun, ich habe mit Dr. Katkar gesprochen. Kennst du ihn zufällig?"

„Der indische Arzt?"

„Ist er Inder?" fragte Ellen verwirrt. „Ich dachte immer, er sei Iraner oder so."

„Völlig anderes ethnisches Aussehen", lächelte Veronique leicht. „Ja, ich kenne ihn ein bisschen. Er ist mal in unser Bistro gekommen, weil er sich nach einem Linsengericht sehnte. Sagen wir mal so: Wir hatten nicht annähernd das, woran er gedacht hatte. Am Ende hat er uns sein Familienrezept für Dhal gegeben, so eine Art indisches Linsen-Curry. Wir setzen es jetzt immer mal wieder auf die Karte und geben ihm im Voraus Bescheid."

„Ist das nicht nett von euch?!" sagte Ellen. „Nun, ich habe neulich mit ihm beim Einkaufen bei Nathan's mit ihm gesprochen."

„Hat er irgendetwas über Paul gesagt? Ich dachte er sei nicht mit Pauls Fall befasst."

„Nein, ist er auch nicht. Aber das heißt nicht, dass er nicht von Paul gehört hätte. Und natürlich hat er eine medizinische Meinung. Also fragte ich ihn. Er sagte, Paul sei noch in einer Kriegsphase."

„Was? Krieg?"

„Ja. Dr. Katkar sagte, dass Paul seine Behinderung als Feind ansieht. Er kämpft dagegen. Er will sie nicht zulassen, und er ist verzweifelt, weil er im Innersten weiß, dass er nicht gewinnen kann."

„Und diese Kampfstimmung macht es anderen so schwer, um ihn zu sein?"

„Ja", sagte Ellen. „Es ist wirklich tragisch. Aber Dr. Katkar sagt, es gebe Hoffnung. Wir müssen geduldig sein. Und eines Tages wird Paul vermutlich plötzlich nachgeben und seinen neuen physischen Zustand akzeptieren. Er sagte, wir würden diese neue Phase erkennen. Das ist dann, wenn Paul zugänglich wird und wieder Pläne schmiedet. Dr. Katkar sagt, es wird sein, als verhandele er mit seiner Gesundheit. Natürlich werde es kleine Rückfälle geben, und er werde vielleicht ab und zu gereizt sein. Aber er werde zumeist der Zukunft ins Gesicht sehen, während er jetzt nur an die Vergangenheit denkt."

„Er sagte aber nicht, wie lange das noch dauern könnte, oder?"

„Nein, Liebes, tat er nicht." Ellen seufzte schwer. „Inzwischen müssen wir ihn einfach ertragen und akzeptieren, dass er auf seine Weise mit seiner Hilflosigkeit umgeht."

„Aber sollen wir ihn die ganze Zeit verhätscheln? Will er das wirklich?" fragte Véronique. „Denn ich habe das Gefühl, wir machen da etwas falsch mit ihm. Ich meine, ich merke, dass ich dahin tendiere, ihn überbehüten zu wollen. Aber das hätte Paul nicht gepasst, als er noch laufen konnte. Ich mache das erst jetzt, wo er im Rollstuhl sitzt. Vielleicht behandele ich ihn falsch. Vielleicht fühlt er, dass er anders ist, weil *wir* ihn anders behandeln."

„Ich wünschte, ich wüsste es", sagte Ellen.

*

Zur gleichen Zeit hielten vier Menschen in Bürgermeister Clark Thompsons Büro im Rathaus von Wycliff ein Treffen ab. Es war ein schönes, großes Büro mit Blick über den Jachthafen und den Sund. Heute schätzte das jedoch niemand. Auch sie sorgten sich um Paul Sinclair und um „Le Quartier", eines der Unternehmensmitglieder der Wycliffer Handelskammer.

Clark Thompson war ein sehr attraktiver Mann, Mitte fünfzig. Sein Haar war weiß geworden, nachdem seine Frau vor Jahren bei einem Autounfall ums Leben gekommen war, aber dieses Weiß und seine blitzenden blauen Augen ließen ihn umso atemberaubender aussehen. Dieser Tage war er sehr verliebt in seine ehemalige Sekretärin und jetzige Verlobte, Thora Byrd. Sie war von dem Bankräuber entführt worden, von dem sich herausgestellt hatte, dass er ein ehemaliger Bürger von Wycliff gewesen war. Er war jetzt tot, ein Selbstmord, und sein Vater, ein Betrüger auf der Flucht, hatte Thora Geld angeboten als Wiedergutmachung für das Verbrechen seines Sohnes. Thora hatte den Brief, der nicht einmal einen Absender hatte, einfach ignoriert.

Thora gegenüber saß Mildred Packman. Die pensionierte Geschichtslehrerin der Wycliff High School hatte den Bankräuber identifizieren können, und die Kugel, die ihr gegolten hatte, hatte stattdessen Paul getroffen und ihn so schwer verletzt. Sie war noch immer erschüttert, und seit dem Vorfall plagten sie Albträume.

Tiffany Delaney, die korpulente Präsidentin der Wycliffer Handelskammer, war schlicht anwesend, weil sie ein goldenes Herz hatte. Sie sah ihre Unternehmerkollegen im Bistro kämpfen, nachdem auf Paul geschossen worden war, und sie musste jetzt etwas dagegen tun. Daher hatte sie das Treffen einberufen.

„Als wir letztes Mal im ‚Le Quartier' zu Abend gegessen haben", sagte Tiffany, „war die Hälfte der Tische leer. Und trotzdem war der Service langsam. Selbst dem Essen fehlte irgendwie der Geschmack. Aber vielleicht war das nur unser Eindruck, weil dem Restaurant die übliche Atmosphäre fehlte."

„Halbleer", wiederholte Clark. Er lehnte sich in seinem Stuhl zurück und strich sich gedankenvoll durchs Haar. „Das ist so anders als noch vor einem halben Jahr. Sie waren immer gut besucht und treffsicher."

„Genau", nickte Tiffany. „Und das macht mir Sorgen. Sie haben offensichtlich Schwierigkeiten, wollen anscheinend aber nicht darüber reden."

„Falscher Stolz", sagte Thora. „Eigentlich müssten sie es besser wissen."

„Ich wünschte nur, ich wäre an dem Nachmittag nicht in der Bank gewesen", seufzte Mildred. Ihr Gesicht war neuerdings gefurchter, und die Farbe ihrer Haut müde. Wenn man das eine Farbe nennen konnte.

„Alle, die dort waren, wünschen sich das", antwortete Thora und legte ihre Hand auf die der älteren Dame. „Denken Sie einfach daran, dass Ihr Gedächtnis den Verbrechen, die dieser junge Mann ständig beging, ein Ende gesetzt hat."

Mildred betrachtete prüfend Thoras Gesicht. Meinte sie das ernst? „Ich habe nie an Vergeltung wie ein Leben für ein anderes geglaubt. Ich wünschte, er hätte überlebt. Und ich wünschte Paul hätte nie die Kugel für mich abgefangen. Jetzt lebe ich mit dem Wissen, dass durch meine Schuld ein junger, vielversprechender Schüler von mir fürs Leben verkrüppelt ist und ein anderer junger Mann nicht mehr lebt, weil ich sein Inkognito habe auffliegen lassen."

Clark hustete. „Hören Sie, Mildred. Das ist unsinnig. Martinovic wäre früher oder später so oder so umgekommen. Gangster wie er nehmen für gewöhnlich ein schlechtes Ende, glauben Sie mir. Entweder bringen sie sich selbst um, oder andere Gangster erschießen sie, oder sie sterben am Missbrauch durch ihre Mitgefangenen im Gefängnis. Denken Sie nicht einmal daran, dass es Ihre Schuld gewesen sein könnte. Er hatte es sich selbst zuzuschreiben. Was Paul angeht – nun, ich kann mir vorstellen, dass Sie sich seinetwegen schlecht fühlen. Aber er ist nicht der einzige Querschnittsgelähmte auf der Welt. Es gibt ein Leben, nachdem man sich eine Behinderung zugezogen hat. Wenn er früher vielversprechend gewesen ist, warum sollte sich daran etwas geändert haben?! Ich sorge mich mehr wegen der Zwischenzeit. Seine Freunde im Bistro haben zu kämpfen. Und sie brauchen Hilfe. Konzentrieren wir uns zuerst einmal darauf, und überlegen wir dann, welche Extra-Maßnahmen wir für den Helden unserer Stadt ergreifen können, die auch ihm auf lange Sicht helfen."

Mildred tupfte sich mit einem Kleenex, das sie aus ihrer Handtasche gezogen hatte, die Augen. „Ich weiß, dass seine Familie auch zu kämpfen hat wegen all der Rechnungen."

Tiffany setzte die Ellbogen auf den Tisch und legte das Kinn auf ihre gefalteten Hände. Sie blickte in die Runde. „Ich glaube, ich habe eine Idee. Wir sollten Pastor Wayland einbeziehen." Ihre Augen glitzerten beinahe schelmisch.

„Weißt du etwas, das der Rest von uns nicht weiß?" fragte Clark neugierig.

„Möglich", sagte Tiffany selbstgefällig. „Und es könnte eine Erleichterung für das Bistro-Team sein. Obwohl es sich nicht um eine magische Geldquelle handelt ..."

*

„Ich hab' dir was mitgebracht!" Véronique steckte ihren Kopf durch den Spalt von Pauls Tür und spähte in das Zimmer. Sie hatte sich eine Stunde freigenommen von ihrer nachmittäglichen Aufgabe, im „Le Quartier" Tische zu decken und mit Kochvorbereitungen zu helfen, und war hinüber zur Harbor Mall geeilt, um ihrem Freund ein besonderes Geschenk zu bringen.

„Geh weg", sagte Paul in scharfem Ton.

„Hey!" Ellen war Véronique nachgekommen, um zu sehen, wie ihr Sohn auf den Inhalt des Pakets reagieren würde. „So behandelt man seine Besucher nicht, Paul. Und noch dazu deine Freundin! Ich habe dich nicht so erzogen! Wo sind deine Manieren?!"

„Tut mir leid", murmelte er und drehte das Gesicht zur Wand. Er lag noch immer im Bett, lustlos, frustriert. Klänge einer Mahler-Sinfonie füllten den Raum, und ein grimmiger Septemberregen, der ans Fenster prasselte, trug zu noch mehr Düsterkeit bei. „Ich will nur allein sein."

„Ach, Paul!" schmeichelte Véronique. „Bitte spiel mit. Mach die Augen zu, nimm dein Geschenk entgegen, und schon bin ich wieder weg. Ich muss ohnehin gleich wieder zurück ins Bistro."

„Okay." Paul schloss die Augen. Warum auch nicht? Es machte keinen großen Unterschied. Er steckte fest in der Larve seines Körpers. Die Leute dachten, sie könnten zu jeder Tageszeit bei ihm eindringen, ob er es mochte oder nicht. Mit geschlossenen Augen konnte er vorgeben, er sei nicht einmal da. Wie ein Vogelstrauß.

Er hörte Véronique zielstrebig durch den Raum gehen. Er hörte die vorsichtigen Schritte seiner Mutter an seine Bettseite und spürte dann das Sacken der Matratze. Ihr Gewicht musste sie heruntergedrückt haben, als sie sich setzte. Papier raschelte. Ein leises Klirren von etwas gegen Glas. Das beruhigende Geräusch von etwas Festem, das herunterrauschte, das Gluckern von etwas Flüssigem in ein Gefäß.

„Jetzt bin ich aber …", rief Ellen aus.

„Du kannst jetzt deine Augen wieder öffnen!" verkündete Véronique.

Paul wusste, dass er sie besser nicht enttäuschte, und öffnete also die Augen. Zuerst sah er ihr frisches Gesicht und ein paar kleine Strähnen blonden Haars darin. Sie strahlte, und ihre Wangen glühten. Sie sah zauberhaft aus. Paul schluckte.

„Nicht *mich* ansehen!" Véronique lachte und deutete auf den Schreibtisch unterm Fenster.

Paul ließ seinen Blick hinüberschweifen. Dann runzelte er die Stirn. „Ein Fisch?" fragte er.

„Das ist Bubbles", sagte Véronique. Dann drehte sie sich dem kleinen Aquarium zu. „Bubbles, das ist dein neuer Freund, Paul."

„Das ist aber eine hübsche Sorte Goldfisch", sagte Ellen vom Bettrand her. Sie schien aufgeregter als der Empfänger dieses unerwarteten Geschenks.

„Weil es kein Goldfisch ist", lächelte Véronique. „Es ist eine Tigerbarbe. Das sind wirklich freundliche Fische. Siehst du, wie neugierig er ist? Er schwimmt dahin, wo wir sind."

„Woher weißt du, dass es ein Er ist?" wollte Ellen wissen.

Véronique errötete leicht. „Ich weiß es eigentlich gar nicht", gab sie zu. „Aber ich will auch nicht, dass Paul eine Freundin außer mir hat." Sie zwinkerte.

Paul fühlte sich wie Publikum, während die zwei Frauen über seinen Kopf hinweg den Fisch diskutierten. Als spielten sie ein Stück für ihn. Er klatschte langsam. „Toll. Großartig. Du kannst ihn jetzt wieder einpacken und mitnehmen."

„Paul!" schimpfte Ellen.

Paul zuckte die Achseln.

Véroniques Miene wurde abrupt ernst. „Und gern geschehen auch." Sie trat an Pauls Bett. „Fischfutter ist auf dem Tisch – eine Prise pro Tag ist genug. Bubbles gibt keine Widerworte. Er wird so still sein, wie es dir gefällt. Außer Futter braucht er eine Weile lang nichts. Es sei denn, du lässt dir mehr für ihn einfallen." Sie sah ihn an, und ihr Lächeln war aus ihrem Gesicht wie weggewischt. „Es ist Zeit, dass du dich in den Griff kriegst, Paul. Ich liebe dich. Deine Freunde mögen dich. Aber deine Unfähigkeit zu laufen nehme ich nicht als Entschuldigung für schlechte Manieren. Vielleicht solltest du an all die Dinge denken, die du immer noch tun kannst, statt an die, die dir verlorengegangen sind. Und vielleicht solltest du darüber nachdenken, was dir andere Menschen bedeuten, denn derzeit scheinen dich deine Freunde herzlich wenig zu kümmern." Sie wandte sich Ellen zu. „Tut mir leid, wenn ich auch dich aufgeregt habe."

Ellen schüttelte leicht ihren Kopf und lächelte mit einem Schimmer von Tränen in den Augen. „Hast du nicht, Liebes." Sie ließ den Rest ungesagt und legte ihren Arm um Véroniques Schultern. „Ich denke, wir lassen Paul jetzt besser allein. Vielleicht ist Bubbles besser für ihn als wir."

*

Aus Véroniques Tagebuch:

Ich bin am Ende der Fahnenstange. Und ich bin einfach zu müde, um das weiter zu ertragen. Paul mag ja physisch verletzt sein, aber das ist kein Grund, anderen wehzutun. Besonders nicht, wo wir alle unser Bestes versuchen, ihn zu reintegrieren, ihn zu unterhalten und auf jede seiner Launen zu reagieren.

Ich weiß nicht, woher die Idee kam, ihm ein kleines Aquarium mit einem einzelnen Fisch zu schenken. Vielleicht, weil ich neulich den Film „28 Tage" gesehen habe, und die Süchtigen darin mussten lernen, wie man sich um eine Pflanze kümmert, dann vielleicht um ein Tier, bevor sie dann wieder eine menschliche Beziehung aufbauen durften. Nicht dass Paul süchtig wäre. Aber er ist von seinen Problemen so besessen wie ein Süchtiger von seinen Drogen. Vielleicht habe ich das Lied gehört, das Menschen mit Fischen in einem Aquarium vergleicht – Pink Floyd, glaube ich. Je ne suis pas sûre. Aber ich war mir so sicher, dass es ihn von sich selbst ablenken würde, wenn ich Paul etwas Lebendiges gäbe, für das er Verantwortung tragen muss. Dass es sein Selbstmitleid heilen würde.

Nun, das lässt mich mitfühlend klingen … Aber im Ernst, ich habe Menschen mit fehlenden Gliedmaßen aus einem unserer Kriege zurückkehren sehen. Paul sieht immer noch gleich aus, vollständig. Diese Veteranen kümmern sich meist sogar noch um eine Familie. Er sorgt nicht einmal für sich selbst. Ich denke, wir alle müssen ein bisschen zurücktreten und aufhören, ihn zu bemitleiden. Wir müssen ihm zeigen, dass er noch immer dieselbe Person ist, die wir vor dem Schuss gekannt haben. Denn wenn wir jedes Mal, wenn wir ihn sehen, ein großes Trara um ihn machen, glaubt er, er habe Anspruch auf noch mehr.

Er hat eigentlich jeden, der ihn seit seiner Rückkehr zu Hause besucht hat, vor den Kopf gestoßen. Die arme Mildred Packman denkt, sie könne es nie wiedergutmachen, dass er die Kugel für sie abgefangen hat. Er ist zufällig in die Schusslinie geraten. Sie hat ihn nicht darum gebeten. Er bewegte sich heldenhaft, um sie zu retten. Er hatte aber nicht die Absicht, selbst verletzt zu werden. Thora, die mit gebrochenem Arm und ausgekugelter Schulter entführt wurde und monatelang mit einer Riesenschlinge herumlief – nun, sie wurde entführt und fürchtete stundenlang um ihr Leben. Dann wurde sie im Wald am Fuße des Mt. Rainier ausgesetzt. Macht sie aus ihrer Tortur vielleicht eine große Sache? Mais non, monsieur! Sie ist mit ihrer kleinen Heimarbeiter-Firma in den Ring getreten, und neben Produktion und Verkauf von Stoff-Einkaufstaschen macht sie gerade ein ziemliches Geheimnis aus einer Taschenkollektion, die pünktlich zum Weihnachtsgeschäft dieses Jahr herauskommen soll. Der Bankangestellte, dem die Waffe vorgehalten wurde … ich glaube, niemand hat sich bemüht, ihn zu fragen, wie er mit dieser Erfahrung klarkommt. Er kommt nicht aus der Stadt und könnte genauso gut unsichtbar sein.

Aber Paul?!

Jedenfalls, die kleine Tigerbarbe überlebt hoffentlich sein Selbstmitleid und seinen Zorn auf die Welt. Und das Aquarium ist zudem eine hübsche Dekoration in Pauls Zimmer. Sagen wir, es verleiht ihm Persönlichkeit, wenn das schon sein Besitzer nicht tut.

Assez pour le moment.

Wir halten uns im Bistro kaum über Wasser. Barb musste diese Woche zwei Pasteten wegwerfen und war deshalb ganz aufgelöst. Christian hat angefangen, davon zu reden, dass er Urlaub will – er sieht überarbeitet aus, aber er weiß nur zu gut, dass wir mit nur dreien von uns und dem Reinigungspersonal, das auch das Geschirr versorgt, derzeit nicht einmal an Urlaub denken können.

Wir brauchen jemanden, der eine Vielzahl an Aufgaben erfüllen kann. Und wir brauchen einen Chefkoch. Für Ersteres habe ich keine Lösung. Aber für Letzteres ... Ich denke immer öfter an Finn. Er kennt unser Unternehmen. Er hat als Küchenhilfe angefangen, aber er war damals bereits ein experimentierfreudiger Koch und Konditor. Inzwischen hat er ziemlich viel Erfahrung aufgrund der Kochschule und praktischer Arbeit in New York und vielleicht sogar drüben in Europa. Wo auch immer er gerade sein mag.

Wäre es fair, ihn zu bitten, in diese Kleinstadt zurückzukehren und uns zu retten, bis wir eine dauerhaftere Lösung haben? Interessiert er sich noch für uns, wo er einem

Chefkoch in Frankreich empfohlen worden ist und vermutlich noch mehr Lorbeeren für seinen Ruf eingeheimst hat?

Ich sollte mit Barb und Christian reden. Und Dottie nach seinem Aufenthaltsort fragen. Vielleicht könnte er sogar in ihrem früheren Zuhause wohnen wie damals, als sie ihn zu sich nahm, nachdem sie ihn gefunden hatte. Es wohnt ohnehin nur Julie dort, aber es gibt zwei Schlafzimmer. Julie macht es vermutlich nichts aus. Sie ist meistens für ihre Zeitung unterwegs. Und Finn ist so ziemlich wie ein kleiner Bruder für sie, vermute ich. Wenn Finn dort wohnen könnte, würde er sich vielleicht damit abfinden, was wir ihm als Lohn zahlen können.

Ach, Tagträume. Wenn wir alle fest zusammenhalten, können wir vielleicht alle zusammen überleben. Und eines Tages wieder ganz obenauf sein. Peut-être. Vielleicht sogar mit *Paul.*

3

Tapas

Ich könnte echt von diesen Leckerbissen leben. „Tapa" ist Spanisch für Deckel, und ursprünglich war es ein herzhafter Bissen, der auf einem Bierdeckel serviert wurde, der ein alkoholisches Getränk abdeckte. Ein ziemlich cleverer Trick, um Leute durstig zu machen, vermute ich. Hier in Spanien gibt es wohl noch Tapas-Bars, wo man sie immer noch gratis bekommt, aber immer häufiger serviert man sie nur noch auf Bestellung. Ich weiß nicht, ob ich die Varianten mit Fleisch am liebsten mag oder die mit Meeresfrüchten oder die mit Gemüse.
(Küchennotizen aus Finn Rovers Reisetagebuch)

Am Ende würde Hannah immer denken, dass aus einem schlechten Anfang doch noch eine Menge Gutes herausgekommen war. Sie und Nessa schienen die ganze Zeit Schutzengel zu umgeben, während sie in Bussen über das Kaskadengebirge reisten und immer näher an den Puget Sound krochen. Hannah dachte, es könnte eine gute Gegend sein, um ein neues Leben anzufangen. Es gab Großstädte an der Ostküste des Sundes. Großstädte bedeuteten die Sicherheit der Anonymität. Und wo es Großstädte gab, würde es auch Arbeit geben. Natürlich hatte sie auch von Obdachlosigkeit gehört. Aber sie würde dafür sorgen, dass ihr und Nessa das nicht passieren würde. Nie wieder sollte ihnen etwas Schlimmes geschehen.

Allerdings erwies es sich als nicht ganz so einfach. Hotelzimmer in Seattle waren für Hannahs Budget unerschwinglich. Die billigeren Hostels waren abgelegen von den Stadtteilen, in denen sie Arbeit zu suchen gedachte. Und die Notunterkünfte … Sie sah die Menschen an, die draußen in der Schlange standen wegen eines Übernachtungsplatzes. Sicher, es waren auch ein paar Familien darunter. Aber all diese Menschen hatten diesen Blick der Resignation. Sie schienen auf nichts mehr zu hoffen. Ihre Kleider wirkten durchaus sauber, waren aber abgetragen. Die meisten Einzelbewerber befanden sich in schlechterem Zustand. Nessa schmiegte sich enger an ihre Mutter, und da entschied Hannah, dass sie ihr kleines Mädchen nicht dieser Atmosphäre von Schmutz, Zerfall und Instabilität aussetzen wollte.

„Lass uns jetzt eine Bahn nehmen, mein Blümchen", sagte sie mit einer Munterkeit, die sie nicht empfand. „Wir sind noch nicht da."

Nessa sah sie so vertrauensvoll an, dass Hannah spürte, wie ihr Herz einen Moment lang aufhörte zu schlagen. Sie musste es einfach um ihres Kindes willen schaffen. Sie würde für es alles hinkriegen.

Sie gingen zur Westlake Park Station und erwischten die Flughafenbahn. Die Bahn war voll, obwohl der Berufsverkehr vorbei war. Hannah hievte Nessa auf ihren Schoss und schubste ihren Seesack unter den Sitz vor sich. Die Türen schlossen sich schon, als eine Dame es gerade noch hereinschaffte und sich keuchend auf den Sitz neben Hannah fallen ließ. Die Bahn fuhr an.

Hannah rutschte etwas zur Seite, um Platz zu machen.

„Oh, das war nicht nötig, danke", sagte die Dame und blickte sie zum ersten Mal an. Dann runzelte sie die Stirn. „Brauchen Sie Hilfe?" wagte sie leise zu fragen.

Hannah war verblüfft. Warum würde eine Fremde so etwas fragen? Was ging es sie an? Sie blickte die Dame an und sah nichts als offene Freundlichkeit. Was, wenn sie es ehrlich meinte? Was, wenn …

„Ja", sagte Hannah und holte tief Luft. „Ja, ich glaube, wir können jede Hilfe gebrauchen, die wir kriegen können." Dann lachte sie verlegen.

Die Dame nickte leicht. „Ich habe nur geraten. – Sie wundern sich vermutlich, warum ich überhaupt so geradeheraus frage. Ich bin eine Pfarrersfrau, und ich mache mir sehr viele Gedanken um die Menschen, die meinen Weg kreuzen." Sie reichte ihr die Hand. „Ich bin Sophie Wayland."

Hannah errötete. „Hannah Wilson", sagte sie und schüttelte die Hand. „Und das ist Nessa. Sie ist vier."

„Hallo, Nessa! – Wohin fahren Sie?"

„Bessere Zeiten, bessere Orte", sagte Hannah und zuckte die Achseln. „Konnte mein Blümchen nicht länger dem Schlamassel aussetzen, mit dem ich zu tun hatte. Also habe ich sie mitgenommen, und jetzt suchen wir nach einem neuen Platz zum Leben. Und nach Arbeit für mich."

Sophies Lächeln wurde breiter. „Ich kann Ihnen nicht viel anbieten. Aber mein Mann und ich können Ihnen sicher ein bisschen aushelfen. Warum kommen Sie nicht mit mir? Unsere kleine Stadt hat viele Arbeitsmöglichkeiten, und sein Flair wird Ihrer Seele guttun, da bin ich mir sicher."

„Ich kann nicht viel für eine Unterkunft bezahlen", gab Hannah zu. Nessa kuschelte sich enger an sie und blickte Sophie skeptisch an.

„Wir werden gemeinsam eine Lösung finden", versicherte Sophie Hannah. „Ich weiß, Sie kennen mich nicht; warum sollten Sie mir also vertrauen?"

Hannah blickte sie an, ohne mit der Wimper zu zucken. „Ich weiß nicht, aber wo würde ich landen, wenn ich es nicht wenigstens versuchte?!"

Die beiden Frauen sahen einander tief in die Augen und schlossen einen stillen Vertrag.

*

„C'est mon mise-en-place! Wann verstehst du das endlich, rosbif?" schrie die ranke Köchin Finn Rover neben sich an. „Gâchez nie wieder avec lui! Verstanden, hein?"

Finns leuchtendblaue Augen musterten sie gleichmütig. Sein aschblondes Haar, sorgsam gekämmt, war von einer Kochmütze bedeckt. „Kipp nicht aus den Latschen, Froggy", sagte er gutmütig. „Erstens tut es mir leid, dass ich deine Sachen angerührt habe. Ich brauchte ein paar von deinen Gewürzen, und meine sind mir in meinem Mise-en-place ausgegangen." Er zog eine Show ab, indem er ihre Teller und Schüsseln mit übertriebenen Bewegungen wieder so arrangierte, wie sie vorher gestanden hatten, bis sie schließlich lachen musste. „Und zweitens, wie oft muss ich dir noch sagen, dass ich kein ‚rosbif‘ bin? Ich bin Amerikaner. Nicht Großbritannien, sondern Etats Unis. Krieg das in dein süßes, kleines Gehirn." Er warf etwas frischen Estragon in einen Soßentopf, der mit einer cremigen Flüssigkeit gefüllt war, und schwenkte ihn über der Gasflamme, bis sein Inhalt gut vermischt war. Dann tauchte er einen Verkostungslöffel in die Soße und hielt ihn seiner hübschen Kollegin hin. „Sag mir, ob etwas fehlt."

Die Köchin nahm den Löffel, probierte und zog ein Gesicht. „Ein Schuss Bescheidenheit und eine Prise Höflichkeit."

Finn zog ebenfalls eine Grimasse. „Danke, meine Schöne. Ich hatte wegen der Soße gefragt, nicht wegen mir. Ich weiß, dass ich nicht perfekt bin."

Die Köchin kicherte. „O Finn, du bist noch mein Tod, bien sûr. Natürlich ist deine Soße perfekt wie immer."

„Merci, Janine", lächelte Finn und zwinkerte ihr zu. Dann sah er sich an seinem Arbeitsplatz um.

Hätte ihm jemand vor nur fünf Jahren gesagt, dass er einmal in der Küche des berühmten französischen Restaurateurs Bertrand Gauthier in Colmar stehen würde, hätte er nur gesagt: „Ja, träum weiter." Finn hatte eine tragische Pflegekindheit gehabt, nachdem er sehr jung von daheim weggenommen worden war. Mit achtzehn, kurz nach seinem High-School-Abschluss war er von seiner letzten Pflegefamilie weggelaufen. Er war in Wycliff am südlichen Puget Sound gelandet, wo er in einem verlassenen Schuppen geschlafen und Läden bestohlen hatte. Er war krank gewesen, als er auf frischer Tat in „Dottie's Deli" ertappt worden war. Dottie hatte Polizeichef Luke McMahon herbeigerufen, mit dem sie jetzt verheiratet war. Beide hatten ihm eine Höllenangst eingejagt. Am Ende hatte Dottie ihm ein warmes, gemütliches Zuhause geboten. Das Bistro nebenan hatte ihn als Küchenhilfe eingestellt, und mit der Zeit hatte er zurückzahlen können, was er jedem Laden schuldete, den er bestohlen hatte.

Glücklicherweise war er bei seiner ersten Tulpenparade, der alljährlichen Eröffnung der Tourismussaison, zur richtigen Zeit am richtigen Ort gewesen, um einen kleinen Jungen davor zu bewahren, von einem Umzugswagen überfahren zu werden. Bobby Randoms dankbare Eltern hatten sich mehr als großzügig erkenntlich gezeigt. Sie hatten ihn nach seinem Traumberuf gefragt. Und so war er in den besten Kochschulen gelandet. Von Seattle war er nach New York gezogen, um mehr Kenntnisse über die Küche an der Ostküste zu erlangen. Er hatte in Teilzeit als Chef de Partie in einem hübschen, aber sehr kleinen Restaurant nahe dem Time Square gearbeitet, als er von seinem Boss einem Freund in Frankreich empfohlen worden war. Dieser Freund war Bertrand Gauthier.

Finn hatte seine Taschen zum Semesterende gepackt und war nach Europa gereist. Er war zuerst in London gelandet und hatte diese unglaublich alte und multikulturelle, lebhafte Metropole erkundet. Er war nach Madrid gereist und nach Paris, nach Florenz und Venedig, nach Wien, Berlin, Stockholm, auf die Inseln Kreta und Sizilien. Er hatte alle Eindrücke aufgesogen, die er nur gewinnen konnte. Es war eine überwältigend sinnliche Reise gewesen. Er hatte sich lebendig wie noch nie gefühlt. Er war zu einem bestimmten Zweck gereist. Er war nicht davongelaufen. Er war hier, um einer der größten Köche aller Zeiten zu werden, nicht wahr? Er würde den Randoms, diesen liebevollen Menschen, etwas zurückschenken. Und der süßen, kleinen Dottie und ihrer Familie. Und seinen Freunden im „Le Quartier". Er würde den Menschen zeigen, dass es sich lohnte, in ihn zu investieren.

Nach ein paar Monaten sagenhaften Reisens und vollsten Lebensgenusses war er an der Hintertür bei „Le Canard Jaune" angelangt. Das war Bertrand Gauthiers hübsches, kleines Restaurant im Zentrum der uralten Stadt Colmar im Elsass. Die Fassade des Restaurants wirkte ziemlich antik, und das Innere des Restaurants erwies sich als vergleichsweise unauffällig. In dem tiefen, engen Raum standen vielleicht zwanzig Tische. Das ganze Restaurant war mit dunkler Eiche verkleidet, mit schweren Deckenbalken. Einige Kandelaber erhellten die Nischen. Eine alte Karte von Colmar hing an einer Wand, ein Gobelin an einer anderen. Ein altes, aber auf Hochglanz poliertes Schwert mit

Schild glänzte über dem riesigen Kamin. Das war alles. Die Tische waren aus einfachem Holz, die Stühle ebenso. Keine Teppiche auf dem Boden.

„Dessin minimal", wie Chef Gauthier sich ausdrückte. „Wir wollen unser Essen glänzen lassen et notre clientèle. Das Restaurant ist nur der Rahmen, der beide zusammenbringt."

Die Küche hinter dem schlichten Speiseraum mit seinem mittelalterlichen Charme bestand ganz aus hochmodernem Edelstahl und Terrakotta-Fliesen. Kein Gerät war zu teuer, kein Utensil zu exotisch, dass Chef Bertrand Gauthier es seinen Köchen nicht zur Verfügung gestellt hätte. Er sorgte dafür, dass das Essen für seine Angestellten mehr als nur Reste bot. Jede Schicht begann mit einer gemeinsamen Mahlzeit, die oftmals einfach, aber immer gut war.

„Ein Koch kann nicht von ganzem Herzen kochen, wenn er nicht in dem für ihn bestmöglichen Sinne anerkannt wird – mit gutem Essen", war Chef Gauthier überzeugt. Ein weiterer Grund für ihn war, dass die Angestellten vermutlich weniger aus der Speisekammer stahlen, wenn sie auf regelmäßiger Basis einen gewissen Anteil daraus erhielten. Die Löhne waren gut, die Arbeitsstunden jedoch aberwitzig. Wie überall im Restaurantgeschäft. Finn merkte bald, dass seine Bistro-Zeiten die Zuckerseite der Branche gewesen waren. Sie hatten während der ruhigen Stunden Zeit zum Experimentieren gehabt. Hier gab es bis nach Mitternacht keine ruhigeren Zeiten. Man bezahlte mit mehr Arbeitsstunden dafür, dass man in einem berühmten Restaurant kochte und einen guten Lohn erhielt.

Morgens gingen sie abwechselnd zum Großmarkt, um frische Spezialitäten zu holen. Das Entladen von LKWs mit Fleisch und Fisch brach ihnen fast das Kreuz. Das Aufbrechen der Karkassen und die Vorbereitung von Speisen hinterließ selbst bei den geschicktesten Köchen Narben auf Lebenszeit. Der Deutsche, den sie nur Doktor Faust oder Doc nannten, weil er wegen seiner Grillkünste einen Vertrag mit dem Teufel haben musste und täglich zwölf Stunden lang am Holzkohlengrill stand, hatte sogar einen Finger verloren, und die Haut seiner rechten Hand sah so aus, als sei sie einmal geschmolzen und dann willkürlich wieder zusammengesetzt worden. Die Temperatur in der Küche war brutal. Und das war auch die Geschwindigkeit, mit der die Gerichte zubereitet werden mussten. Bertrand Gauthier war ein geduldiger, aber erbarmungsloser Chefkoch. Die Qualität, die in den Speiseraum gesandt wurde, war über jede Kritik erhaben – und doch beschwerten sich manche Kunden und schickten Gerichte zurück.

„Nous les connaissons. Sie wollen wichtig wirken." Chef Gauthier zuckte die Achseln, wenn es vorkam. Oft genug setzten sie das Essen einfach unverändert ein paar Minuten lang unter eine Heizsonne und schickten das Gericht wieder zum Gast zurück, ohne dass der eine Ahnung gehabt hätte, dass mit dem Gericht überhaupt nichts geschehen war. Doch gewöhnlich wurde es für

„jetzt exzellent" erklärt. Die Küchenbrigade verdrehte die Augen, wenn es passierte, und machte weiter.

Natürlich forderte die harte Arbeit ihren Tribut. Finns Füße schmerzten ständig. Täglich begann sein Kopf pünktlich wehzutun, wenn er die Küche betrat. Er hatte aufgehört, die Brandblasen und Schnittwunden an seinen Händen und Unterarmen zu zählen. Er wusste, er war damit nicht allein. Wenn er zurück in seine Unterkunft kam, eine bescheidene Dachkammer mit einem Futon, einem Schrank ohne Tür (die Angeln waren kaputt) und einem winzigen Badezimmer, war er so aufgedreht, dass er nicht schlafen konnte. Also begann er zu trinken, um schläfrig genug zu werden. Seine Träume füllten sich mit Küchen-Szenarien, Missgeschicken, die er fürchtete und die ihm nie passierten. Und immer wieder hatte er Visionen von dem echten Heim seiner Kindheit und dann von der entzückenden kleinen Stadt Wycliff.

„Wie schaffst du all die Arbeit und siehst trotzdem noch fit aus?" fragte Finn eines Tages Doktor Faust. Doc lachte nur. Er schüttelte den Kopf und deutete in den hinteren Teil der Küche, wo die Tellerwäscher sich befanden. „Was haben denn *die* damit zu tun?"

„Frag sie nach einer Kostprobe", sagte Doc.

Finn wunderte sich. Er überdachte die Antwort einige Tage lang. Während er einige der Tellerwäscher beobachtete, die nicht viel sprachen, aber ihre Arbeit zuverlässig und schnell erledigten, sah er, dass nicht nur Doc immer wieder in ihre Ecke ging. Auch eine Reihe anderer Chefs de Partie gingen verstohlen nach hinten, sprachen mit den Jungs, den Rücken der Küche zugewandt, stopften etwas in ihre Hosentaschen und kehrten irgendwie beschwingt an ihren Arbeitsplatz zurück.

Finn ließ ein paar Wochen vergehen. Dann eines Nachmittags, bevor der Ansturm zum Abendessen erwartet wurde, ging er hinüber zu Dusty, einem der Tellerwäscher. Dusty war natürlich auch nur ein Spitzname in der Welt der Küchen-Spitznamen. Der Typ war ein dürrer Asiat mit alterslosem Gesicht, das immer zu lächeln schien. „Kann ich dich was fragen?" wagte sich Finn vor.

„Kostprobe?" fragte Dusty.

„Ja", nickte Finn.

Der Tellerwäscher griff nach einer alten Teekanne neben seinem Heißwasser-Becken. Er nahm etwas aus der Kanne und steckte es in Finns Hand. „Erstes Mal ist gratis."

Finn nickte verlegen. „Danke." Dann ging er zurück an seinen Arbeitsplatz.

Janine musterte ihn von der Seite. „Sag mir, dass du nicht getan hast, wovon ich denke, dass du es gerade getan hast."

„Und was sollte das sein, meine Schöne?" Finn grinste von einem Ohr zum anderen.

Sie lächelte nicht zurück, sondern ihr Gesicht wurde leicht besorgt. Sie sprach leiser. „Hast du gerade Dusty um Kokain gebeten?!"

Finn klopfte auf seine Tasche und hob die Brauen, die Freude in seinem Gesicht unverändert. „Kann nicht verkehrt sein, es mal zu probieren, oder?"

Janine wandte sich vollends zu ihm um und sah jetzt richtig zornig aus. „Falsch, imbécile! Du gibst es besser sofort zurück!"

Finn lachte jetzt laut heraus. „Wirklich? Und was geht es dich an, ob ich's nehme oder es bleiben lasse?"

Janine wandte sich ab. „Stimmt", murmelte sie. "Idiot!"

Finn zuckte die Achseln und kochte weiter. Er freute sich darauf, den Stoff später zu probieren. Doch irgendwie nahm Janines offensichtliche Verachtung der Gelegenheit den Zauber. Warum musste sie auch ihren Senf dazugeben? Finn rührte die Soße in seinem Topf etwas zu heftig, und sie spritzte über den Rand auf seine linke Hand. „Merde", sagte er leise. Dann leckte er sie ab und lächelte. Die Soße war so delikat wie immer. Und mit Hilfe des magischen Pulvers in seiner Tasche würde er vielleicht sogar neue Höhenflüge seiner Inspiration und Fähigkeiten erleben.

*

Nessa spielte mit den Kindern im Garten des Kindergartens neben Pastor Waylands Zuhause und der hübschen Oberlin-Kirche. Ihr Gesicht war gut verheilt, und nur eine kleine Kruste erinnerte Hannah an den schicksalhaften Nachmittag, an dem sie ihr Zuhause verlassen hatten und vor dem weggelaufen waren, was sie für ihr Leben gehalten hatten. Jetzt steckten Nessa und ein anderes kleines Mädchen die Köpfe zusammen, und dann kicherten beide.

Hannah seufzte. Das war genau, was sie sich für die Kindheit ihres kleinen Mädchens erhofft hatte. Friedlich, von Lachen und kleinen Freunden erfüllt. Sie erkannte, dass Nessas Leben nie ganz so sein würde. Sie würden sich immer umblicken, um zu sehen, ob es Ralphie gelungen war, sie zu finden. Auch steckte ihnen die Erinnerung an plötzliche Gewalt und Geschrei in den Knochen. Schlug eine Tür wegen Zugluft zu oder schrie jemand, erschraken sie und schrumpften in sich zusammen. Hannah plagten Albträume, aber sie hoffte, dass sie mit der Zeit verschwinden würden. Nessa hatte offenbar stärkere Nerven. Wenn sie morgens aufwachte, erzählte sie meist von lustigen Träumen, die sie gehabt hatte, und selten von etwas, das sie beunruhigt hatte.

Hannah putzte die Fenster des Pfarrhauses weiter. Sie putzte Fenster tatsächlich gern. Besonders für Menschen wie diese. Die Waylands hatten sie aufgenommen, als sei es ganz normal, Fremde unter ihrem Dach unterzubringen.

Als Sophie sie am ersten Abend hergebracht hatte, hatte Pastor Clement nur seine Brille abgenommen, sie geputzt, wieder aufgesetzt und vorgeschlagen, sie sollten frisches Bettzeug fürs Gästezimmer suchen und schauen, ob in der Speisekammer etwas Essbares sei, das auch ein kleines Mädchen mögen würde. Nessa war nie schleckig gewesen, und Hannah hätte sich Schleckigkeit sowieso nicht leisten können. Das Abendessen war also schnell und einfach an jenem Abend serviert. Das Gästezimmer verfügte über ein schönes Queen-Size-Bett, einen gemütlichen Schaukelstuhl in einer Ecke und einen Schreibtisch mit Stuhl in einer anderen sowie einen ziemlich großen Wandschrank. Neben der Badezimmertür hing ein Spiegel, und heitere ländliche Szenen dekorierten die Wände rundum. Das Fenster blickte auf den hinteren Garten und den Kindergarten.

Am nächsten Tag hatte Hannah Sophie gefragt, was sie tun könne, um für ihren Aufenthalt zu bezahlen. Sophie hatte den Kopf geschüttelt und gesagt, das sei nicht nötig.

„Aber ich muss auch etwas für Sie tun", hatte Hannah bestanden. Und so hatten sie sich auf etwas leichte Hausarbeit geeinigt, die es Hannah jedoch ermöglichen sollte, nach einer dauerhaften Stelle zu suchen. Sie war sofort losgezogen.

Wycliff war gewiss eine freundliche Kleinstadt. Aber Hannah war halb schüchtern, halb misstrauisch, und zumeist ging sie an den einladenden Geschäftsfassaden vorbei, statt hineinzugehen und nachzufragen. Am Ende kaufte sie eine Tageszeitung aus einem stummen Verkäufer und zog eine kostenlose aus einem anderen. Da es nieselte, ging sie zurück zu ihrem neuen Heim in der Oberstadt und setzte sich an den Küchentisch, um die Anzeigen zu studieren. Aber sie sollte diesmal und zwei weitere Wochen lang kein Glück haben.

Als es September wurde und das neue Schuljahr begann, wurde Hannah rastlos. Sie musste Arbeit finden. Nessa musste offiziell im Kindergarten angemeldet werden. Und sie konnten nicht wochenlang auf Kosten der Waylands leben. So etwas hatte Hannah nicht geplant. Sie hatte ihren Stolz.

Da kehrte Pastor Wayland eines Abends von einer Sitzung mit seinen Gemeinderäten heim und winkte Hannah, ihm in sein Studierzimmer zu folgen.

„Ich habe vielleicht etwas für Sie gefunden, Hannah", begann Pastor Clement. Er nahm seine Brille ab und putzte sie, eine Geste, mit der Hannah inzwischen sehr vertraut war.

„Sie meinen Arbeit?" fragte Hannah atemlos.

Pastor Clement nickte. „Ich bin mir nicht sicher, ob es etwas ist, was Sie gern tun würden, aber ich dachte mir, zumindest die Menschen um Sie herum wären freundlich. In der Tat sehr freundlich."

„Was für eine Arbeit wäre es denn?" Hannah fragte sich, ob sie am Ende Toiletten für andere Leute putzen oder eine Chance haben würde, sich mit einer Aufgabe zu befassen, die sie zumindest mögen lernen konnte.

„Es wäre im ‚Le Quartier' – etwas im Gästebereich des Restaurants", sagte Pastor Clement. „Ich habe bemerkt, dass Sie ein bisschen schüchtern sind, aber Sie sind auch hübsch und freundlich, und Sie haben ganz gewiss ein Händchen für alles, was mit Haushalt zu tun hat."

„Sie meinen also Tische decken und den Speisebereich reinigen?" fragte Hannah.

„Ähm …" Pastor Clement errötete tatsächlich. „Ich bin mir nicht sicher. Die Stellenbeschreibung war ein bisschen querbeet. Ich fand es schwierig, sie wirklich zu verstehen", gab er zu.

„Es ist also nur vorübergehend, nehme ich an", fragte Hannah ihn.

„Nein! Nein", versicherte ihr Pastor Clement. „Es ist ganz gewiss eine dauerhafte Stelle. Obwohl ich fürchte, dass sie nur Mindestlohn bezahlen. Und einen Anteil am Trinkgeld."

„Das klingt fair", lächelte Hannah erleichtert. „Ich wüsste nur gern mehr wegen der Stellenbeschreibung."

„Wir können zusammen dorthin gehen, wenn Sie mögen", schlug Pastor Clement vor. „Und seien Sie nicht zu schüchtern, Nein zu sagen, wenn Sie sich diese Stelle für sich nicht vorstellen können."

Hannah biss sich auf die Lippen. „In der Not schmeckt jedes Brot, denke ich", sagte sie. „Ich nehme die Stelle, wenn man sie mir gibt."

„Also dann morgen?" fragte Pastor Clement.

„Also dann morgen."

*

Lieber Finn,

Du fragst Dich vermutlich, warum ich Dir schreibe. Und ich hoffe, der Brief erreicht Dich in dem französischen Restaurant, von dem Du den Randoms erzählt hast. Andernfalls wüsste ich nicht, wie ich Dich finden könnte. Es ist mir peinlich, mich an Dich wenden zu müssen, aber mir fiel nichts Besseres ein.

Paul ist wieder daheim und sitzt im Rollstuhl. Vielleicht weißt Du das ja schon. Was Du vermutlich nicht weißt, ist, wie sehr er sich verändert hat, seit er nicht mehr gehen kann. Er ist total depressiv und hat Stimmungsschwankungen, die Du bei dem Freund, den Du in der Vergangenheit kanntest, nicht für möglich gehalten hättest. Er geht kaum hinaus, und er entmutigt jeden, der ihn besuchen will.

Kurz gesagt: Ich sehe ihn nicht in naher Zukunft in unser Unternehmen zurückkehren. Er will nicht einmal über das Restaurant reden. Er möchte überhaupt nicht über Arbeit reden. Er liegt nur da oder sitzt am Fenster und starrt hinaus. Keine Pläne, nicht einmal der Versuch, zurückzukommen und am Leben teilzunehmen. Was bedeutet, dass jetzt nur Barb, Christian und ich „Le Quartier" betreiben. Und natürlich ist da die Reinigungsfirma, die sich inzwischen auch um unser Geschirr kümmert.

Wir haben unsere Speisekarte reduziert. Wir haben jetzt montags geschlossen. Wir haben keine freien Tage mehr – und du kannst dir vorstellen, wie sich das anfühlt. Wir hatten gerade mehr

Personal einstellen wollen, bevor Paul angeschossen wurde, und jetzt sprechen wir stattdessen darüber, wie wir unsere Kredite abbezahlen sollen und ob es nicht besser wäre, ganz zu schließen. An den meisten Tagen ist „Le Quartier" halbleer, und die Leute sagen uns, unsere Essensqualität sei nicht mehr so wie früher.

Du fragst Dich vermutlich, was das alles mit Dir zu tun hat.

Nun, Du kennst unser Restaurant und uns. Und heute wende ich mich an Dich als Freundin. Eine Freundin in höchster Not. Glaub mir, ich täte es nicht, wenn ich eine bessere Idee hätte. Könntest Du Dir vorstellen, Dein französisches Sterne-Restaurant zu verlassen und an einen sehr bescheidenen, kleinen Ort am südlichen Sund zurückzukehren, um ihn und Deine Freunde vor dem Untergang zu bewahren? Wir gäben Dir sozusagen freie Hand in der Küche, auch wenn wir Dir natürlich nicht den Lohn eines Chefkochs bezahlen können. Noch nicht. Aber Du müsstest auch kein Geld für Miete ausgeben – Du kannst entweder wieder das Zimmer über dem Restaurant haben oder in Dotties einstiges Zuhause einziehen. Ich habe schon mit Julie geredet, ob ihr Deine Gesellschaft etwas ausmache, und sie war absolut entspannt deswegen. Du würdest wieder das Gästezimmer haben.

Christian sagt, Du kannst die Karte ganz nach Deinen Wünschen umgestalten, wenn er nur einen einzigen Tag frei bekäme. Und Barb spricht schon davon, was wir verändern können, wenn Du erst hier bist. Wir hoffen also wirklich, dass Du unsere Bitte überdenkst. Wir wissen, dass wir das nicht als

Angebot bezeichnen können, weil Du all den Ruhm opfern würdest, der vermutlich dazukommt, wenn man für Bertrand Gauthiers Gäste kocht. Wir schaffen es nicht einmal mehr in unsere Lokalzeitung, es sei denn, wir reichen den Artikel selbst ein. Aber wir versprechen Dir, dass wir es wiedergutmachen werden.

Ich hoffe jetzt, dass Dich dieser Brief schnell erreicht und dass Dir die Entscheidung nicht allzu schwerfällt. Eine E-Mail wäre einfacher gewesen, aber irgendwie bekomme ich immer nur eine Fehlermeldung, wenn ich versuche, Dir eine zu senden (hast Du Deine Adresse geändert?). Und aus offensichtlichen Gründen emaile ich Dir nicht an „Le Canard Jaune".

Ich hoffe, sehr bald von Dir zu hören.

À bientôt, Véronique

P.S.: Paul weiß nicht, dass ich Dir schreibe und Dich bitte zurückzukommen. Ich habe keine Ahnung, wie er reagieren würde, wenn er's wüsste.

*

Hannah war nervös, als sie sich an der Seite von Pastor Clement Wayland „Le Quartier" näherte. Sie zeigte es nicht, aber sie fürchtete, sie werde die Stelle nicht bekommen, was auch immer sie wäre. Äußerlich war sie gut verheilt. Aber innerlich war sie ein nervöses Wrack. Dass Ralphie sie geschlagen hatte, hatte ihre natürliche Schüchternheit nur verstärkt.

Clement spürte Hannahs Anspannung und tätschelte ihre Schulter. „Kein Grund zum Stress", sagte er freundlich. „Sie alle sind auch schon einmal in Bewerbungssituationen gewesen. Keiner wird Sie bei lebendigem Leib fressen. Außerdem habe ich sie über Sie und Ihren Hintergrund informiert."

Hannah wurde blass. „Sie haben ihnen von Ralphie erzählt?"

„Ich habe es nur angedeutet", sagte Clement und lächelte. „Ich wollte sichergehen, dass sie verstehen, dass Sie die Stelle wirklich brauchen. – Kommen Sie, gehen wir rein." Er öffnete die Tür.

Hannah sah ihn verzweifelt an. Dann machte sie einen Schritt vorwärts. Um Nessas willen. Außerdem konnte sie Nein sagen, wenn die Stelle unerträglich klang. Nun, zumindest theoretisch.

„Hallo!" rief eine hübsche, junge Blondine, als sie auf die Rezeption zukamen.

„Hallo, Véronique", sagte Clement. „Ich dachte, ich bringe Hannah persönlich vorbei."

„Ja, klar", strahlte Véronique und schüttelte Hannahs Hand. „Hätten Sie beide gern eine Tasse Kaffee?"

Hannah wollte ablehnen, doch Pastor Clement nickte und lächelte. „Dafür wären wir sehr dankbar."

„Lassen Sie mich nur rasch die anderen holen, und setzen wir uns an den großen Tisch in der Ecke. Der Service beginnt erst in zwei Stunden. Wir haben also viel Zeit für unser Frage-Antwort-Spiel." Sie zwinkerte Hannah zu und ging zur Küchendurchreiche. „Leute, sie sind hier!" Dann trat sie hinter die Bar, beschäftigte sich mit dem Restaurant-Keurig und drehte sich um. „Milch? Zucker?" Hannah und der Pastor lehnten ab. „Dann machen Sie sich's schon mal bequem. Wir sind in einer Sekunde bei Ihnen."

Hannah hatte das Gefühl, zu viele Arme und Beine zu besitzen, als sie sich auf ihrem Stuhl niederließ. Sie rutschte ein wenig herum und schalt dann sich selbst. Was würde man von ihr denken, wenn sie sich so benahm? Sie lächelte angespannt. „Ich glaube, sie werden mich nicht mögen", sagte sie durch die Zähne hindurch.

„Nun hören Sie sich mal selbst", schimpfte Pastor Clement freundlich. „Ich glaube, der einzige Mensch, der Sie hier nicht mag, sind Sie selbst."

Hannah sah sich nervös um. Das Bistro sah hell und sauber aus mit seinen Tischen für zwei, vier und sechs Personen, alles dekoriert mit frischen Blumen und Kerzen. An den cremefarbenen Wänden hingen Gemälde, die französische Kleinstädte zeigten. Hannah seufzte. „Es ist hübsch hier", gab sie zu.

Die Küchentür wurde aufgerissen, und heraus traten Barb und Christian. Sie kamen an den Tisch, stellten sich Hannah per Handschlag vor, umarmten Pastor Clement und setzten sich.

Schließlich kam Véronique mit einem Tablett voll Kaffeetassen und einer hübschen Etagère, die Petit Fours enthielt, aufwändig dekorierte, pralinengroße Kuchenbissen. Sie stellte vor jeden eine Tasse, und der intensive, bittere Duft füllte Hannahs Nase verführerisch. Plötzlich wollte sie unbedingt bleiben.

„Also, …", sagte Véronique und blickte in die Runde. „Ich hoffe, wir verlassen am Schluss alle glücklich unsere kleine Unterhaltung. Ehrlich gesagt braucht ‚Le Quartier' dringend zusätzliches Personal. Zudem zuverlässiges Personal. Hannah, ich nehme an, Sie haben gehört, dass unser Chefkoch der Held der Stadt ist. Aber er ist so schwer verletzt, dass er noch eine ganze Weile nicht wieder in der Küche arbeiten können wird. Was auch bedeutet, dass ich weder Barb noch Christian hier draußen zur Hilfe habe, wenn es voll ist." Sie seufzte. „Nicht, dass wir das in letzter Zeit gewesen wären. Aber ich hoffe, das wird sich wieder ändern. Ich bin die Restaurantmanagerin, aber ich arbeite auch als Bedienung und sehe zu, dass alles hier in Ordnung ist. Barb ist unsere Konditorin, aber wenn keine Desserts gefragt sind, hilft sie mir hier draußen. Oder Christian. Nur ist er dieser Tage, Chefkoch, Sous Chef und Chef de Partie in einem."

„Würde es die Situation mit nur einer weiteren Person hier draußen tatsächlich so viel besser machen?" fragte Pastor Clement neugierig, aber zweifelnd.

Véronique schüttelte den Kopf. „Nein, aber es wäre ein Anfang. Hannah, Ihre Aufgabe wäre es, morgens zu kommen und mir den Speisebereich vorbereiten zu helfen, Gläser und Besteck zu polieren, Servietten zu falten, bei der täglichen Inventur zu helfen und Lebensmittel und Non-Food-Artikel einzuräumen. Beim Mittagsessens-Service bin ich an der Rezeption, bringe unsere Gäste an die Tische und teile die Speisekarten aus. Sie nähmen danach die Bestellungen auf und würden dafür sorgen, dass sie so schnell wie möglich bedient würden. Aber keine Hast, ja? Ich würde so oft wie möglich mithelfen. Dasselbe mit dem Tischabräumen. Derzeit wird das Geschirr von unserem Reinigungsdienst abgewaschen. Wir hoffen, auch dafür jemand dauerhaft zu finden. Sie hätten jeden Nachmittag von zwei bis um fünf Pause. Danach käme der Abendessens-Service. Sähen Sie sich dazu in der Lage?“

Hannah verarbeitete die Aufgabenliste. Sie sah aus wie ein von Scheinwerfern geblendetes Reh. „Ich weiß nicht“, erwiderte sie ehrlich.

Barb zwinkerte ihr zu. „Wir sind nicht so schlimm, wie wir aussehen“, scherzte sie. „Wir würden es nicht von Ihrem Lohn abziehen, wenn Sie mal ein Glas oder einen Teller fallen lassen.“

Hannah lächelte schwach zurück. „Es ist bloß, dass ich noch nie in einem Restaurant gearbeitet habe“, sagte sie. „Aber ich würde natürlich gern in einem so hübschen wie diesem arbeiten. Und ich verspreche, mein Bestes zu tun, wenn Sie mir die Chance geben.“

Christian nickte. „Natürlich versuchen wir's mit Ihnen. Vielleicht mögen *Sie* ja am Ende *uns* nicht." Er lachte finster. „Um Himmel willen, Mädel, sag bitte Ja. Allein das würde uns schon eine Last von den Schultern nehmen."

Alle vier blickten sie erwartungsvoll an.

Hannah wurde rot. „Ich muss mich um ein kleines Mädchen kümmern."

„Sophie und ich werden das gern übernehmen", versicherte ihr Pastor Clement. Sie hatten jahrelang versucht, eigene Kinder zu bekommen. Aber es war ihnen nie bestimmt gewesen, und so hatten sie beschlossen, sich um all die Kinder zu kümmern, die ihnen in die Arme gedrückt wurden, seien es die Oberlin-Kindergarten-Kinder, sei es jemand, der einen Notfall-Babysitter brauchte oder – so wie jetzt – eine dauerhaftere Lösung.

„Und mein ehemaliger …" Hannah schluckte. „Ich meine, wir waren nicht verheiratet, aber er ist der Vater meiner kleinen Nessa. Er war immer sehr eifersüchtig wegen mir, obwohl ich nichts getan habe, das ihm einen echten Grund geliefert hätte. Wir mussten fortlaufen. Aber ich bin mir nicht sicher, dass er uns nicht gefolgt ist."

Véronique runzelte die Stirn. „Sie meinen, er könnte hier auftauchen?"

Hannah nickte niedergeschlagen. „Er liebte Nessa auf seine Weise. Und ich bin mir fast sicher, dass er wütend ist, dass wir weggerannt sind. Es wird seinen Stolz verletzt haben."

Barb zog die Augenbrauen hoch, und Christian schnaubte verächtlich. „Wenn er Stolz in sich hätte, hätte er Sie erst überhaupt nicht verprügelt." Er blickte Véronique und Barb mit einer unausgesprochenen Frage in den Augen an. Beide nickten. Dann wandte er sich wieder Hannah. „Also abgemacht, Hannah. Willkommen in unserem kleinen Team! Was den Kerl angeht … um den kümmern wir uns, wenn und falls er hier je aufkreuzt."

Barb stieß einen kleinen Jubelschrei aus, als sie Hannah zum Vertragsabschluss die Hand schüttelten. Pastor Clement war sehr damit beschäftigt, seine Brille zu putzen, während er sich bemühte, ein breites Lächeln hinter dem Taschentuch zu verbergen, mit dem er putzte.

Hannah war ein bisschen schwindelig vor Erleichterung und verspürte den plötzlichen Ehrgeiz, ihre neue Aufgabe zu jedermanns Zufriedenheit zu erfüllen. Sie blickte Pastor Clement dankbar an. Dann wandte sie sich an Véronique. „Wann soll ich anfangen?"

„Nun, wann könnten Sie denn anfangen?"

„Jetzt. Sofort."

„Sie sind so versessen darauf?"

„Es mir absolut ernst."

*

„Wo ist Dusty?" flüsterte Finn Janine zu.

„Ich habe gehört, er wurde gefeuert", flüsterte Janine zurück.

„Was?!" Finn schnappte leise nach Luft.

„Schhhh!"

Sie und die gesamte Küchenbrigade von „Le Canard Jaune" waren im Mitarbeiterzimmer von Bertrand Gauthiers Restaurant versammelt. Einige saßen an dem riesigen Esstisch, an dem sie normalerweise die Mahlzeiten teilten, einige lehnten sich gegen die Spinde oder hockten auf den Fensterbrettern. Alle waren neugierig und aufgeregt, weil Chef Gauthier so gut wie nie eine Sitzung vor den Küchenvorbereitungen einberief.

Die Tür öffnete sich, und Bertrand Gauthier trat ein. Seine Miene war finster, sein Gang schwer. Er schlug die Tür hinter sich zu – etwas, das er normalerweise nie tat, da er plötzliche, laute Geräusche hasste. Er ging zum Tisch und blieb dort stehen, während er jedes einzelne Gesicht musterte, bis es zuckte oder wegblickte. Er sagte kein Wort. Diejenigen, die sich angelehnt hatten, standen nun gerade. Die auf den Fensterbrettern kamen herunter und standen in beinahe militärischer Habacht-Stellung da. Die sitzenden Köche korrigierten ihre Haltung.

„Ich hatte gehofft, ich hätte nie mit so etwas zu tun", sagte Bertrand Gauthier leise. Er ließ ein paar Plastiktütchen voll weißen Pulvers auf den Tisch fallen. „Kokain. Maléfice. Unglaublich. In meinem Restaurant!" Sein ganzer Körper drückte Verachtung aus. Seine Stimme wurde mit jeder Silbe lauter.

Einige schrumpften in sich zusammen. Andere blickten schockiert. Finn blieb cool. Janine errötete.

„Ich will nicht wissen, wer von euch daran beteiligt war. Je ne suis pas aveugle. Nicht blind. Ich weiß, wer das Zeug genommen hat." Er musterte einige Gesichter, und die meisten, die er ins Visier nahm, besaßen den Anstand, den Kopf zu senken. Finn blickte er nicht an. Finn fühlte sich beinahe ausgeschlossen. „Ich dulde das nicht. Le directeur de police, er hatte die Freundlichkeit, diese catastrophe plus grande mit minimalem Aufsehen zu behandeln."

Finn stahl einen Blick auf Janine. Wieviel wusste sie wirklich?

Bertrand Gauthiers Augen wurden zu Schlitzen. „Es geht hier nicht nur darum, dass ich drogensüchtige Arbeitnehmer habe. Glaubt mir, es ist mir egal, was ihr euch selbst antut. Aber vous mettez en danger die Sterne *meines* Restaurants. Vous mettez en danger *meinen* Ruf. Und mir liegt an beiden sehr viel!" Er starrte die Tellerwäscher an, die sich in einer Ecke des Raums versammelt hatten. „Ihr habt gewusst, was Dusty direkt unter meinen Augen getan hat. Ihr könnt eure Sachen packen und verschwinden. Leute wie euch gibt's zu Dutzenden!" Er blickte sie zornig an. „Allez! Vite! Geht, geht! Ich will euch nie wieder hier sehen."

Die Tellerwäscher erkannten schließlich, wie ernst es Chef Gauthier meinte, und schlenderten zu ihren Spinden, um ihr Eigentum herauszuholen. Sie gingen auf kürzestem Weg hinaus.

Einer von ihnen besaß die Frechheit, mit seiner Hand hinter Chef Gautiers Rücken eine obszöne Geste zu machen, als er zur Tür hinausging.

„Das habe ich gesehen", sagte Bertrand Gauthier laut, ohne sich umzudrehen.

„Wie macht er das?" flüsterte Finn Janine zu.

„Er tut's einfach", antwortete Janine.

Dann wurden sie unter Chef Gauthiers zornigem Blick immer kleiner. „Des questions? Wollen Sie der Nächste sein, Monsieur Rover?" Er betonte die letzte Silbe des Namens.

Finn kniff die Augen zusammen und schluckte. Er fühlte sich wie ein Schuljunge, der vor der Klasse vom Lehrer getadelt wird. Zorn stieg in ihm auf. Es war lange her gewesen, dass er so wütend gewesen war. Ein weißglühender Zorn aus dem Nichts wollte sich aus ihm Bahn brechen.

„Nun hört gut zu", setzte Bertrand Gauthier fort. „Keine Drogen in meinem Restaurant. Wenn ihr meint, ihr müsstet … dann tut's woanders dans votre temps privé – in eurer Freizeit. Ich will euch nüchtern und mit klarem Kopf hier sehen. Jetzt zurück in die Küche. Ich erwarte euer Bestes für den Service heute Abend."

Als Finn an seinem Boss vorbeigehen wollte, hielt Chef Gauthier ihn beim Ellbogen zurück. Finn blickte ihn mit einer Mischung aus Überraschung und Verärgerung an.

„Finn Rover", sagte Bertrand Gauthier. „Sie sind mir von un cher ami empfohlen worden. Nun machen Sie ihn und mich zum Gespött. Hören Sie auf, ces substances zu nehmen, verstanden?"

„Ich nehme nichts", log Finn. Aber er sah Chef Gauthier dabei nicht an.

Sein Boss blickte ihn schweigend an; Enttäuschung malte sich jetzt deutlich in seinem Gesicht. „Je ne sais pas, warum Sie das tun. Sie sind ein junger Koch, dem tout le monde offensteht. Sie sind begabt, aber Sie scheinen nicht mehr, Herr Ihrer selbst zu sein. Sehen Sie sich mal Ihre Augen an. Des pupilles comme des épingles – Stecknadel-Pupillen. Halten Sie mich nicht für dumm."

Finn versuchte, sich loszuwinden. „Ich gebe mein Bestes in Ihrer Küche. Und ich weiß, dass es gut ist."

Bertrand Gauthier blickte den jungen Mann an, der sein Selbstwertgefühl mit Drogen aufpeppte. „Das nennen Sie Ihr Bestes?" Er schüttelte den Kopf. „Ecoutez, mon cher! Sie machen sich zum Sklaven von Kokain. Es wird Ihnen Ihren Zeitplan und Ihre Fähigkeiten diktieren. Ihr Kopf wird nur an die nächste Dosis denken können. Pas de cuisinier. Das Kochen wird zweitrangig. Oder drittrangig."

„Was wissen Sie schon von der Inspiration, die ich dadurch erhalte?!" protestierte Finn jetzt laut.

„Ah", lächelte Chef Gauthier sarkastisch. „Es flüstert Ihnen also ins Ohr? Es ist Ihre kleine Ratte Ratatouille? Sie können nur gut kochen, wenn es übernimmt? Arrêtez, aber sofort, oder Sie können sofort mein Restaurant verlassen!"

Finn hob jetzt die Stimme. „Hören Sie sich nur selbst! Ich bin nicht blöd. Und ich bin weit besser, als Sie wissen. Die meiste Zeit kriegen Sie doch gar nicht mit, dass ich schicke neue Kreationen produziere. Sie bringen mir nichts bei, was ich nicht schon längst wüsste. Und ich werde all das Kokain nehmen, das ich nehmen will, weil es mich nicht lahmlegt – es macht mich noch kreativer. Machen Sie, was Sie wollen, aber meinen Stil ändern Sie nicht."

Chef Gauthier blickte ihn eisig an. „Gehen Sie", sagte er leise. „Wenn Sie alles gelernt haben, was es zu lernen gibt, wenn das alles ist, was Sie je erreichen werden, wenn Sie sich nicht noch verbessern können, dann ist in meiner Küche kein Platz für Sie."

„Gut", sagte Finn, aber er fühlte sich nicht so gut, wie geglaubt hatte, sich fühlen zu müssen. „Ich habe ohnehin einen Brief mit der Bitte erhalten, ein Restaurant als Chefkoch zu übernehmen. Dort kennt man meine Qualitäten." Er riss sich die Kochjacke herunter und warf sie über einen Stuhl. „Sie werden schon sehen, was Sie davon haben, dass Sie mich feuern." Und er ging hinaus.

Chef Gauthier rieb sich nachdenklich den Nacken und schüttelte den Kopf. „Quelle perte – welche Vergeudung", sagte er zu sich selbst. „Und das arme Restaurant, wo sie nicht wissen, was für einen Koch sie dort bekommen!"

*

Ein Brief von Finn – und weit früher als erwartet. Er kommt!!!

Bon dieu, merci! Ich habe schon so lange um eine Lösung gebetet, und jetzt sieht es so aus, als wären wir endlich auf dem besten Weg dahin. Es ist erst zwei Wochen her, dass ich Finn geschrieben habe.

Hannah ist im Gästebereich solch ein Gewinn geworden – ich weiß nicht, wie wir je ohne sie gearbeitet haben. Sie hat ganz gewiss ein Auge fürs Detail. Sie übersieht beim Tischdecken nicht die kleinste Kleinigkeit. Sie hat ein Händchen dafür, Servietten auf ausgefallene Weise zu falten. Sie erinnert sich an Gesichter und Namen. Neulich hatten wir hier ein Pärchen, das nur ein Wochenende im Jahr kommt. Ich erinnere mich an ihre Gesichter, aber ich gebe zu, dass mir der Rest entfällt. Nachdem sie sie zum zweiten Mal bedient hatte, kannte Hannah sie beim Namen, sorgte dafür, dass sie Evian statt Apollinaris am Tisch hatten, bestellte ihre Beilagensalate ohne Möhren (sie muss beobachtet haben, dass der Ehemann am Abend zuvor nur um sie herumgestochert hatte) und fragte, ob sie an diesem Abend wieder den Hauswein bevorzugten. Natürlich zog sie ein dickes Trinkgeld an Land. Merveilleux!

Unsere Gäste lieben sie einfach. Sie scheint so in unser Bistro zu gehören wie wir Eigner. Und obwohl sie durch laute Geräusche zu Tode erschrickt, wenn jemand zum Beispiel schreit *oder eine Tür zuknallt, würde niemand erraten, dass sie immer mit einem halben Blick über die Schulter arbeitet. Ich hoffe, dass Ralphie, der sie zu diesem nervösen Wrack gemacht hat, eines Tages sein Fett wegkriegt.*

Habe neulich Tiffany Delaney getroffen, und da habe ich zum ersten Mal gehört, dass sie mit Pastor Clement über unsere Situation gesprochen hat. Es ist mir unangenehm, dass sie für die Leute so offensichtlich gewesen ist. Ich dachte, wir hätten unsere Sorgen gut verborgen. Aber die Menschen in Wycliff scheinen uns besser zu kennen, wie es scheint. Und sie müssen sich wegen Paul wundern. Immerhin war er der Chefkoch von „Le Quartier", bevor er angeschossen wurde.

Eh bien ... Finn ist unterwegs und wird Ende dieser Woche hier sein. Er sagt, er habe über unser Angebot nicht groß nachdenken müssen. Und er hofft, dass er uns wieder flüssig machen kann. Er klang ein bisschen übertrieben, als er anspruchsvollere Gerichte erwähnte. Immerhin haben wir es auch mit bodenständigen Menschen zu tun, und ich möchte sie nicht noch mehr verschrecken, als wir das ohnehin mit unseren französischen Abwandlungen auf der Speisekarte tun. Aber vielleicht liege ich hinsichtlich Finns Haltung falsch und interpretiere ihn verkehrt. Letztlich werden wir alle zusammenarbeiten und die Dinge gemeinsam entscheiden. Ich bin nur froh, dass er ein alter Freund ist. Viel einfacher, als einen neuen Koch anzulernen, bien sûr.

Was Paul angeht, so bin ich verzweifelt. Ich habe letzte Woche fünfmal versucht, ihn zu sehen, und wurde viermal weggeschickt. Ellen ist auch außer Fassung. Sie überlegt, wie sie ihn dazu bringen kann, einen Psychologen zu sehen, aber natürlich kann sie ihn nicht dazu zwingen. Paul verlässt nicht einmal mehr das Haus. Als er mich ihn das letzte Mal besuchen ließ, habe ich gesehen, dass er viel geweint haben muss.

Die kleine Tigerbarbe sah in ihrem Aquarium auch nicht glücklich aus. Das Wasser war trüb, und ich hoffe nur, dass Paul sie zumindest füttert.

Ich bin mit meinem Latein am Ende. Ich frage mich, ob es Paul aus seiner Depression aufrütteln würde, wenn ich ihm drohte, ihn zu verlassen. Andererseits — was, wenn ihn das noch tiefer hineinreißt?

4

Cassoulet

Manchmal ist eine solide, rustikale Mahlzeit am besten. Hatte Cassoulet zum Abendessen, und der Koch zeigte mir die irdenen Töpfe (cassoles), nach denen das Gericht benannt worden ist. Die Mischung aus weißen Bohnen, Speck, Hammel, Schweinswurst und Entenfett, gewürzt mit Knoblauch und Kräutern wird stundenlang gegart - einfach jenseitsmäßig! Leider wird es das auch buchstäblich bleiben müssen. Ich kann mir nicht vorstellen, ein solches Gericht in einer geschäftigen Restaurantküche zuzubereiten, wo das Essen den Gästen schnell serviert werden muss und ständig Herde für neue Mahlzeiten benötigt werden.
(Küchennotizen aus Finn Rovers Reisetagebuch)

„Er ist hier!" rief Barb in den stillen Speiseraum von „Le Quartier". Hannah und Véronique waren damit beschäftigt, Tische zu decken und Gläser zu polieren. Jetzt ließen sie alles stehen und liegen und eilten zur Hintertür zwischen Küche und Mitarbeiterzimmer, um sich zu Barb und Christian zu gesellen. Ihre Gesichter strahlten vor hoffnungsvoller Vorfreude. Sie waren angespannt, aber glücklich. Paul kam zum ersten Mal zum Bistro zurück, nachdem er angeschossen worden war.

Hatte Pauls Mutter ihn endlich dazu überreden können? Oder hatte Véronique seinen Stolz berührt, als sie ihm gesagt hatte, sie hätten sich auf ihn verlassen und er habe sie hängen lassen? Es spielte keine Rolle. An diesem Samstagmorgen hatte Paul Ellen gebeten, ihn in die Stadt zu fahren und für eine halbe Stunde im Bistro abzusetzen. Er hatte Schwierigkeiten gehabt, ins Auto zu wechseln, da er es eine Weile nicht mehr geübt hatte, aber mit etwas Hilfe seitens seiner Mutter hatte er es geschafft. Und erst einmal drinnen zu sitzen und herumgefahren zu werden, hatte sich fast wie normal angefühlt. Als ihm einige Nachbarn zuwinkten, winkte Paul sogar mit einem nervösen, kleinen Lächeln zurück.

Und jetzt waren sie an der Hintertür zu „Le Quartier" angekommen, und seine Freunde barsten mit fröhlichem Gelächter und Willkommensrufen aus dem Haus. Sie umstellten das Auto, und Christian, ganz der Gentleman, öffnete Ellen die Tür. Die Mädchen machten sich mit dem Kofferraum zu schaffen, holten den Rollstuhl heraus, klappten ihn auf und rollten ihn an Pauls Tür. Sie bemühten sich sehr, nicht hinzustarren, als Paul sich langsam aus dem Autositz in seinen Rollstuhl hob. Sie sahen die Anstrengung in seinem Gesicht und versuchten, sie zu ignorieren. Sie bemühten sich sehr, nur ihren alten Freund zu sehen, einen verletzten Menschen, nicht seine behinderte Hülle.

„Willkommen daheim!" sagte Véronique sanft, als sie sich zu ihm beugte, um ihn auf den Mund zu küssen. „Es ist wundervoll, dass du wieder da bist. Wir haben auf dich gewartet."

Sie öffneten ihm die Tür. Sie hatten eine kleine Rampe installiert, sodass er über die Stufe darunter überwinden und die Schwelle überqueren konnte. Drinnen fuhr er weiter und stieß die Schwingtüren der Küche auf. Die anderen waren mit fröhlichem Plaudern gefolgt.

Als Paul kurz nach dem Hineinfahren in die Küche anhielt, standen sie alle dicht gedrängt auf der Schwelle. Sie konnten sein Gesicht nicht sehen. Aber Véronique bemerkte, wie seine Knöchel auf den Rädern weiß wurden und sich sein Griff verstärkte. Sie sah, wie sich seine Schultern anspannten. Sie meinte fast, ihn mit den Zähnen knirschen zu hören. Sofort wusste sie, dass sie ihre Hoffnungen viel zu hoch gesetzt hatten.

Paul spürte die Neugier seiner Freunde, ihre Vorfreude. Ihre Hoffnung. All das hatte in ihren Gesichtern gestanden, als das Auto vorgefahren war. Sie waren um ihn herum so geschäftig gewesen, dass er fast eine Art Elektrizität spürte, die von ihrer Haut vibrierte. Sie hatten an seine Bedürfnisse gedacht und das Haus für ihn zugänglich gemacht. Ihre glückliche Zuversicht war fast ansteckend. Aber als er die Schwingtüren aufstieß, wurde diese kurze Beschwingtheit im Keim erstickt.

Paul sah sofort, dass dies nicht mehr sein Arbeitsplatz sein würde. Die Gänge der Küche waren zu eng, als dass er seinen Rollstuhl hätte hindurchnavigieren können. Die Arbeitsflächen und Herdplatten waren für ihn auf Kinnhöhe. Er würde sie nicht erreichen und auf ihnen arbeiten können. Was die Speisekammerregale und den begehbaren Kühler anging – er würde ständig jemand anders benötigen, der ihm Vorräte anreiche. Buchstäblich. Sein Traum, falls er ihn denn doch noch einmal zu träumen gewagt hatte, löste sich auf.

„Ich will hier raus", sagte er leise und fest.

Er blickte in keines der Gesichter seiner Freunde, als er den Rollstuhl wendete und zwischen ihnen hindurchfuhr. Véronique versuchte, ihn einzuholen, als er die Hintertür erreicht hatte. Aber er hob seine rechte Hand, ohne sich zu ihr umzudrehen.

„Ich muss jetzt bitte allein sein."

Véroniques Schultern sackten herunter. Ein winziger Klagelaut entfuhr Barb. Christian biss die Zähne zusammen. Hannahs Gesicht war von Mitleid erfüllt. Ellens Augen füllten sich mit Tränen. Sie sahen zu, wie er die kurze Rampe hinunterrollte und dann weiter durch die Hintergasse, bis er in die Front Street abbog.

„Möchtest du, dass ich ihm nachgehe?" fragte Véronique Pauls Mutter.

Ellen schüttelte den Kopf und schluckte. Über ihre Wangen strömten jetzt Tränen. „Es würde nichts ändern, oder? Wir haben gesehen, warum er weg wollte. Er hat recht. Und wir werden nichts für ihn ändern können." Sie brach ab und begann wirklich heftig zu schluchzen.

Hannah begann, mit ihr zu weinen. Sie kannte Verzweiflung. Sie hatte sich für ihr Kind hindurchgekämpft. Zu sehen, wie das geliebte Kind einer anderen vergebens kämpfte, zerriss ihr das Herz. Sie konnte nichts sagen, aber sie legte ihre Arme um die Frau, die ebenfalls Mutter war, aber eine, die die Hoffnung verloren hatte.

*

Später am Nachmittag hatten sie ihn gefunden, wie er mit eisiger Miene über den Hafen hinwegstarrte, als habe er aufgehört, etwas zu fühlen. Sie hatten Angst gehabt, er könne sich etwas antun, aber er hatte keine Träne vergossen. Er hatte nicht protestiert, als sie ihn zurück zum Auto mitgenommen und heimgefahren hatten. Er war einfach in sein Zimmer zurückgefahren.

Für Paul verschmolz wieder ein Tag nahtlos mit dem nächsten. Er hatte aufgehört, im Kalender nachzusehen, welcher Wochentag es sei. Er sah nicht fern. Er las nicht. Er starrte nur blind aus dem Fenster. Er aß, ohne zu schmecken. Er litt es, dass seine Mutter ihn ab und zu für einen Tapetenwechsel im Auto herumfuhr. Er antwortete auf ihre Fragen und die seines Vaters mechanisch.

„Ich weiß nicht, ob wir je seinen Panzer durchbrechen können", sagte Ellen eines Abends zu ihrem Mann Arthur. „Ich könnte geradeso gut gegen die Wände reden."

Er sah sie an und antwortete nicht. Sie saßen da und starrten einander über den Tisch hinweg an, an dem sie vor einer halben Stunde wieder einmal ein qualvolles Abendessen mit ihrem Sohn durchlebt hatten. Die Situation machte sie hilflos und lähmte sie.

„Thora hat neulich nach ihm gefragt", fuhr Ellen fort, nur um die Stille zu beenden.

„Thora Byrd?" fragte Arthur, als gäbe es noch eine andere Thora in der Stadt Wycliff.

„M-hm", sagte Ellen und verstummte. Nach einer Weile sprach sie wieder. „Ich dachte mir, sie könnte ihm möglicherweise mit einem Besuch helfen. Sie ist gut darin, Leute zu berühren."

„Leute aufzurühren, meinst du", grummelte Arthur. Er war einer der wenigen Menschen in der Stadt gewesen, die gern eine Ölraffinerie gehabt hätten. Er hielt es für albern, die Tradition einer ganzen Gemeinde wie Wycliff „nur um des Tourismus willen" aufrecht zu erhalten. Obwohl er zugeben musste, dass ein Teil von Thoras Aktivismus die Küstenstadt am Sund verbessert und verschönert hatte. Und ohnehin: Die Dinge lagen jetzt nun einmal so. Warum also im Zorn zurückblicken?!

„Sie hat selbst Schlimmes durchgemacht", gab Ellen zu bedenken.

Arthur seufzte. „Ja, ja, ich weiß. Während des gleichen Falls entführt mit einem gebrochenen Arm. Blablabla …" Er verdrehte die Augen. „Und jetzt ist sie genesen, und ihre Seele heilt vielleicht eines Tages auch." Er sah Ellens gequälte Miene und lenkte ein. „Nun, wenn es hilft, lass sie kommen und mit Paul reden."

Ellen nickte.

90

Am nächsten Tag war sie mit Telefonaten beschäftig und deckte den Esstisch mit Gebäck und Kuchen sowie mit je einer Kanne Tee und Kaffee.

Als Thora an die Haustür klopfte, rannte Ellen beinahe hin, um zu öffnen. „Vielen Dank, dass Sie gekommen sind!" sprudelte es aus ihr heraus. „Wir wissen es so zu schätzen!"

„Wie geht es Paul?" fragte Thora. Ihre grünbraunen Augen waren voller Besorgnis. Sie hatte keine Ahnung, worauf sie sich eingelassen hatte. Obwohl sie normalerweise kein Problem hatte, Worte zu finden, fühlte sie sich hier hilflos und ein wenig fehl am Platze.

„Sehen Sie bitte selbst", bat Ellen. „Wenn Sie nur mit ihm reden, erreichen Sie ihn vielleicht. Immerhin waren Sie beide bei dem Banküberfall, und Sie haben es überstanden und sogar neue Perspektiven gewonnen. Vielleicht können Sie ihm etwas Hoffnung übermitteln."

Thora biss sich auf die Lippen. „Ich werde mein Bestes versuchen, kann aber nichts versprechen."

„Natürlich nicht", sagte Ellen rasch. „Natürlich …"

Thora trat auf die Tür zu, hinter der sie Pauls Zimmer vermutete. „Ist er da drin?"

Ellen nickte. „Danke, Thora", flüsterte sie.

Thora klopfte leise an. Dan trat sie ein und schloss die Tür hinter sich.

Pauls Zimmer war makellos sauber, und ihm fehlte schmerzlich jegliche persönliche Note, sah man von einem über einen Stuhl gefalteten Pullover und dem Aquarium mit der Tigerbarbe Bubbles auf dem Tisch einmal ab. Paul hatte sich der Tür halb zugewandt, als sie hereinkam, und dann wieder seine alte Position vor dem Fenster eingenommen.

„Hallo, Thora", sagte er düster. „Hat Mom dich kommen lassen?"

„Hallo, Paul", sagte Thora lächelnd. „Nein, deine Mom und ich haben vor ein paar Tagen miteinander gesprochen, und ich habe nach dir gefragt. Also hat sie mich eingeladen. Wie geht es dir?"

Paul schnaubte. „Ich habe mich für den nächsten 5-Kilometer-Lauf von Wycliff angemeldet und fange nächste Woche wieder zu kochen an."

Thora hörte die Bitterkeit in seiner Stimme. „Das ist nicht komisch."

„Ach ja?!" rief Paul aus und drehte sich schließlich zu ihr um. „Du?! Du hast Mut hierherzukommen und mich zu fragen, wie es mir geht. Du bist gesund, und alles sieht gut für dich aus!"

„Es könnte auch für dich so sein, Paul", antwortete Thora ruhig. „Du könntest tatsächlich für einen 5-Kilometer-Lauf trainieren. Es werden ganz sicher auch andere Rollstuhlfahrer dabei sein. Oder sogar Amputierte. Und niemand hält dich davon ab, wieder zu kochen."

„Was weißt *du* schon?!" Pauls Gesicht wurde rot vor Zorn. „Hast du je in deiner eigenen Küche gesessen und dich gefühlt wie Gulliver in Brobdingnag?"

„Nein", gab Thora zu. „Ich habe mich nie gefühlt, als sei ich unter den Riesen gelandet, weil ich nichts erreichen konnte. Aber ich weiß, wie es sich anfühlt, wenn man auf andere Menschen angewiesen ist, weil eine Gliedmaße nutzlos ist."

Paul sah sie ungläubig an. „Du glaubst deine eigenen beschissenen Worte, oder? Deine Schulter ist geheilt. Für dich ist alles wieder normal. Und erzähl mir nicht, dass du noch mit einem Trauma zu kämpfen hast. Denn – seien wir ehrlich – du hast es geschafft, deinen Entführer zu überreden, dich gehen zu lassen. Und jetzt heiratest du sogar noch den Menschen, dem du dich am meisten während deines Kampfs gegen die Raffinerie entgegengestellt hast."

„Sicher", sagte Thora. „Wenn du es so sehen willst ... Ich habe nur versucht, dir dabei zu helfen zu sehen, dass du dir, wenn du es nur fest genug willst, neue Ziele stecken und Erfolg damit haben kannst. Ich schätze, meine Mission hier ist gescheitert." Sie wandte sich zur Tür und fasste nach dem Knauf. „Du tust mir leid, Paul. Und nur, dass du's weißt – ich bin nicht ganz unbeschadet aus der Sache herausgekommen. Ich besuche neuerdings einen Psychiater, der mir hilft."

„Na, dann viel Glück!" sagte Paul.

Thora zuckte die Achseln. „Hat nichts mit einfachem Glück zu tun, Paul. Auch ich muss daran ziemlich arbeiten. Aber ich weiß, dass ich es eines Tages geschafft haben werde."

Sie öffnete die Tür und ging hinaus. Paul konnte seine Mutter Thora „Wie war es?" fragen hören, bevor sich die Tür hinter ihr schloss. Er holte tief Luft. Er wusste, dass er sich gegen seine Besucherin furchtbar verhalten hatte. Andererseits – wie konnte sie es wagen, ihren Gesundheitszustand mit seinem zu vergleichen? Wenn er seinen eigentlich nicht mehr als Gesundheitszustand bezeichnen konnte?

*

„Ich würde gern versuchen, ihn wieder ins Leben zurück zu überreden", sagte Tiffany Delaney zu Ellen, und ihr Dreifachkinn wabbelte vor Energie. „Es muss einen Weg geben."

„Wenn du es nur schafftest …", seufzte Ellen. Sie bot Tiffany noch einen Keks mit Zuckerglasur an.

„Nein, danke, meine Liebe", sagte Tiffany. „Ich sollte wirklich nicht. Nicht, weil ich auf Diät wäre – ich habe mich vor langer Zeit mit meiner Übergröße abgefunden. Aber ich muss mir meine Süßigkeiten besser einteilen."

Die freundliche Präsidentin der Handelskammer von Wycliff war an diesem Morgen herübergekommen, nachdem sie von Thoras Erfahrung gehört hatte. Wenn schon ein anderes Opfer Paul nicht wieder in Gang bringen konnte, dann war vielleicht Vernunft das richtige Mittel. Sie würde an sein Gehirn appellieren.

„Guten Morgen, Paul", sagte sie munter, nachdem sie angeklopft und Pauls Zimmer betreten hatte.

„Morgen, Tiff", sagte Paul mürrisch.

„Wie geht's dir heute?"

„Wonach sieht es aus?"

Tiffany hob die Brauen. „Ach, komm schon!"

„Komm schon was?! So tun, als wäre ich fröhlich, wenn ich es nicht bin? Mein Anderssein annehmen, als wäre es cool? Oder dir die Wahrheit sagen – die du vermutlich ohnehin nicht hören willst?"

„Versuch's!" ermutigte Tiffany ihn. Sie trat auf ihn zu und sah ihm ins Gesicht. „Denn ich glaube, ich habe eine Ahnung, wie es dir geht. Und du bedeutest mir und allen anderen Menschen in Wycliff eine Menge."

„O ja?!" grinste Paul sie sarkastisch an. „Eine Medaille und eine Urkunde für Zivilcourage. Toll!"

Tiffany seufzte. „Hör zu, Paul, vielleicht solltest du einfach darüber nachdenken, was deine Unterstützung für dein Restaurantteam bedeuten würde. Hast du je daran gedacht, wie überarbeitet sie sind, während sie verzweifelt versuchen, den Standard zu halten, den du gesetzt hast? Glaubst du nicht, dass sie dich brauchen?"

„Ich bin natürlich ein toller Gewinn, wenn ich in den Küchengängen steckenbleibe und nicht hoch genug reichen kann, um auch nur in einer Kasserolle umzurühren."

„Das sehe ich wohl", sagte Tiffany. „Aber es geht nicht alles ums Kochen. Ich bin mir ziemlich sicher, du könntest ihnen in anderen Dingen helfen und andere Aufgaben übernehmen. Es ist fast Ende September, und unsere Unternehmen planen bereits für unseren Viktorianischen Stadt-Adventskalender."

„Gut für sie", sagte Paul störrisch.

„Nun, nicht gut für ‚Le Quartier'", sagte Tiffany bestimmt. „Sie haben so viel auf ihrem Teller, dass sie noch nichts haben einfallen lassen, und wir müssen euch alle einplanen, oder ihr seid draußen."

„Dann sind sie's vielleicht – das Geschäft wird einfach weitergehen."

„Wird es das? – Hör mal, Paul. Bist du dir dessen bewusst, dass deine Freunde ihre Arbeitsstunden beschränken und Gehaltskürzungen hinnehmen, um ihre Hypothek abzuzahlen? Bist du dir bewusst, dass die Speisekarte deines Bistro-Restaurants um die Hälfte gekürzt worden ist und dass einige der Lieblingsgerichte von Wycliff gar nicht mehr auf der Karte stehen? Bist du dir dessen bewusst, dass jegliche Aktivität im Stadt-Adventskalender ihnen mehr Aufmerksamkeit und damit wieder mehr Geschäft bringen würde? Und dass du, indem du sie hängen lässt, auch die übrigen Unternehmen in Wycliff hängen lässt, die sich an diesem wundervollen Weihnachtsevent beteiligen?"

„Sie würden mit mehr Geschäft doch ohnehin nicht klarkommen. Na und?" schnaubte Paul. „Sie sollten besser froh sein, dass ich mich in ihre Angelegenheiten nicht einmische."

„Ist das wirklich dein letztes Wort?"

„Nimm's, wie du willst."

„Das ist nicht der Paul, den jeder kennt."

„Nun, falls du's nicht bemerkt haben solltest – ich habe mich verändert", erwiderte Paul eisig.

„Mir scheint, deine Beine erhalten Hilfe von deinem Rollstuhl. Aber dein Herz und dein Verstand scheinen jetzt auch Krücken zu brauchen", sagte Tiffany trocken. „Ich hoffe, du findest bald welche. Andernfalls … was hast du für den Rest deines Lebens vor?"

„Das geht dich nichts an", sagte Paul und wandte sich von ihr ab. „Ich denke, diese Unterhaltung ist beendet."

Tiffany nickte niedergeschlagen und ging zur Tür. „Ich hatte gehofft, ich könnte dich zur Vernunft bringen. Ich werde für dich da sein, wenn du dich entscheidest, wieder zu arbeiten."

„Warte besser nicht darauf!" rief Paul ihr nach.

*

„Pastor Clement", grüßte Paul. „Kommen Sie, um mir die letzte Ölung zu bringen, weil die Menschen mich endlich aufgeben?"

Pastor Clement Wayland hatte von den unzähligen Bemühungen von Familie, Freunden und Geschäftspartnern gehört, Paul aus seinem Schneckenhaus herauszuholen. Er hatte sich schließlich gedacht, dass er als einer der spirituellen Führer von Wycliff eingreifen müsse. Wo Blutsverwandtschaft und Freundschaft versagt hatten, wirkte vielleicht das Wort eines, der einen höheren Helfer hatte. Also hatte er Ellen einen Tag nach

97

Tiffanys Versuch angerufen und ihr angeboten, das Gespräch von einer anderen Seite anzugehen.

„Ich weiß nicht, ob ihn dieser Tage überhaupt noch jemand erreichen kann", sagte Ellen. Trotz ihres üppigen Körperbaus wirkte sie fast zerbrechlich. Die Sorgen um ihren Sohn forderten ihren Tribut. „Er sitzt nur da wie ein lebender Toter. Ich meine, er gibt uns das Gefühl, es gehe ihm schlechter als wir wissen, dass es ihm wirklich geht. Er kann täglich mehr. Er trainiert. Er zieht sich selbst an. Er hat angefangen ohne Hilfe von Arthur oder einem Pfleger zu duschen. Er isst. Er wechselt vom Rollstuhl ins Auto oder in sein Bett, aber auf keinen normalen Stuhl. Obwohl ihn sich das … ich wage nicht einmal zu sagen ‚normaler' … fühlen ließe. Er ist ja nicht abnormal. Er ist nur verletzt. Und ich fürchte, seine Seele mehr als sein Körper."

Pastor Clement nickte nachdenklich. „Das dachte ich mir. Nun, ich erwarte mir nicht, Wunder zu wirken. Da verlasse ich mich auf jemand anders. Aber ich könnte Paul in die richtige Richtung schubsen."

„Ich weiß es so zu schätzen", sagte Ellen, aber ihre Miene verriet, wie wenig sie erwartete. Nicht, dass Paul unreligiös gewesen wäre. Aber sie bezweifelte, dass die sanften Worte des Pastors die Sturheit ihres Sohnes würden durchdringen können. „Bitte …" Sie hatte an Pauls Tür geklopft und Pastor Clement hineingelassen. Dann ließ sie die Tür einen kleinen Spalt weit offen, um das nachfolgende Gespräch mitzuhören. Pauls Worte der Begrüßung hatten sie innerlich erschauern lassen."

‚Niemand hat Sie aufgegeben, Paul", sagte Pastor Clement. „Darf ich mich auf Ihr Bett setzen? – Danke." Er setzte sich und nahm seine Brille ab, um sie zu putzen. „Der einzige Mensch, von dem ich bislang weiß, dass er Sie aufgegeben hat, sind Sie selbst."

„Sicher", sagte Paul gleichgültig. „Und raten Sie mal, warum."

„Weil Sie nicht gehen können? Aber das ist nur eine der zahllosen Fähigkeiten, die Gott den Menschen verleiht."

„Nun, Er hat sich offenbar entschieden, eine wieder zurückzunehmen und mich hängenzulassen."

„Hat Er das wirklich?" fragte Pastor Clement. „Wissen Sie, ich will Sie ja nicht mit all den verwundeten Soldaten vergleichen, die traumatisiert von der Front heimkehren."

„Na, dann lassen Sie's."

„Richtig."

Pastor Clement spielte wieder mit seiner Brille herum, erinnerte sich, dass er sie bereits geputzt hatte, und ließ die Hände sinken.

„Sie haben also vermutlich eine Antwort darauf, warum Gott mich während des Banküberfalls allein gelassen hat und mich anschießen ließ. Weil Er mich ach so sehr liebt, richtig?" Pauls Gesicht war voll Abscheu.

„In der Tat … ja." Pastor Clement suchte nach den richtigen Worten. „Wie viele andere Menschen waren an jenem Nachmittag in der Bank? Ungefähr zwanzig, richtig?"

Paul antwortete nicht und sah weg.

„Aber *Sie* haben eingegriffen, als es darauf ankam. Jeder hätte sich zwischen Mildred Packman und die Kugel werfen können. Aber es waren Sie. Sie waren ein Instrument Gottes, Paul! Versuchen Sie, es so zu sehen!"

„Ja, klar." Paul verdrehte die Augen.

„Sie waren auserwählt, der Schutzengel eines anderen Menschen zu sein. Ihnen wurde eine Unmenge Mut verliehen, sich der Gefahr entgegenzustellen, als es darauf ankam. Niemandem anders. Sie waren Teil dieser Lebensrettung."

„Warum musste dann der Überfall überhaupt passieren?!"

„Weil den Menschen manchmal die Augen für das wirklich Gute geöffnet werden müssen."

„Erklären Sie mir's noch besser, Pastor Clement. Ich war nur zufällig näher bei Ms. Packman als alle anderen."

„Gott kennt keine Zufälle. Sie standen, wo Sie stehen sollten. Um ein Beispiel zu geben. Um den Menschen die Augen zu öffnen, wie man selbstlos anderen Gutes tun kann."

„Indem ich völlig untauglich gemacht wurde."

„Sie sind nicht *völlig* untauglich", sagte Pastor Clement bestimmt. „Sie besitzen noch immer alle anderen Gaben, die Ihnen verliehen wurden. Und Ihre Handlung hat eine ganze Reihe anderer Menschen in dieser Stadt fürsorglicher und achtsamer gegen ihre Mitmenschen werden lassen."

„Wirklich?!" Pauls ungläubiger Blick reizte Pastor Clement.

„Ja, wirklich. Jeder versucht, jedem zu helfen, besonders Ihrem Restaurant. Sie können nicht einfach alle Hände ignorieren, die sich Ihnen entgegenstrecken, Paul! Auch das ist ein Segen Gottes. Hätte Er Sie verlassen, gäbe es keine helfenden Hände. Es gäbe keine Menschen, die versuchten, Véronique und Ihren anderen Freunden zu helfen. Sie würden nicht so wundervolle Fortschritte mit Ihrem täglichen Training machen. Aber statt Ihre neue Aufgabe anzunehmen, haben Sie beschlossen, in Ihrem Zimmer zu bleiben und die Welt vorüberziehen zu lassen."

„Und was, denken Sie, sollte meine neue Aufgabe sein?" fragte Paul sarkastisch. „Tischdecken im ‚Le Quartier'? Begrüßer an der Tür sein, die neuste Attraktion des Restaurants – oh, sieh mal, er hat eine Kugel abgefangen, und jetzt hält er sich so gut im Rollstuhl? Etwas in der Art?!"

Pastor Clement seufzte. „Sie sind eine harte Nuss, Paul. Aber auch das gehört dazu. Sie haben es in sich, anderen Menschen als Beispiel zu dienen – wenn Sie es nur wollen. Denken Sie an andere Menschen, denen das Leben Schwierigkeiten beschert hat."

„Oh, jetzt ist es also das Leben und nicht Gott?!"

Pastor Clement ignorierte Pauls Spott. „Sie könnten anderen Menschen zeigen, dass Sie trotz Ihres Rollstuhls eine vollständige Person sind. Dass Sie immer noch alles tun können."

„Ja, außer zu gehen."

„Ja. Aber ist das Gehen alles, was einen Menschen definiert? Definiert uns nicht eine Menge mehr? Zum Beispiel, rationale Entscheidungen zu treffen. Zu versuchen, ein Vorbild zu sein. Herauszuragen. Zu schöpfen. – Das Gehen ist nur eine winzige Eigenschaft unter den zahllosen Fähigkeiten, die uns gegeben worden sind. Manche Menschen werden sogar ohne einige dieser Gaben geboren, und sie merken nie, dass sie anders sein könnten."

„Ja, tolle Chance. Besser einmal gehen gekonnt zu haben als überhaupt nie gelaufen zu sein, richtig?! Ersparen Sie mir weitere fromme Gedanken, Pastor Clement. Ich weiß es zu schätzen, dass Sie Ihre Weisheit auf mich verwenden, aber ich fürchte, sie fällt unter die Dornen. Gott mag mich zu seinem Instrument erwählt haben, aber ich zweifle daran, dass Er noch mit mir zu tun haben möchte."

„Tut Er aber", sagte Pastor Clement. „Sie müssen sich es nur von Ihm zeigen lassen." Er erhob sich. „Sie haben sich vorerst entschieden, aber man kann seine Meinung ändern. Es ist übrigens keine Schwäche."

„Was?"

„Seine Meinung zu ändern. Manchmal ist es ein Zeichen der Stärke. Ich werde weiterhin für Sie beten, Paul. Gott ist an Ihrer Seite, auch wenn Sie derzeit nicht an Seiner sind."

Paul erwiderte diesmal nichts. Er beobachtete, wie Pastor Clement das Zimmer verließ und rieb sich die Stirn. Er bekam Kopfschmerzen. Würden es die Leute je begreifen, dass er nur in Ruhe gelassen werden wollte?

*

„Er kommt morgen an!" Véronique war ganz aufgeregt, als sie Barb, Christian und Hannah berichtete, dass Finn ihnen zu Hilfe kommen würde. „Ich freue mich wahnsinnig!"

Sie saßen im Mitarbeiterzimmer ihres Bistros und beendeten ein sehr spätes Abendessen aus übriggebliebenem Gemüse und Reis. Sie hatten nun schon seit Wochen sehr sparsam gegessen.

„Weiß es Paul schon?" fragte Christian vorsichtig.

Véronique wurde rot. „Nein, tut er nicht. Und ganz ehrlich – ich wüsste nicht einmal, *wie* ich es ihm sagen sollte. Er macht mir seit Neustem Angst. Er ist so zornig und sarkastisch. Und andererseits scheint ihm alles egal zu sein …"

„Aber das liegt nur daran, dass er sich so hilflos und depressiv fühlt", versuchte Hannah zu erklären. „Ich bin mir sicher, es würde ihn sehr kümmern, wenn er nicht mit seiner eigenen gegenwärtigen Lage so beschäftigt wäre."

„Naja, er scheint ja auch nicht viel daran ändern zu wollen", bemerkte Barb.

„Wie auch immer, er muss informiert werden", stellte Christian fest. „Immerhin ist er einer der Eigentümer unseres Bistros. Wir können es ihm nicht *nicht* sagen. Wenn ich er wäre, wäre ich stinksauer. Nur weil wir Angst davor haben, wie er reagieren könnte, können wir es uns nicht leicht machen."

„Fein", sagte Barb. „Dann geh und sag es ihm. Er wird es sicher zu schätzen wissen, dass wir seinen Geschäftsanteil so am Leben zu erhalten versuchen wie unseren."

„Bitte", sagte Hannah. „Ihr sprecht über ihn, als sei er ein Monster."

Barb zog die Brauen hoch. „Sagt die Frau, die weiß, wie Paul früher war, und die eine Monster-Expertin ist aufgrund ihrer eigenen persönlichen Erfahrungen."

„Stopp!" rief Véronique. „Unsere Diskussion sollte nicht in diese Richtung gehen!"

„Entschuldigung", sagte Barb zu Hannah. Hannah blickte sie nur verärgert an.

„Können wir es Paul auf eine Weise wissen lassen, die ihn nicht noch zorniger macht, als er ohnehin schon ist?" fragte jetzt Véronique.

„Ich bezweifle es", murmelte Christian. Er starrte finster vor sich hin.

„Wie steht Paul überhaupt zu Finn?" fragte Hannah neugierig.

Véronique überlegte und runzelte die Stirn. „Gute Frage. Als sie einander zum ersten Mal begegneten, war Finn Pauls Schützling. Finn brauchte dringend einen Job, weil er ein paar Läden Geld für das schuldete, was er ihnen gestohlen hatte. Paul vertraute Finn sofort und gab ihm die Chance, sein Unrecht wiedergutzumachen. Und so fing Finn als Küchenhilfe im ‚Le Quartier' an."

„Zeitweise hat Finn sogar über unserem Restaurant gewohnt", warf Barb ein und deutete auf die Decke.

„Ja, stimmt", nickte Véronique. „Aber schon davor hatte sich gezeigt, dass Finn selbst kulinarisches Talent besitzt, und als er das Leben eines kleinen Jungen rettete …"

„Bobby Random – er wurde beinahe von einem Umzugswagen der Tulpenparade überfahren!" sagte Christian.

„Ja!" Véronique wurde jetzt ein wenig ungeduldig und schob ihr blondes Haar mit einer Hand aus dem Gesicht. „Nun, Paul ließ Finn ab und zu Gerichte kreieren, und sie waren meist so gut, dass sie es auf unsere Tageskarte setzten. Aber dann bezahlten Bobbys Eltern für Finn die Kochschule in Seattle. Und in New York. Und sie unterstützten seine Grand Tour, wie er es nennt – diese Reise, die ihn durch weite Teile Europas geführt hat, damit er verschiedene Küchen erfahren konnte."

„Ja, aber das sagt nicht viel darüber aus, wie Paul zu Finn steht", sagte Hannah vorsichtig.

„Ein bisschen neidisch wie wir alle, schätze ich mal", sagte Barb ehrlich. „Immerhin – wer hat schon das Geld für so eine Reise *und* kulinarische Abenteuer? Andererseits haben wir uns alle auch für Finn gefreut."

„Wir haben nicht mehr viel von Finn gehört, seit er nach New York gegangen ist", sagte Christian. „Ich dachte, er arbeite vielleicht zu viel, als dass er noch Energie zum Schreiben hätte. Aber Paul hat sich vermutlich durch die Vernachlässigung gekränkt gefühlt. Immerhin hatte er sich um Finn an dessen Tiefpunkt gekümmert."

„Also steht er ihm wohl ziemlich nahe, was?" fragte Hannah.

„Sieh mal", erwiderte Véronique. „Köche sind eine sehr sensible Klasse für sich. Ein bisschen wie Dichter. Nur haben sie offensichtlich mit Nahrung zu tun. Natürlich war Paul vielleicht etwas enttäuscht, dass er von seinem alten Freund so vernachlässigt wurde. Aber andererseits war er total glücklich, dass dieses echte Talent die Unterstützung bekam, die es verdient. Beruflich gab es keinen Neid, und es war uns immer klar, dass, wenn Finn nach Wycliff zurückkommen und ins Geschäft einsteigen wollte, wir ihn mit offenen Armen willkommen heißen würden."

„Wie wundervoll!" hauchte Hannah.

„Nun, nur wussten wir nicht, unter welchen Umständen er zurückkommen würde", sagte Barb mit wehmütiger Miene.

„Ja, wir wussten nicht, dass wir um Hilfe rufen würden, weil Paul nicht mehr seiner Arbeit nachgehen kann."

Die vier jungen Menschen schwiegen.

„Also wäre es vielleicht am besten, wenn Finn Paul besuchte und ihm sagte, er sei wieder da?" schlug Hannah vor.

„Das wäre ein feiger Ausweg", entgegnete Christian.

„Aber es würde ihn wieder seinem Mentor zuführen", sagte Hannah.

Sie dachten darüber nach.

„Ich fürchte, wir erfüllen keinen von Pauls Standards, egal, was wir tun", fasste Barb schließlich zusammen, was sie alle dachten.

„Sieht so aus", seufzte Véronique bitter. „Und sieht so aus, als hätte ich meinen Zauber als seine Freundin verloren."

„Sicher nicht", sagte Hannah und legte eine Hand auf Véroniques Arm. „Eine vorübergehende Verletzung braucht lange, um zu heilen. Seine ist dauerhaft. Gib ihm mehr Zeit."

Véronique sah Hannah an und schluckte einen Kommentar hinunter. Vielleicht hatte Hannah ja doch recht. Zumindest hoffte sie es.

*

Es war bewölkt und nieselte leicht, als Finns Flugzeug zur Landung am Flughafen SeaTac ansetzte. Er war ein wenig enttäuscht, dass er den majestätischen Gipfel des Mt. Rainier nicht durch das Flugzeugfenster hatte ausmachen können. Aber er wusste auch so, dass er da war. Nur eine Frage der Zeit, bis der Berg wieder zu sehen sein würde. Nach der Landung ging er rasch an den Läden des abgelegenen internationalen Terminals vorbei zu den Rolltreppen – das Speiseangebot war hier zumeist enttäuschend, und der Hudson Buchladen an diesem Gang bevorratete nur einen kleinen Prozentsatz der Bücher des Hauptgeschäfts im Hauptgebäude. Die Einreiseschlangen waren lang, wurden aber recht rasch abgearbeitet, und bald war Finn am

Taxistand, wo ihm ein Sikh-Taxifahrer zuwinkte. Finn ließ ihn sein Gepäck in den Kofferraum stellen und gab ihm eine Adresse irgendwo auf dem Land bei Federal Way. Er hatte Geschäftliches zu erledigen, bevor er nach Wycliff zurückkehrte und sich dort seinen neuen Aufgaben widmete.

Nach einer Weile hielt das Taxi vor einem hübschen Farmhaus an, neben dem ein paar Pferde auf einer eingezäunten Wiese weideten.

„Warten Sie bitte hier", sagte Finn zu dem Taxifahrer, der stoisch den Motor und das Taxameter weiterlaufen ließ.

Finn ging auf das Haus zu und klopfte. Zweimal, danach eine lange Pause, dann dreimal. Ein Hund bellte – es klang nach einem großen, gefährlichen. Er hörte irgendwo im Haus Schlurfen und das Tapsen von Pfoten auf einem Holzfußboden. Er hatte den Eindruck, gründlich gemustert zu werden, während er wartete. Schließlich öffnete sich die Tür einen Spalt weit.

„Hallo", sagte Finn und zeigte beim Lächeln seine Zähne. „Ich hatte auf ein Päckchen aus Frankreich gehofft." Das war das Codewort, das er für dieses Geschäft erhalten hatte.

„Komm rein", sagte die Person hinter dem Spalt. Die Tür wurde rasch etwas weiter geöffnet, um Finn einzulassen, und dann zugeschlagen.

„Doc sendet Grüße", fuhr Finn fort.

Ein bloßes Grunzen war die Antwort. Der Mann, der Finn gegenüberstand, trug sein Haar in einem Meckischnitt, war in ein

Polohemd, Jeans und Flip-Flops gekleidet und war von mittlerer Größe. Er wirkte sauber und distanziert. „Wieviel brauchst du?"

„Wieviel kriege ich für eintausend?" fragte Finn.

Der Mann stieß einen leisen Pfiff aus. „Dealst du?"

Finn schüttelte den Kopf. „Ich führe eine andere Art von Unternehmen und habe in den kommenden Wochen vielleicht nicht die Zeit öfter hierher zu kommen." Die Ungläubigkeit in den Augen des Mannes ließ ihn hinzufügen: „Ich bin ein Koch, der ein Unternehmen wieder zum Laufen bringen soll."

Der Mann schlurfte in seinen Flip-Flops weg und kam mit einer Holzschachtel wieder. „Ich schätze, du willst die Qualität prüfen."

Finn kniff die Augen zusammen. „Ich habe so eine Ahnung, dass das nicht nötig ist. – Übrigens hatte ich erwartet, dich eher in einem heruntergekommenen Wohnwagen als in so einem schönen Farmhaus zu finden. Wie kommt das?"

„Geht dich nichts an, oder?" antwortete der Mann schroff.

„Hab mich nur gewundert", wich Finn aus.

„Heruntergekommene Wohnwagen sehen grundsätzlich verdächtig aus", gab der Mann Finn nach. „Eine hübsche Fassade macht einen unauffällig. Vergiss das nie, Söhnchen. Immer eine saubere Fassade bewahren."

Er tauschte die Schachtel gegen ein Banknotenbündel, das Finn ihm reichte. Dann ging der Mann an die Haustür und blickte prüfend durch den Spion.

„Nur mein Taxifahrer", versicherte Finn. „Und er ist nicht sehr gesprächig." Der Mann sah Finn emotionslos an. „Sikh", beeilte sich Finn zu erklären. „Entweder sind sie von Natur aus schweigsam, oder sie verstehen nur so viel English, wie sie für ihren Job brauchen."

Der Mann zog ein Gesicht. „Auch noch ein Charakterkenner", sagte er sarkastisch und wechselte dann das Gesprächsthema. „Nun, du weißt jetzt, wo du mehr bekommst, wenn du was brauchst."

Er öffnete wieder die Tür, und Finn ging.

Der Rest der Taxifahrt war ruhig und ereignislos. Das Kaskadengebirge versteckte sich hinter dicken Regenwolken, und das Licht war für einen späten Septembernachmittag ziemlich düster. Die Einkaufszentren und Lagerräume entlang der I-5 verrieten nicht, wie hübsch die Gegend war. Und Finn konnte an den Ausblicken nichts Charmantes finden, wenn er sie damit verglich, was er in den vergangenen Monaten drüben in Europa gesehen hatte. Andererseits – es ging ja nicht um die Aussicht, sondern um einen kurzen Transport, wenn man, egal wo auf der Welt, auf der Autobahn fuhr.

Als sie nach Wycliff hineinfuhren, ließ Finn sich vom Taxifahrer vor „Dottie's Deli" absetzen. Er bezahlte ein gutes Trinkgeld, schnappte sein Gepäck und schlenderte dann in den Laden, den die Frau, die er als seine Ziehmutter betrachtete, vor ein paar Jahren gegründet hatte.

Als Dottie den gutaussehenden Fremden eintreten sah, stieß sie einen leisen, glücklichen Schrei aus. „Finn, mein Junge! Du bist wieder da!"

Finn lächelte breit, ließ seine Taschen fallen und öffnete seine Arme für die zierliche Ladenbesitzerin. Sie verschwand beinahe in seiner Umarmung. „Hallo, Dottie", sagte Finn und drückte sie fest. „Hallo, Mädels!" Er genoss diesen Moment ungemein. Der Laden hatte sich nicht sehr verändert, seit er die Stadt verlassen hatte, um an der Kochschule zu lernen, und das Personal auch nicht. Es duftete köstlich nach geräuchertem Aufschnitt und Backwaren – letztere bezogen sie von Hess Bakery & Deli in Lakewood. Der deutsche Akzent einiger Kunden verlieh dem Feinkostgeschäft eine gewisse, fast exotische Atmosphäre.

„Wie geht's?" wollte Finn wissen.

„Hier gut", versicherte ihm Dottie. Dann schalt sie ihn: „Du hättest wirklich ein bisschen öfter schreiben können! Es ist nicht schön, deine Freunde darüber so lange im Ungewissen zu lassen, wie es dir geht! Sind wir dir denn so egal?"

Finn besaß den Anstand, wie ein Schuljunge zu erröten. „Ich fürchte, ich bin noch nie gut in zwischenmenschlichen Beziehungen gewesen. Mein Nachname spricht für sich."

„Stimmt nicht", tadelte Dottie. „Du musst dich nur mehr bemühen. Du bist nicht halb so der wilde Stromer, wie du es vorgibst."

Finn legte den Kopf schief. „Nun, ich bin jetzt hier, und du musst es mir vielleicht besser beibringen." Dottie nickte.

111

„Also, wie steht's drüben im Bistro, bevor ich sie alle besuche? Kannst du mir einen kurzen Einblick geben?"

Dottie seufzte schwer. „Ich fürchte, nicht gut. Sie haben zu kämpfen." Ihre Augen wurden feucht. „Paul weigert sich, wieder zur Arbeit zu gehen … oder überhaupt etwas zu tun, wenn man's genau nimmt. Véronique hat eine neue Aushilfe für den Restaurantbereich eingestellt, so dass sie zwischen Küche und Gästen wechseln kann, wenn es nötig ist. Hannah ist ein echter Gewinn für das Bistro, wie ich höre. Und sie ist süß. Barb und Christian kochen, so gut sie können, aber sie haben in all den Monaten, seit Paul angeschossen wurde, nicht einen freien Tag gehabt. Und sie sind ziemlich erschöpft. Was sich in der Qualität ihres Essens zeigt." Dottie brach ab, um sich die Augen mit ihrem Ärmel zu wischen. „Es ist gut, dass du heimgekommen bist, um deinen Freunden zu helfen."

„Also – Paul … weigert er sich wirklich bloß? Oder ist es, weil er wirklich nicht mehr in der Küche arbeiten *kann*?" fragte Finn nach seinem alten Freund und ersten Mentor im Restaurantgeschäft.

Dottie zuckte die Achseln. „Weißt du, kaum einer wagt dieser Tage noch, sich ihm zu nähern. Er ist so sarkastisch and unfreundlich geworden, dass er im Grunde jede Bemühung zu helfen abschmettert."

„Es ist also so schlimm …"

„Ja, so schlimm. – Aber wenn er wüsste, dass du wieder da bist, um zu helfen, könnte es ihm einen Impuls geben

112

weiterzumachen. Er ist jung genug, wieder ins normale Leben zurückzukehren."

Finn nickte. „Ich denke, ich besuche ihn dann irgendwann heute."

Dottie umarmte ihn. „Du bist ein guter Mann, Finn."

Finn blickte verlegen. „Ich bin mir nicht sicher, ob ich das Lob verdiene."

Später, nachdem er von seinen Freunden im Bistro willkommen geheißen worden war und den Steilhang hinaufgestiegen war, um wieder das Gästezimmer von Dotties einstigem Zuhause zu beziehen, spazierte er zum Zuhause der Sinclairs ein paar Straßen weiter.

Ellen Sinclair begrüßte Finn herzlich. „Aber pass auf, Finn. Ich weiß, ihr mögt einander wie Brüder. Aber Brüder können einander auch mehr wehtun als irgendjemand sonst auf der Welt. Paul ist schon seit langem nicht mehr er selbst. Vergib ihm für das, was er vielleicht zu dir sagen wird."

Finn lächelte nonchalant. „Ach, das wird schon nicht so schlimm werden." Er wandte sich zu Pauls Tür. „Ist er da drin?" Ellen nickte. „Also gut. Ich versuche mein Glück." Er klopfte an die Tür und wartete.

„Geh einfach rein", ermutigte ihn Ellen. „Normalerweise antwortet er nicht einmal auf ein Klopfen."

Finn öffnete die Tür und ging forsch hinein. „Hallo, hallo!" rief er. „Und wie geht es dem Helden dieser Stadt heute?

Irgendwelche neuen Taten, von denen ich gehört haben sollte?" Er schloss die Tür hinter sich.

„Finn!" rief Paul überrascht, und einen Augenblick lang zeigten seine Augen lebhaftes Interesse. Dann erstarb das Leuchten in ihnen wieder. „Ist dein europäisches Engagement fehlgeschlagen?"

„Nee", lachte Finn, ließ sich aufs Bett fallen und sah zu, wie Paul seinen Rollstuhl zu ihm wendete. „Gar nicht. Aber manchmal müssen die besten Dinge einfach enden."

„Müssen sie das?"

„Naja, ich hatte das Gefühl, ich würde dort in einer Sackgasse enden. Ich habe nicht so viel gelernt, wie ich's gern getan hätte. Ich konnte meine Kreativität nicht voll ausleben. Es *gab* da eine süße, kleine Köchin neben meinem Arbeitsplatz, aber sie muss mit jemand anders verbandelt gewesen sein. Warum sonst war sie nicht an mir interessiert, der ich so umwerfend, gutaussehend und kenntnisreich bin?!" Er machte eine spöttische Verbeugung und wackelte mit den Augenbrauen. Aber seine komödiantischen Bemühungen waren umsonst. Paul verzog nicht einen Gesichtsmuskel. „Ehrlich gesagt hatte ich Chef Gauthier und seine Art satt, und als mir hier in Wycliff eine neue Gelegenheit angeboten wurde, habe ich gekündigt und bin zurückgekommen." Finn glaubte seine Schwindelei fast selbst.

„Eine neue Gelegenheit", sagte Paul tonlos. „Und die wäre?"

Finn versuchte herauszufinden, was sein alter Freund dachte. Aber Pauls Miene verriet nicht eine Regung. „Ich verrate dir nichts Neues, wenn ich dir sage, dass unsere Freunde im ‚Le Quartier' ein bisschen zu kämpfen haben", begann er.

Paul schüttelte den Kopf. „Sie werden drüber wegkommen. Ich weiß, sie haben gerade jemanden eingestellt, um im Gästebereich zu helfen, sodass Véronique die Verbindung zur Küche sein kann."

„Nun, sie haben noch jemanden eingestellt", grinste Finn und hielt inne, um noch mehr Wirkung zu erzielen. Paul sah ihn ausdruckslos an. „Mich."

„Dich."

„Ja, naja, sie sagten, ich könne die Küche als Chefkoch übernehmen und die Karte überarbeiten und so."

Paul nickte und seine Augen waren eiskalt. „Ich sollte dir jetzt vermutlich gratulieren." Er wendete den Rollstuhl von Finn weg. „Und ihnen. Für die Leichtigkeit, mit der sie mich abschreiben, jetzt wo ich ein Krüppel bin. Und du hast mich offenbar auch aufgegeben. Was für eine tolle Gelegenheit, die Stelle von jemandem zu gewinnen, der glücklos ist."

„Aber …" Finn konnte nicht einmal in Worte fassen, was er sagen wollte. Er war schockiert über die Verbitterung seines Freundes.

„Geh", sagte Paul mit gefährlich leiser Stimme. Dann schrie er: „Geh! Jetzt! Ich will dich hier nie wieder sehen!"

Finn war überrascht aufgesprungen und dann rückwärts zur Tür gegangen.

„Aber Paul …"

„Raus!"

Das Aquarium mit Bubbles, der kleinen Tigerbarbe, stand in Reichweite von Pauls Rollstuhl. Paul ergriff es und warf es nach Finns Kopf. Finn duckte sich flink. Das Glas krachte gegen die Tür, zerschmetterte und hinterließ Wasser und Scherben um Finns Füße. Bubbles zappelte mit seinem kleinen Körper in dem Chaos und schnappte verzweifelt nach Luft.

„Du bringst dein Haustier um", stellte Finn fest. Dann schlüpfte er hinaus, während Paul vor Frustration über seine jüngste Niederlage schrie.

*

Aus Véroniques Tagebuch:

Finn ist wieder da. Er kam Montag zurück, und er kam Dienstagmorgen herein, trotz Jetlag und allem, um Pauls Stelle zu übernehmen. Ich weiß nicht, ob ich erleichtert oder verwirrt sein soll. Die Dinge haben sich schnell verändert. Vielleicht schneller, als ich erwartet hätte.

Als Erstes warf Finn all unsere Speisekarten hinaus. Ich meine, er zerriss sie und schrieb ein paar Ideen auf eine Tafel, die wir im Speiseraum aufhängen sollen. Wir sollen täglich wechseln. Und ich bin darüber überhaupt nicht glücklich. Woher soll da ein beständiger Service kommen?! Barb hatte eine scharfe Auseinandersetzung darüber mit ihm, dass wir immer noch die Eigentümer sind und er mit uns diskutieren muss, was er tun wird, bevor er es tatsächlich tut. Aber zwecklos. Und Christian war Mittwochabend so frustriert, dass er mich (!) wütend ansah statt ihn. Ich bin offensichtlich die Schlimme, die Finn hergeholt hat. Eh bien …

Andererseits läuft unser Küchenservice glatter mit drei Köchen in der Küche statt nur einem. Und Hannah und ich können uns auf den Gästebereich konzentrieren.

Doch die freundliche, ruhige Atmosphäre, als Paul noch in der Küche regierte, ist vorbei. Stattdessen hören unsere Gäste Streit aus der Küche, und wenn ich nicht schnell genug dazwischengehe, hören sie richtig hässliche Schimpfwörter und hochmütige Urteile über sich oder den einen oder anderen Koch. Es ist entsetzlich.

Ich habe noch nicht mit Finn über seine Haltung gesprochen. Es muss für ziemlich hart in Europa gewesen sein, und jetzt versucht er, in unser Unternehmen Dinge einzubringen, die er dort gelernt hat. Trotzdem vermisse ich den lustigen, netten Kerl, der er war, bevor er zur Kochschule ging. Wir hegten damals so viel Hoffnung für ihn. Jetzt überblickt er die Küche mit kalten, zielgenauen Augen und findet kaum ein Wort der Aufmunterung für uns.

Er glaubt, er sei das Maß aller Dinge, wenn es um kulinarisches Fachwissen geht, und er führt Dinge auf unserer Tafel-Speisekarte ein, nach denen noch nie jemand gefragt hat und die keiner so richtig mag. Es ist, als säße er auf dem Parnass und hätte jegliche Gemeinsamkeit mit uns gewöhnlichen Köchen verloren. Er besteht auch auf den teuersten Zutaten, was sich bereits auf unser monatliches Budget auswirkt. Er behauptet, die Preisgestaltung bei den fertigen Gerichten würde es wieder hereinbringen. Aber das stimmt einfach nicht. Denn je exotischer und teurer unsere Gerichte werden, desto weniger Kunden kommen. Und am Ende täten wir besser daran, ganz zu schließen.

Finn sagt, dass französische Restaurants die Dinge so handhaben. Er sagt auch, wir müssten nur warten, bis ein Restaurantkritiker käme, um in einer größeren Zeitung eine Kritik zu schreiben. Unser Name würde bekannter, und wir würden vielleicht im Fernsehen landen. Er behauptet, Ruhm sei nur eine Frage der Zeit. Vit-il sur une autre planète?

Wir sind nur ein kleines Bistro-Restaurant ohne finanzielle Kapazitäten. Unsere Gäste lieben, was sie immer geliebt haben, mit ein oder zwei zusätzlichen Spezialitäten pro Woche. Sie wollen sich nicht den Hals verdrehen, um eine hochtrabende Karte auf einer Tafel zu entziffern, das Französische falsch auszusprechen oder fragen zu müssen, was es überhaupt bedeutet. Es ist ihnen egal, ob es Kobe-Rind ist, wenn sie Rind von den Weiden unten im Medicine Creek Valley haben können. Sie sehnen sich nach

Vertrautheit, Gemütlichkeit, etwas Besonderem, aber nicht zu Besonderem …

Vielleicht sollte ich mit Finn lieber jetzt als später reden.

Ich wünschte, ich hätte mit Paul darüber gesprochen, bevor ich Finn schrieb. Ich sehne mich nach seinem Rat in diesen Angelegenheiten. Aber ich fürchte, meine Entscheidung, seine offene Stelle neu zu besetzen, hat mir die Tür zu ihm verschlossen. Er wird schmollen und mir vielleicht nie vergeben.

Laut Finn ist Bubbles Pauls jüngstem Zornesausbruch zum Opfer gefallen. Ich sollte empört darüber sein, dass Paul mein Geschenk so gedankenlos zerstört hat. Armer, kleiner Fisch … Aber ich weine auch um die sanfte Seele, die in dieser Schale aus Zorn und Groll gefangen ist. Mein Paul, bitte, bitte komm zurück. Zu deiner Familie, deinen Freunden, mir und – vor allem – zu dir selbst!

5

Jansson's Frestelse

Wer auch immer dieser Mr. Jansson war, er kannte sich gut mit Versuchungen aus (denn das bedeutet offenbar der Name dieses schwedischen Gerichts – Janssons Versuchung). Auch dies ist ein einfaches und rustikales Essen, und es sieht vermutlich am besten aus, wenn man es in kleinen Ein-Personen-Kasserollen serviert. Die Mischung aus mehligen Kartoffeln, Zwiebeln, Sardellen und Sahne, bedeckt von einer Kruste aus Semmelbröseln und Butter sieht vielleicht ein bisschen langweilig aus. Aber der Geschmack ist alles andere als das …
(Küchennotizen aus Finn Rovers Reisetagebuch)

„Indonesisches Lachstartar 86", rief Finn Hannah zu.

Hannah bekam Kulleraugen. „Was?"

„Wir können es nicht mehr servieren", erklärte Véronique. „Es ist ausgegangen." Hannah nickte verwirrt. „86. Hierzulande Küchenjargon." Véronique zwinkerte ihr zu und belud ihren linken Arm mit drei herrlich angerichteten Tellern.

„Oh, okay." Hannah war noch nicht überzeugt.

„Du gewöhnst dich besser daran. Wir haben hier einen Weltenbummler." Barb schob zwei Schalen mit einer ausgefallenen Cremesuppe und einer Käse-Blätterteigstange in die Durchreiche und verdrehte die Augen. „Einen, der obendrein eingebildet ist."

„Hey", rief Finn. „Das habe ich gehört."

„Gut", sagte Barb und ging an ihren Arbeitsplatz zurück. „Aber ich bezweifle, dass du verstehst, was ich meine. Ich wünschte nur, du benähmst dich wieder wie dein altes Selbst."

Hannah nahm die beiden Schalen und trug sie zu einem Paar in einer Fensternische. Dann kümmerte sie sich um einen Tisch, der abgeräumt werden musste. Véronique bediente einen anderen Tisch. Hannah bemerkte, wie müde ihre neue Chefin aussah. Dunkle Ringe unter den Augen, träge Bewegungen. Sie hatten zwar mehr Personal, auch wenn Hannah sich immer noch nicht als volle Person einrechnete. Aber sie alle schienen erschöpft zu sein, und sie hatte keine plausible Erklärung dafür. Seltsamerweise war es einfacher gewesen, als Finn noch nicht mit ihnen gearbeitet hatte. Und niemand sprach noch von Paul, obwohl es ziemlich klar war, dass sie sich alle danach sehnten, dass er wiederkomme. Hannah ging mit einem Stapel schmutzigen Geschirrs und eben solcher Servietten in die Küche.

„Wie oft soll ich dir noch sagen, dass du nichts aus meinem Mise-en-place nehmen sollst?!" Finns Gesicht wurde rot, als er seinen Ärger auf Christian abließ. Er ordnete eine Reihe offener Gefäße mit frisch gehackten Kräutern und Zwiebeln sowie einige Dosen und Gläser auf der makellos polierten Stahltheke seines Arbeitsplatzes. „Kannst du es in dein Hirn kriegen, dass ich das zum Kochen brauche? Stell dir verflucht noch mal dein eigenes zusammen!"

Christian sah ihn kühl an und würzte ein Gericht zu Ende, an dem er arbeitete. „Beruhige dich, Chef!" sagte er, mit einer Extra-Betonung auf dem Wörtchen „Chef". „Du brauchst nicht die Hälfte der Gewürze und Kräuter, die hier stehen, und da du dir den gesamten Estragon in unserer Küche geschnappt hast, musste ich mir aus deinem Vorrat behelfen. Du brauchst ihn heute an deinem Arbeitsplatz ja nicht einmal."

„Es ist eine Frage des Prinzips, Chris", insistierte Finn. „Ich habe immer dieselbe Zusammenstellung, nur für alle Fälle."

„Kommt schon, Jungs", unterbrach sie Barb. „Nicht schon wieder streiten. Ich brauche einen Caesar Beilagensalat ohne Sardellen und Knoblauch. Und Kartoffelstampf statt Pommes Dauphine bitte."

Finns Gesicht wurde jetzt noch roter. „Was für eine verflixte Kundschaft haben wir denn heute? Wer hat je von einem Caesar-Salatdressing ohne Sardellen und Knoblauch gehört? Denken diese Idioten, sie hätten das Sagen? Warum kommen sie in ein schickes Restaurant wie dieses, wenn sie Kartoffelstampf Pommes Dauphines vorziehen? Und lass mich raten: Sie wollen das Filet Mignon, das du gleich zubereitest, durchgebraten?" Barb grinste und nickte. Finn stöhnte. „Was ist nur mit den Leuten los?"

„Schhh", warnte Véronique von der Durchreiche her. „Das sind unsere Gäste, Finn, und du machst besser, wofür sie zahlen, okay?"

Finn hob die Brauen. „Warum holst du mich überhaupt als Koch, wenn alles, was die Leute wollen, Mist ist?" Er warf eine Pfanne auf den Herd, aber sie rutschte vom Kochfeld und schlug mit ohrenbetäubendem Lärm auf dem Boden auf. „Ich bin besser als das."

„Caesar Salat und Stampf bitte!" erinnerte ihn Barb.

„Verdammt, Weib!" schrie Finn. „Ich hab' dich gehört. Ich bin nicht taub."

„Nun, ich auch nicht", erwiderte Barb ruhig. „Aber wenn du dich so aufführst, kriegt da draußen keiner was zu essen. Sie werden gehen, und eine weitere Gelegenheit, Essen zu verkaufen, ist futsch."

Finn fluchte leise und hob die Pfanne auf, um sie in die Spüle zu werfen.

Hannah kam an die Durchreiche. „Filet Mignon Bestellung 86. Der Gast hat euren Streit mitbekommen und ist gegangen."

Véronique vergrub ihr Gesicht in den Händen. Wieder ein schlechter Tag. Sie wusste, dass sie es sich nicht erlauben konnten, so weiterzumachen. Finn war zur Belastung geworden. Was war aus dem guten Freund von noch vor kurzem nur geworden?

*

„Jetzt öffne den Mund, streck deine Zunge raus und sag Ahhhh!" sagte Dr. Katkar in seiner Stadtpraxis.

„Aaaaah", krächzte Eddie Beale und streckte seine Zunge weitestmöglich heraus, damit Dr. Katkar seinen Rachen sehen konnte.

Dr. Katkar nickte mit leisem Lächeln. „Gut. Du kannst jetzt deinen Mund schließen." Er griff hinter Eddies Ohren und berührte ihn dort ganz sacht. „Das ist der Beginn einer typischen Grippe, mein Sohn." Er blickte Eddies Mutter an. „Eine leichte Sinusitis verbunden mit einer Laryngitis, erhöhte Temperatur, Schmerzen in Fingern und Zehen, leicht geschwollene Lymphknoten."

Eddies Mutter wirkte nicht gerade glücklich. Sie sah eher farblos aus, aber sie hatte dieselben großen, seelenvollen braunen Augen wie ihr Sohn. „Was müssen wir jetzt dagegen tun?"

Dr. Katkar ging hinüber an seinen Schreibtisch und tippte ein paar Notizen in seinen Desktop. „Sie können das Rezept draußen bei der Schwester abholen. Außerdem empfehle ich die üblichen konservativen Dinge – Bettruhe, Vitamine, Hühnersuppe. Geben Sie mir Bescheid, wenn Eddies Temperatur über den gegenwärtigen Stand steigt."

„Herr Doktor, ich habe im Wartezimmer ein interessantes Wissenschaftsmagazin gesehen", sagte Eddie heiser, wobei seine eifrigen braunen Augen hinter der dicken Brille bettelten. „Aber es ist schon etwas älter, sodass man es im Laden vermutlich nicht mehr bekommt. Ich könnte es Ihnen bezahlen."

„Oje", lachte Dr. Katkar. „Eine veraltete Zeitschrift im Wartezimmer – ich sollte besser genauer darauf achten, welche

Literatur ich meinen Patienten biete. Nimm sie, junger Mann." Eddie steckte seine rechte Hand in seine Jeanstasche. „Nein – kein Geld dafür!" Dr. Katkar schüttelte den Kopf. „Eigentlich schulde ich dir Dank dafür, dass du mir Bescheid gegeben hast. – Was besonders Interessantes, das du darin gefunden hast?"

„Einen Artikel über bionische Beine", krächzte Eddie und musste husten. „Danke, Herr Doktor!" Er strahlte Dr. Katkar an.

Eddies Mutter reichte dem Arzt die Hand. „Er scheint sich in den Kopf gesetzt zu haben, dass unsere Stadt Paul Sinclair helfen sollte." Sie seufzte. „Vielen Dank, Herr Doktor. Sie sind furchtbar nett."

„Gern geschehen", sagte Dr. Katkar und öffnete ihnen die Tür. „Jetzt ruh dich aus und gute Besserung, Eddie. – Mrs. Beale …"

Er schloss die Tür und setzte sich an seinen Schreibtisch, um die Patientenakte abzuschließen. Als er damit fertig war, rieb er sich den Nasenrücken und starrte blind aus dem Fenster. „Bionische Beine … Warum hat daran keiner vorher gedacht?!"

*

Nessa rutschte beim Samstagsfrühstück auf ihrem Stuhl hin und her. Das kleine Mädchen hatte nicht viel von seinem Rührei oder gar seinem geliebten gebratenen Speck angerührt. Sein Gesicht war blass, und selbst sein rotblondes Haar hatte heute keine Sprungkraft.

„Was ist los, mein Blümchen?" fragte Hannah und wischte ihren Mund an einer Papierserviette ab. „Du hast überhaupt nichts gegessen."

„… nicht hungrig", murmelte Nessa.

„Aber du musst etwas essen, um den Tag zu beginnen", sagte Hannah fest.

„Ich will nicht", jammerte Nessa.

„Fühlst du dich krank?" Hannah erhob sich von ihrem Stuhl und ging um den Camping-Tisch im Wohn-Schlafzimmer herum, das sie in den Harbor Condos in der Nähe der Werften gefunden hatte. Es war ein ziemlicher Fußweg von der Arbeit, aber dank Lohn und Trinkgeldern vom „Le Quartier" war es ihr zumindest gelungen, bei den Waylands auszuziehen. Da sie Essensreste mit nach Hause nehmen durfte, waren ihre Ausgaben relativ niedrig. Natürlich würde sie sich etwas Neues einfallen lassen müssen, sobald Nessa die Mittelschule erreichte. Bislang reichte der Überlebensmodus aus. Nessas Unwille zu essen machte Hannah allerdings Sorge. Sie legte ihre rechte Hand auf Nessas Stirn. „Du hast kein Fieber", entschied sie. „Hast du gestern im Kindergarten etwas gegessen, was deinen Magen in Aufruhr versetzt haben könnte?" Hannah kniete neben Nessas Stuhl und blickte ihrem Kind in die Augen.

Nessa flüsterte etwas. Dann ließ sie den Kopf sinken.

„Was hast du gesagt?" Hannah hatte es nicht richtig gehört. Es war zu leise gewesen.

„Zieht Daddy wieder bei uns ein?" fragte Nessa kaum lauter mit tiefem Stirnrunzeln und starrte immer noch auf die Tischplatte.

„Natürlich nicht", rief Hannah. „Geht es darum? Wer hat dir das in den Kopf gesetzt?"

„Aber er hat es mir gesagt." Nessa sah sie beschuldigend an.

„Wer hat das gesagt?"

„Daddy."

„Süßes, du musst schlecht geträumt haben."

Nessa schüttelte heftig den Kopf. „Es war kein Traum!"

Hannah stand auf und lehnte sich an die Küchenzeile. „Dein Daddy weiß nicht einmal, dass wir hier sind."

„Weiß er doch!" Nessas Augen füllten sich mit Tränen, und ihr Gesicht war voller Angst. „Er war hier", sagte sie mit zittriger Stimme.

„Wo?" Hannah blickte alarmiert. „Hier in der Wohnung?"

„Nein." Nessa nagte an ihrer Unterlippe. „Er hat mich im Kindergarten besucht." Sie sah jetzt schuldbewusst aus.

„Es nicht deine Schuld, mein Blümchen", Hannah versuchte, das Kind zu trösten, obwohl sie sich fühlte, als ob sie in einen Abgrund stürze. „Was hat er gesagt? Was hat er getan? Erzähl's mir!"

„Er hat mir eine Tüte Gummibärchen gebracht."

„Hast du sie angenommen?"

„Ja …"

„Ist schon gut, Süßes. Und dann?"

„Er sagte, dass alles bald wieder gut sein würde. Er sagte, dass er in einen Mobilheim bei Tacoma eingezogen ist und uns besuchen wird. Und dass er uns alle wieder zusammenbringt. – Mom, ich will nicht, dass du wieder verletzt wirst!"

Hannah fuhr sich mit den Handflächen übers Gesicht, als wolle sie einen schlimmen Traum wegwischen. „Mach dir keine Sorgen, Schätzchen. Wir gehen hier nicht weg. Ich lasse ihn dich auch nicht mitnehmen. Es bleibt, wie es ist. Nur du und ich. Und ich verspreche dir, dass ich nicht mehr verletzt werde."

„Wirklich?" Die Augen des kleinen Mädchens waren riesig und gefüllt von einer Mischung aus Zweifel und Hoffnung.

„Wirklich", bestätigte Hannah, obwohl sie nicht wusste, ob sie dieses Versprechen würde halten können. Allein der Gedanke an Ralphie ließ ihren Körper schmerzen, als habe er sie geschlagen. „Jetzt iss, ja?"

Nessa senkte ihre Gabel in die Eier. „Sie sind kalt", beschwerte sie sich.

„Sie waren das Letzte, was ich hatte, und ich werde vor Montag keine neuen holen. Sie sind heute nicht in meinem Budget. Also isst du sie jetzt besser."

Nessa schluckte und begann schließlich zuzulangen. Hungrig wie sie war, fand sie am Ende die Eier nicht allzu eklig. Wenn ihre Mutter in diesem ernsten Ton sprach oder ihr gegenüber das erwachsene Wort „Budget" verwendete, wusste sie, dass sie gehorchen musste. Nessa wusste, dass ihre Mutter ihr

Bestes tat. Aber warum nur nannte sie ihren leeren Geldbeutel immer „Budget"?!

*

„Es tut mir furchtbar leid, dass das passiert ist", sagte Sophie Wayland am Telefon. „Ich habe keine Ahnung, wie er an uns allen vorbei und in den Garten gelangen konnte. Ich habe ihn viel zu spät gesehen."

„Ich verstehe", sagte Hannah langsam, während ihrem Gehirn schwindelig wurde. „Ich nehme an, es war nicht Ihre Schuld. War er lange da?"

„Ich glaube nicht", sagte Sophie. „Wir haben ihn entdeckt, als er Nessa eine Tüte Süßigkeiten übergab, und sind sofort hinausgerannt. Wir wären die ganze Zeit draußen gewesen, hätte nicht eines der Kinder sein Knie so böse aufgeschlagen, dass es einen Verband brauchte und gleichzeitig gehalten werden musste."

„Hat er irgendetwas zu Ihnen gesagt?"

„Fast nichts. Hätte ich Ihre Seite der Geschichte nicht gekannt, hätte ich sein Lächeln als charmant empfunden."

„Das ist typisch Ralphie", seufzte Hannah.

„Nun, er stellte sich als Nessas Vater vor, und ich wollte die anderen Kinder nicht beunruhigen, indem ich ihn zu harsch wegschickte."

„Natürlich nicht."

129

„Ich habe ihn freundlich gebeten, das Gelände zu verlassen, da es unseren Richtlinien entspricht, während der normalen Kindegartenzeiten keine Eltern hier zu haben." Sophie klang jetzt besorgt. „Ich hoffe allerdings, er wird nicht wiederkommen. Nessa sah aus, als wäre ihr schlecht, nachdem er gegangen war, und den Rest des Nachmittags blickte sie immer wieder um sich."

Hannah hätte sich ohrfeigen können. Sie hatte nicht einmal bemerkt, dass ihr Kind in irgendeiner Weise verstört worden war, sondern hatte ganz normal weitergemacht. Sie hatte Nessa vom Kindergarten abgeholt, sie in das Mitarbeiterzimmer des Bistros gebracht und ihr Wachsstifte und Papier gegeben. Sie hatte sich darauf verlassen, dass ihr Kind alles so tun würde wie immer – ein bisschen malen, dann einem Hörbuch zuhören, das Dottie McMahon ihr unlängst geschenkt hatte, einem entzückenden deutschen Kinderklassiker namens „Die kleine Hexe". Dann nahm sie an, dass Nessa ihr Abendessen im Mitarbeiterzimmer bekommen hatte – sie musste es dem auffahrenden Finn lassen, dass er immer extrem gut mit ihrem kleinen Mädchen umging – und auf der Luftmatratze, die für Notfälle da war, eingeschlafen war. Stattdessen hatte ihr kleines Mädchen sich vermutlich halbtot gesorgt, während Hannah die Bistro-Gäste bedient hatte.

„Danke, dass Sie mich das alles haben wissen lassen", sagte Hannah und fühlte sich plötzlich sehr müde. „Ich wünschte, wir würden Ihnen nicht immer wieder Probleme bereiten."

„Das ist für uns kein Problem." Sophie hielt inne. „Sind Sie sicher, dass Sie beide in Ordnung sind?"

„Absolut sicher." Hannah spielte die Muntere. „Ich wollte die Geschichte nur aus dem Blickwinkel eines Erwachsenen hören."

„Natürlich", sagte Sophie. „Wenn wir irgendetwas für Sie tun können, lassen Sie es uns einfach wissen. Okay?"

„Danke", sagte Hannah. „Ich bin mir sicher, ich habe jetzt alles im Griff." Etwas später legte sie auf. „Großer Gott", stöhnte sie. „Ich hoffe bloß, das stimmt."

*

Paul saß am Fenster neben seinem Schreibtisch. Er fühlte sich schwermütig, aber aus irgendeinem Grund nicht so verzweifelt wie in den vergangenen Wochen. Er vermisste seinen kleinen Fisch. Selbst wenn Bubbles nicht sehr auf seine Tiraden über seine neue Lebensweise reagiert hatte, so war er doch so eine Art von Gesellschaft gewesen. Die einzige, die nicht versucht hatte, ihn aufzumuntern. Die einzige, die einfach nur da gewesen war. Der es egal gewesen war, ob Paul im Rollstuhl saß, solange sie regelmäßig gefüttert wurde. Die tatsächlich Charakter gezeigt hatte und herangeschwommen war, um ihn besser zu sehen. Aber Bubbles lebte nicht mehr, und Paul wünschte, er hätte in seinem Zorn nicht das unschuldige Wesen nach einer Person geworfen, die letztlich nur getan hatte, was richtig war – seinen Freunden zur Hilfe zu eilen.

Paul seufzte. Er fuhr zu seinem Bett und hievte sich aus seinem Stuhl. Es war viel einfacher geworden in diesen letzten Wochen, und er merkte erst jetzt, wie selbstverständlich dieser Vorgang für ihn geworden war. Er dachte darüber nicht mehr als Aufgabe nach. Sie war Teil von ihm geworden. Es war traurig, aber es war auch wahr. Und irgendwie spürte er, wie ihn eine Woge der Freude überkam, dass er angefangen hatte, diese Herausforderungen als gegeben hinzunehmen.

Was hatte die Veränderung bewirkt? Vielleicht war es die Scham, die er nach seinem bislang schlimmsten Ausbruch gefühlt hatte. Er war, um Himmels willen, Finns Mentor gewesen, und als der Kerl seine Chance auf eine große Karriere in Europa abgebrochen hatte, um für ihn einzuspringen, war Paul explodiert. Weil er nicht hatte nutzlos sein wollen. Weil er Finns Karriere nicht hatte unterbrechen wollen. Weil er die Bistro-Küche vermisste, das intensive Treiben während der Service-Zeiten, die fröhlichen Gesichter seiner Freunde.

Vielleicht war es auch der Besuch der kleinen grauen Mildred Packman vor ein paar Tagen gewesen. Sie war seine Lehrerin gewesen. Er hatte ihre Art geliebt, wie sie die unterschiedlichsten Zeitalter lebendig gemacht hatte, wenn sie ihre Schüler Fakten und Zahlen der Geschichte gelehrt hatte. Er hatte sie nie als gebrechlich oder alt betrachtet. Aber an dem Morgen, an dem sie vorsichtig sein Zimmer betreten hatte, als ginge sie in die Höhle des Löwen, hatte sie wie beides ausgesehen. Alt und gebrechlich. Ihr kurzes graues Haar war ungekünstelt frisiert, höchstwahrscheinlich von ihr selbst. Und ihre wässrigen blauen Augen hatten den Raum nervös gemustert. Ihre ganze Haltung hatte ihn in eine Position versetzt, die ihn Mitleid fühlen ließ.

„Warum setzen Sie sich nicht auf mein Bett", hatte er vorgeschlagen. „In diesem Zimmer gibt es keine Stühle – kein Bedarf." Er lachte schwach. „Keine Besucher mehr."

„Ich habe davon gehört", sagte Mildred mit trauriger Stimme. „Und ich dachte, das ist so gar nicht der Paul Sinclair, den ich immer gekannt habe." Sie ging zu dem Bett, glättete den Quilt darauf und setzte sich. Er wollte sie unterbrechen, aber sie hob ihre Hand. „Ich bin dran, mein Lieber. Du hörst jetzt einfach einmal zu."

Paul war überrascht, wieviel Autorität sie immer noch besaß. Er dachte zurück an die Zeiten, als sie mit all diesen pubertären Teenagern zurechtgekommen war. Wie es niemand fertiggebracht hatte, sich ihr zu widersetzen – außer diesem damals schon kriminellen Typ, Prosper Martinovic – oder ihr freche Antworten zu geben. Und er fand sich wieder in der Situation des schlaksigen Jungen, der sich vorgestellt hatte, dass jede große, weibliche, historische Gestalt so ausgesehen haben musste wie Véronique Andersson. Natürlich wusste er es jetzt besser, und er konnte vermutlich weiterhin nur davon träumen, je wieder mit Véronique zusammen zu sein nach all seinem Gezeter. Er biss sich auf die Lippen.

„Ich kann mir nicht vorstellen, wie du dich jetzt fühlst", sagte Mildred Packman still. „Und ich werde dir keinen Rat geben, wie du dich fühlen solltest oder was du dagegen tun solltest. Du bist ein intelligenter Mensch, und du wirst alles selbst herausfinden." Sie faltete die Hände zusammen und auseinander, das einzige Zeichen, dass sie immer noch ein wenig nervös war. „Als ich die Geschichte von deiner kleinen Tigerbarbe gehört habe, wusste ich, dass ich kommen musste, weil der Paul Sinclair, den ich kenne, Leben *rettet* und nicht nimmt. Ich habe also meine Zweifel an der Geschichte."

„Sie ist aber wahr", flüsterte Paul und hatte den Anstand zu erröten.

Mildred schien seinen Kommentar zu ignorieren. „Ich wollte an dem Tag, an dem wir uns in der Bank begegneten, etwas Geld für ein nettes Treffen mit ein paar alten Freunden abheben. Ich wollte etwas Besonderes für sie tun. Wir werden schnell älter, und ich weiß nicht, ob wir beim nächsten Mal noch alle am Leben sein werden. Jedenfalls standen wir da in der Schlange. Pattie May war da, und sie war richtig glücklich, weil ihr Geschäft an dem Tag so richtig großartig lief – so großartig, dass sie beschlossen hatte, bereits ein paar Stunden vor Ladenschluss ein hübsches Sümmchen zur Bank zu bringen."

Mildred sah sich im Zimmer um. „Nicht viele persönliche Dinge hier, oder?" Paul schwieg, aber er nahm ihr die

Beobachtung nicht übel. „Naja, natürlich sah ich auch dich und fragte mich, warum du *da* warst und nicht im ‚Le Quartier'. Und dann sah ich die pure Freude in Angela Fortescues Augen, als sie mit der Verlobten unseres Bürgermeisters zum Schalter ging, um ihren ersten Scheck für ihr brandneues Heimarbeits-Unternehmen einzuzahlen. Die Welt war wundervoll und voller Vorfreude, voller Möglichkeiten. Richtig?"

Paul nickte. In gewisser Weise hatte Mrs. Packman recht. Selbst wenn er dort gewesen war, um einen weiteren Kredit aufzunehmen, um ein Küchengerät in ihrem bereits schwer verschuldeten Bistro zu ersetzen, hatte er sich doch darauf gefreut, mit guten Nachrichten dorthin zurückzugehen. Barbs Augen aufleuchten zu sehen. Zu wissen, dass die Qualität des Bistros sich noch über das hinaus steigern würde, was sie ohnehin bereits ablieferten. Ja, die Welt war in Ordnung gewesen.

„Und dann ist alles in sich zusammengestürzt." Mildreds Blick wurde nachdenklich. „Zuerst dachte ich, es sei meine Schuld gewesen. Weil ich den dummen Fehler gemacht hatte, den Bankräuber beim Namen anzusprechen. – Nein, sag nichts. Man kann niemandem sagen, sie sollten keine Schuldgefühle haben, wenn sie welche haben. Das nutzt gar nichts. Diese Überzeugung muss von innen kommen." Mildred Packman korrigierte ihre Haltung auf dem Bett, da die Matratze unter ihrem leichten Gewicht angefangen hatte einzusacken. „Ich dachte, er hätte nicht geschossen, hätte ich nichts gesagt. Aber das stimmt nicht. Er hatte ja schon einmal geschossen, richtig?"

Paul nickte. Der Schuss in die Decke hatte jedem gezeigt, wie todernst die Lage gewesen war.

„Auch musste ich mir sagen, dass Schuld Teil eines bewussten Fehlverhaltens ist. Ich hatte seinen Namen nicht absichtlich genannt. Ich hatte nichts Falsches tun wollen."

„Das wissen wir alle, Mrs. Packman", sagte Paul und lächelte beinahe.

„Na, und dann finde ich mich auf dem Fußboden wieder, dahin gestoßen von einem meiner liebsten Schüler aller Zeiten, und denke tatsächlich: 'Was zur Hölle?!' Und erst dann habe ich den Schuss gehört."

Paul lachte in sich hinein, als er seine Lehrerin, die immer so korrekt gewesen war, tatsächlich einen Fluch benutzen hörte. „Ich dachte, es sei anders herum gewesen, Mrs. Packman."

„Ich will nicht mit dir streiten, Paul. Für mich war es so, und für dich war es vielleicht anders. Aber für uns beide hat es dasselbe bedeutet: Du hast mir das Leben gerettet. Es ist egal, ob du es absichtlich getan hast oder nicht. Du hast es getan. Und jetzt fühle ich mich schuldig, dass ich mit ein paar blauen Flecken davongekommen bin und dass dein Leben sich komplett verändert hat. Aber andererseits hatte ich nicht beabsichtigt, dass du mein Leben retten solltest. Diese Entscheidung hast du in einem Sekundenbruchteil selbst getroffen. Und es war eine heldenhafte Entscheidung, wenn ich das einmal so sagen darf."

Paul schloss die Augen, und ein winziger Tropfen Feuchtigkeit stahl sich unter seinen langen Wimpern hervor.

„Nun sag mir – willst du, dass ich mich den Rest meiner alten Tage schuldig fühle? Denn das tue ich. Bin ich auch schuldig am Tod deines Fisches? Weil das die Folge davon ist, dass du mir das Leben gerettet hast? Willst du, dass ich mich schuldig fühle für alles, was infolge deines Opfers geschieht?"

Paul schüttelte den Kopf.

„Siehst du, das ist nur meine Seite der Geschichte. Mein Leben hat sich verändert, weil, wenn ich die Uhr zurückdrehen könnte, ich mir wünschte, dass du dich nicht zwischen die Kugel und mich geworfen hättest. Ich bin nur eine alte Frau, die vielleicht noch zehn Jahre als alte Jungfer zu leben hat. Es würde keinen großen Unterschied ausmachen, ob ich noch leben würde."

„Aber das stimmt nicht!" rief Paul. „All Ihre Freunde …"

„Genau, Paul", sagte Mildred Packman mit einem feinen, weisen Lächeln. „Und *du* lebst auch noch …" Mit diesen Worten erhob sie sich vom Bett, ging auf Paul zu und gab ihm eine rasche, schüchterne Umarmung. „Du kannst dir gar nicht vorstellen, wie sehr *du* vermisst wirst."

Sie floh aus dem Zimmer und drehte sich auf der Schwelle mit einem kleinen Winken um.

Paul sackte in seinem Rollstuhl zusammen. Er war verblüfft über die Intensität des Besuchs seiner ehemaligen Lehrerin. Er war erschöpft. Es war eine Art Rückblende gewesen. Er war zornig gewesen, erregt, erfüllt von Schuldgefühlen, er hatte geweint … aber vor allem hatte er tatsächlich beinahe laut gelacht.

*

„Was ist los mit dir, Kleines?" Finn hatte bemerkt, wie blass Nessa war, wie lustlos sie im Mitarbeiterzimmer saß und wie sie nicht einmal versuchte, das neue Puzzle vor sich zusammenzusetzen. Er war hereingekommen, um ihr ihr Lieblingsnudelgericht zu bringen, eines mit Bolognese-Soße und einer lauwarmen Spinatbeilage, und ihre Blässe war ihm sofort aufgefallen. Genau genommen hatte sie auch gestern nur die Hälfte ihres Abendessens gegessen. „Bist du krank?"

„Uh-uh", sagte Nessa und schüttelte den Kopf, während sich ihre großen grünbraunen Augen in sein Gesicht bohrten.

„Was ist dann mit dir los?" Finn stellte die Teller vor sie hin und setzte sich neben sie. „Ich sehe doch, dass was nicht stimmt."

„Mom sagt, alles wird gut."

„Okay, das ist, was deine Mom sagt. Aber *du* spürst, dass etwas falsch läuft?"

Nessa sah ihn an und begann zu weinen.

„Um Himmels willen!" rief Finn. „Ist es so schlimm?!"

Nessa nickte. „Er ist wieder da gewesen."

„Wer ist *er*?" Dann dämmerte es Finn. „Dein Daddy? Wann? Und wo?"

„Gestern."

„Hat er etwas gesagt?"

138

Nessa schüttelte wieder den Kopf. „Er stand bloß da, als wir herkamen."

Finn fühlte einen Schauer seinen Rücken heraufkriechen. „Weiß das deine Mom überhaupt?" Nein, offenbar nicht, denn Nessas Gesicht wurde nur verschlossen. „Willst du, dass *ich's* ihr sage?"

„Nein! Und sie sagte, dass alles gut wird."

„Nun, dann solltest du vielleicht ein bisschen essen, nur um mir zu zeigen, dass alles gut *ist*, ja?" Finn schob die Pasta näher zu sie. „Du musst groß und stark werden. Und vielleicht zeige ich dir eines Tages, wie man Pasta Bolognese macht, okay?"

„Okay." In ihren nassen Augen stand ein winziger Funke der Begeisterung, aber er verglomm rasch. „Das sagst du nur, damit ich esse."

Finn sah sie erstaunt an, dann stemmte er die Arme in die Seite. „Und was glaubst du, wer du bist, junge Dame?"

„Du teilst dieser Tage gar nichts mehr mit irgendwem." Nessa klang jetzt wie Barb.

Finn zog ein Gesicht. „Sowas hörst du?" Nessa errötete. „Nun, was denkst *du*? Und was glaubst du, was diese Gerichte sind?!" Nessa wurde noch roter. „Ich sag dir was, Kleines. Glaube nie, niemals nimmer nicht Hörensagen. Vertraue immer deinem eigenen Urteil. Verstanden?" Nessa nickte. „Gut." Er stand auf, fuhr ihr durchs Haar und ging zur Tür.

„Finn?"

„Ja, Liebes …"

„Danke."

Finn lächelte sie an. „Gern geschehen. Tu mir nur den Gefallen und iss heute Abend auf, damit ich nicht wieder den Rest an die Möwen verfüttern muss, ja?"

Nessa kicherte. „Du hast gestern nicht die Möwen mit meinem Essen gefüttert."

„Ach ja? Woher weißt du das überhaupt? Du hast geschlafen, als ich den Teller neben deinem Kopf weggenommen habe."

Nessa langte zu, und Finn sah sie liebevoll an, bevor er die Tür schloss. Er wusste, wie es war, ein Kind in einer zerrütteten Familie zu sein. Nun, zumindest hatte Nessa noch ihre Mutter. Während er in seiner Kindheit von Pflegefamilie zu Pflegefamilie gewandert war … Nun ja, er wollte nicht wieder damit anfangen. Er platzte in die Küche.

„Was machen diese zwei Gerichte in der Durchreiche, wo sie kalt werden? Ihr könnt sie glatt wegschmeißen und neu kochen. Ich hasse die Nachlässigkeit hier. Barb, wenn du nicht schneller wirst, bin ich nicht willens, weiter mit dir zu arbeiten!"

Barb grinste ihn ironisch an. „Oh, großer Koch, das ist schrecklich. Aber du weißt schon, dass du auf die eine oder andere Weise an mich gebunden bist, es sei denn, *du* entscheidest dich zu gehen. Ich bin nicht nur die Konditorin hier. Ich bin Miteigentümerin." Sie kehrte ihm den Rücken zu.

Finn fluchte und ging an seinen Arbeitsplatz. Er schäumte. Und er wusste nicht einmal, woher dieser Zorn kam.

Fürchtete er, dass jemand darauf lauerte, Hannah und die kleine Nessa aus seinem Leben zu stehlen? Fühlte er sich als Koch unterschätzt in diesem kleinen Restaurant in einer Stadt, die es kaum auf eine Landkarte schaffte? Oder brauchte er einfach noch eine Leckerei? Ja, vielleicht war es das. Er würde bei nächster Gelegenheit hinausschleichen und ein oder zwei Linien in sich hineinziehen. Es würde ihm seinen Realitätssinn zurückgeben und ihn seine Einsamkeit besser ertragen lassen.

Finn knallte eine Pfanne auf den Kochring und warf ein ganzes Stück Butter hinein. „Lachs gart. Fertig in zehn Minuten. Beilagen zubereiten – jetzt."

*

Tiffany Delaney zuckte ein wenig zusammen, während sie von ihrem Arm wegblickte. Sie war nie tapfer genug gewesen zuzusehen, wie eine Spritze in jemandes Haut eindrang, am wenigsten in ihre eigene. Aber sie musste sichergehen, dass ihre Tetanusimpfungen auf dem neusten Stand waren, da mit dem nahenden Herbst ihr Landschaftsgärtnerei-Geschäft stark anziehen würde. Und man wusste nie, mit welchen Verletzungen man zu tun haben würde, selbst wenn sie nur klein wären.

Dr. Katkar lächelte. „Sie können wieder hinschauen", scherzte er. „Der Saft ist schon in Ihnen drin. Möchten Sie sich ein Pflaster aussuchen?" Er zeigte ihr eine bunte Auswahl in einem Wand-Display.

Tiffany lachte. „Suchen *Sie* eins für mich aus, Herr Doktor."

Dr. Katkar wählte eines mit kleinen Flamingos. „Toll was sie heutzutage so herstellen, oder?" Er legte das Pflaster über die Einstichstelle. „Oft behaupten Mütter, ihre Kinder hätten sich nur deshalb verletzt, damit sie eines von diesen hier von mir bekommen. Ich wünschte, ich könnte manche Leute so einfach wieder zum Lächeln bringen."

„M-hm", seufzte Tiffany. „Das wünschte ich mir auch. Ich muss immer an Paul Sinclair denken. Als ich ihn das letzte Mal gesehen habe, habe ich fast jegliche Hoffnung aufgegeben, ihn je wieder lächeln zu sehen."

„Nun, ich denke, da ist doch noch Hoffnung", sagte Dr. Katkar ruhig.

„Wirklich?"

„Naja, gewissermaßen. Erstens habe ich gehört, dass Mrs. Packman es tatsächlich geschafft hat, dass er leise gelacht hat, als sie ihn vor ein paar Tagen besucht hat. Offenbar ist das so unerhört, dass es sich herumgesprochen hat." Er errötete leicht, was seine braune Haut eine Nuance dunkler färbte. „Ich mag normalerweise keine Gerüchte. Aber dieses ist ein nettes, und mir wäre es lieb, wenn es wahr wäre."

„O ja", seufzte Tiffany. „Es kann nicht leicht für ihn sein, aber ich gebe zu, ich habe etwas Angst, ihn wiederzusehen."

„Nun, vermutlich nicht so viel, wie er vor Ihnen und all den anderen hat, die er verprellt hat, wenn er sich erst einmal wieder gefangen hat. Er weiß, dass er Ihnen eine Entschuldigung schuldet. Er ist ein anständiger Mensch …"

„Ich komme lieber ohne Entschuldigung aus und greife alles da auf, wo wir vor dem Banküberfall mit ihm gestanden haben."

Dr. Katkar nickte nachdenklich. „Täte das nicht jeder gern? Aber dafür gibt es keine echte Hoffnung, es sei denn, Sie überlegen sich, ihm einen bionischen Rucksack zu kaufen."

„Einen bionischen was?"

„Rucksack. Das ist eine Gehhilfe für Querschnittsgelähmte."

„Sie nehmen mich auf den Arm!" Tiffany schlug ihren Ärmel wieder herunter.

„Keinesfalls", sagte Dr. Katkar. „Es gibt da etwas, das anscheinend wirklich funktioniert."

„Wenn es das gibt, warum haben es dann nicht mehr Menschen? Und woher wissen Sie überhaupt davon?"

„Nun, ich habe unter meinen Patienten einen begeisterten Leser von Wissenschaftsmagazinen. Eddie Beale. Er hat einen Artikel in einer Zeitschrift gefunden, die ,The Sydney Morning Herald' als Quelle benannt hat. Anscheinend hat eine israelische Firma sogenannte ReWalk-Apparate entwickelt, ein Exoskelett, das um die Beine geschnallt und von einem Computer gesteuert wird, den man wie einen Rucksack trägt. Sie haben auch einen Sitz in den U.S.A., und sie sind von der FDA zugelassen. Ich schätze, dass man sie nicht so oft sieht, weil die Leute einfach nicht davon wissen. Sie fangen erst an, sich für so etwas zu interessieren, wenn sie in einer Situation sind, die das notwendig macht. Oder sie halten das Ganze einfach für einen Schwindel."

Tiffany starrte Dr. Katkar an. „Aber es ist keiner?"

„Ganz sicher nicht! Ich habe diesen Artikel tatsächlich gefunden, und ab da habe ich meine Recherche angefangen. Dieses Rucksack-Dingens ist für Paul vielleicht etwas außerhalb des Erschwinglichen. Die Firma hat unlängst sogar etwas weit Leichteres entwickelt. Keine Ahnung, was das kosten würde. Ich hoffe trotzdem, dass er es sich überlegen wird – immerhin ist es eine Art Investition in seine Gesundheit."

„Hmmmm", grübelte Tiffany. Sie schüttelte den Kopf. „Zu schade! Und seine Versicherung würde das Geld vermutlich auch nicht hinlegen, oder?"

Dr. Katkar schüttelte den Kopf mit einem geheimnisvollen Lächeln auf seinem gutaussehenden Gesicht. „Ich darf nichts über seine Versicherung sagen. Ich sollte vermutlich mit Ihnen nicht einmal über Paul sprechen. – Aber Sie können es mal so annehmen."

Tiffany zwinkerte ihm zu. „Sie sind schlau, Herr Doktor! Und dieses Ding – ReWalk sagten Sie? – es funktioniert wirklich?"

„Naja, Leute, die es benutzen, brauchen trotzdem Krücken zum Gehen für ihre Balance."

„Aber sie gehen."

„Genau mein Punkt. Es bedeutet einen enormen Schub für ihren gesamten Körper, dass sie das können. Ihre Lebenserwartung verlängert sich sofort wieder, weil Teile ihres Systems wieder normal arbeiten. Es bilden sich erneut Muskeln. Es stellt eine Menge verlorenes Würdegefühl und verlorene Unabhängigkeit wieder her. Und es baut neues Selbstvertrauen auf."

„Das klingt fast zu schön, um wahr zu sein."

„Ich habe ein paar dieser Videos im Internet angeschaut – man sieht diese Menschen nicht mehr als Opfer eines verrückten Schicksals. Sie werden tatsächlich zu Menschen, die Neugier und Bewunderung hervorrufen."

„Wie eine sich verwandelnde Figur aus einem Science-Fiction-Film", dachte Tiffany laut nach.

„Ziemlich genau das", lachte Dr. Katkar.

„Nun, wundervoll zu wissen, dass es solche Dinge gibt", sagte Tiffany mit einem verträumten Ausdruck in ihrem runden Gesicht.

„Es gibt schon große Geister da draußen …"

„… die Wunder wirken."

„Wir könnten ein Wunder für Paul gebrauchen", sagte Dr. Katkar mit sehr ernster Miene. Aber Tiffany hätte später schwören können, dass seine starren Augen ihr doch irgendwie subtil zugezwinkert hatten.

*

Paul hievte sich ins Auto und überließ es Ellen, seinen Rollstuhl zusammenzuklappen und in den Kofferraum zu stecken. Sie setzte sich neben ihn und strahlte ihren Sohn an.

„Du machst mich so stolz auf dich, Liebling", sagte sie mit feuchten Augen. „Ich bin so froh, dass du das vorhast."

„Mom, es ist noch nicht passiert", antwortete Paul. „Und es ist noch ein langer Weg dahin, davon leben zu können."

„Aber auch die längste Reise beginnt mit einem ersten Schritt", sagte Ellen fest und startete das Auto. Dann schlug sie sich mit der Hand vor den Mund, schockiert darüber, was sie gerade gesagt hatte. „Es tut mir leid!"

„Hör auf, Mom!" sagte Paul streng. „Du kannst nicht immer jede einzelne Silbe, die du äußerst, vorher überdenken. Kein Grund zur Aufregung." Ellen schluckte und sah ihn verzweifelt an. „Weißt du, jeder kann irgendwo etwas Verkehrtes sagen, und es kann mir in dem Moment wehtun. Oder auch nicht. Ich denke vielleicht nicht einmal darüber nach, wenn du es nicht hervorhebst. Okay, ich sitze im Rollstuhl. Und ich habe euch allen deswegen zu knabbern gegeben. *Ich* muss mich entschuldigen, nicht du." Er blickte aus dem Fenster. „Und weißt du was? Am merkwürdigsten ist es, dass es nicht einmal am schwierigsten ist zu akzeptieren, dass ich nicht mehr gehen kann. Ich habe gemerkt, dass ich eigentlich damit ganz gut umgehen kann. Es ist, dass mein Körper an verschiedenen Stellen wehtut, weil ich meistens in nur einer Position stecke. Meine Arme schmerzen. Mein Rücken wird steif. Es ist auch der Verlust meiner Privatsphäre in manchen

Dingen. Und andere Körperteile lassen auch nach. Meine Beine? Wenn es nur das wäre!" Paul versuchte zu lachen, aber es klang eher wie ein ersticktes Schluchzen. „Lass uns losfahren."

Ellen nickte und legte einen Gang ein. „Wohin zuerst?"

„Zum Autohändler", schlug Paul vor. „Das schenkt mir etwas Zeit, darüber nachzudenken, wie ich andere Dinge handhaben werde."

Sie fuhren durch die Wohngegend der Oberstadt. Die meisten Gärten verloren inzwischen ihre letzten Blumen. Die Bäume waren kahl außer ein paar robusten, alten Garry-Eichen und natürlich den Nadelbäumen. Dekorative Kürbisse saßen schon auf den Veranden. Manche Leute hatten sogar schon frühzeitig Halloween-Dekorationen aufgebaut, obwohl der Tag selbst erst in ein paar Wochen kam.

„Ist das nicht schön?" flüsterte Ellen wie zu sich selbst.

Paul reagierte nicht. Aber er musste zugeben, dass der Herbst im Pazifischen Nordwesten farbenfroh und beinahe festlich war. Der graue Himmel ließ die Farben der Natur noch atemberaubender hervorstechen.

Sie bogen auf die Main Street ein und fuhren die Küste entlang, bis sie den Kreisverkehr am Fährhafen erreichten. Von da an standen zu beiden Seiten der Straße die Häuser der Unterstadt.

„Weißt du schon, dass Kitty Kittrick bald heiratet?" fragte Ellen, als sie die ersten Gebäude passierten.

„Den netten Typ Eli?" fragte Paul.

„M-hm … Und sie haben ‚Le Quartier‘ gebeten, ihren Empfang zu organisieren oder zu catern.“

„Prima!“ sagte Paul und lächelte seine Mutter an. „Dann zieht das Geschäft also wieder an, oder?“

Ellen schrumpfte zusammen. „Nicht wirklich. Ich glaube, Kitty und Eli versuchen dabei zu helfen, das Schiff vor dem Sinken zu bewahren. Finn ist in letzter Zeit durch sein empörendes Verhalten gegenüber den Gästen berüchtigt.“

„Gegenüber Gästen?!“ staunte Paul. „Aber er sollte doch immer in der Küche sein.“

„Anscheinend schafft er es, die Bestellungen seiner Gäste so laut zu kommentieren, dass es so klingt, als sei er im Speisebereich.“ Ellen verstummte.

„Autsch“, sagte Paul. „Das geht gar nicht.“

„Sag das mal Finn!“

Paul sah Ellen an. „Ich denke, das werde ich tun.“

Sie fuhren in den Harbor Mall Kreisverkehr ein und dann langsam bergauf an dem Einkaufszentrum zur Rechten und den Werften zur Linken vorbei in Richtung des Industriegebiets Wycliffs. Dort, zwischen einer Dosenfabrik und einem Möbelbaus, war „Wheelie Deals“, ein Autohaus für Neu- und Gebrauchtwagen. Ellen parkte am Bordstein, ging um das Auto herum und stellte den Rollstuhl neben Pauls Tür auf. Während Paul herauskam, sah sie einer der Angestellten des Händlers, der über das Ausstellungsgelände ging, und verschwand rasch im Gebäude. Eine Minute später spazierte Earl Scott heraus, der in

seinen Sechzigern stehende Eigentümer von „Wheelie Deals".
Sein kahler Schädel glänzte wie poliert, und er watschelte so rasch
auf sie zu, wie es sein runder, in einen grobkarierten Anzug
gezwängter Körper eben zuließ.

„Da schau her! Wen haben wir denn da?!" rief er jovial.

Paul verfrachtete sich in eine bequemere Position, und
Ellen wolle ihn gerade die Bordsteinkante überwinden helfen, als
Earl sich schon auf sie stürzte, Hände schüttelte und ihretwegen
eine große Schau abzog.

„Der Held von Wycliff! Was für eine Ehre!" Er gluckste
in sich hinein. „Und wie geht es, mein Sohn? Wie läuft das Leben
so?" Er lachte über seine eigenen Worte.

Ellen verzog das Gesicht. Paul ignorierte ihn. Er erkannte
Verlegenheit, wenn er ihr begegnete. „Ganz gut", sagte er still.

„Was bringt Sie also heute hierher? Brauchen Sie ein
neues Auto?" Earl blickte sie listig an. „Oder möchten Sie dieses
hier für Paul umrüsten lassen?"

Ellen schnappte nach Luft, aber Paul hob die Hand, um
sie zu beruhigen. „Es ist okay, Mom. – Hören Sie, Earl, ich
brauche ein kleines Auto, das meinen Rollstuhl und dann noch so
einiges transportieren kann. Und natürlich muss es so ausgestattet
sein, dass ich es nur mit den Händen fahren kann."

„Sicher, sicher!" sagte Earl unbekümmert und ganz
geschäftsmäßig, während er nebenherlief. „Lassen Sie mich Ihnen
zeigen, was wir haben, und dann können Sie sich damit Zeit
lassen, Ihre Entscheidung zu treffen."

Sie gingen Reihe um Reihe der Autos und Kombis ab. Sie ignorierten Pick-up Trucks oder andere Fahrzeuge, die zu hoch oder zu niedrig gebaut waren, um den Wechsel vom und zum Rollstuhl bequem zu machen.

„Die Preise sind ziemlich geklettert, oder?" fragte Ellen vorsichtig.

„Ach, aber ein Koch wie Paul kann sich das doch leisten", behauptete Earl. „Richtig, Paul?"

„Zurzeit nicht", sagte Paul ehrlich. „Ich habe eine Weile nicht gearbeitet, wissen Sie. Ich habe erst einmal nur einfach gelebt."

Earl blinzelte. „Natürlich, natürlich. – Nun, hören Sie, mein Sohn. Ich kann wirklich nichts für die Preise. Ich muss auch meinen Lebensunterhalt verdienen, und meine Ex-Frau kostet mich ganz schön, kann ich Ihnen sagen. Aber ich weiß, einen Helden zu ehren, glauben Sie mir! Und ich gebe Ihnen die Umrüstung gratis. Wie finden Sie das?"

„Was?!" rief Ellen aus. „Wirklich?!"

„Ich weiß, wie man einen Helden ehrt", stellte Earl stolz fest.

Ellen sagte leiser: „Ganz offensichtlich …"

Paul tat so, als gehe es nicht um ihn. Er fühlte sich verletzlicher wegen der unerwarteten Großzügigkeit als wegen der Aussicht, das Autofahren nur mit den Händen zu lernen. „Wie wäre es mit diesem?" Er deutete auf das Ende einer Reihe, die sie noch nicht unter die Lupe genommen hatten. „Das könnte genau das Richtige sein."

„Und obendrein eine gute Wahl", dröhnte Earl. „Schauen wir es uns genauer an."

Später lehnte sich Paul im Beifahrersitz des Autos seiner Mutter zurück, während sie zurück in die Unterstadt Wycliffs fuhren

„Ist das nicht eine nette Geste von Earl?" sagte Ellen.

„Ja." Paul war lakonisch.

„Du klingst nicht so glücklich, wie du solltest."

„Tut mir leid, Mom. Aber ich wette, er weiß, wie er daraus Publicity für sich schneidern kann. Er wird vermutlich Julie Dolan mit ihrer Kamera vor Ort haben, wenn ich den Wagen abhole. Es ist also mehr als ein gutes Geschäft für ihn. Es ist Werbung."

„Oje …", seufzte Ellen. Dann schwieg sie. Nach einer Weile fragte sie: „Und jetzt zum Bistro?"

Paul schüttelte den Kopf. „Nicht heute. Ich fürchte, ich bin etwas erschöpft."

*

Wenn Hannah mit ihrer Schicht fertig war und sie das Restaurant geschlossen hatten, setzte sie sich für gewöhnlich mit Véronique auf einen Drink an einen Tisch in der Nähe der Bar und besprach die Arbeit für den nächsten Tag. Aber dies war das erste Mal seit langer Zeit, dass Hannah einen freien Tag haben würde, und sie umarmte Véronique nur rasch, bevor sie ins Mitarbeiterzimmer ging.

Sie hörte das übliche Klappern aus der Küche, wo die Köche die Geräte putzten und den Fußboden abspritzten. Die Tür des begehbaren Kühlers krachte mit einem dumpfen Schlag gegen die Wand, wenn sie geöffnet wurde, und mit einem metallischeren mit dem zusätzlichen Geräusch eines zufallenden Riegels, wenn sie sich schloss. Aber heute Abend war etwas anders. Hannah hielt einen Augenblick inne, um zu registrieren, was es war. Finns Stimme fehlte in dem Lärm hinter den Schwingtüren. Nun, er kümmerte sich vermutlich um den Kühler.

Da Hannah von ihrem freien Tag nicht länger abgehalten werden wollte als notwendig, betrat sie die Küche nicht. Sie schlug nur mit der Faust ein paarmal gegen die Tür und rief fröhlich: „Tschüs dann. Bis übermorgen!"

Die Tür zum Mitarbeiterzimmer stand leicht offen, und Hannah musste sie nur leicht aufschubsen, um einzutreten. Sie sah Nessa auf der Luftmatratze schlafen, ihren geliebten Plüsch-Elefanten an die Brust gedrückt. Sie atmete leise, und ihre Lider waren schwer vom Schlaf. Hannah lächelte, aber dann malte sich Entsetzen in ihrem Gesicht, und ihre Augen starrten auf einen kleinen Ecktisch zu ihrer Rechten.

„Bist du wahnsinnig?!" zischte Hannah. „Bist du absolut verrückt geworden?!"

Finn sah erschrocken auf und ließ eine Rasierklinge fallen. Sie fiel mit leichtem Klirren auf den Tisch. Hannah starrte ihn ungläubig an. Das war wie die Szene aus einem Film, für den sie nie ins Kino gegangen wäre. Zwei säuberlich angehäufte weißen Pulverlinien verliefen parallel zueinander auf dem Tisch. Eine zusammengerollte Dollarnote daneben implizierte, dass es sich nicht um Puderzucker handelte. Finn ließ die Hände sinken.

„Tust du, wovon ich denke, dass du's tust?" fragte Hannah mit wildem Blick hinüber zu ihrer Tochter. Nessa schlief noch immer. „Nimmst du vor meinem Kind Kokain?"

Finn sah sie verlegen an. „Nessa ist im selben Raum wie ich", antwortete er mit gleichermaßen unterdrückter Stimme. „Aber sie merkt überhaupt nicht, was ich hier tue oder nicht, wie du siehst. Also mach bitte keinen Aufruhr."

„Ich kann nicht glauben, dass einer meiner Freunde Drogen nimmt!" sagte Hannah verzweifelt. „Bitte sag mir, dass es nicht stimmt! Du bist immer so nett zu Nessa. Sie himmelt dich an."

„Ich werde mich dir oder Nessa gegenüber nicht ändern", sagte Finn mit einem schiefen Lächeln, das diesmal nicht verfing. „Ich mache das nur für mich, als kleine Feier am Ende eines langen, erfolgreichen Tages. Das ist alles. Da ist nichts Schlimmes dran."

„Aber das Zeug ist gefährlich!"

Finn schüttelte den Kopf. „Tu mir das nicht an, Hannah. Du bist weder meine Mutter noch meine Lehrerin. Schau einfach weg, schnapp dir Nessa, und geh nach Hause. Genieße deinen freien Tag. Du verdienst es."

Hannah war unentschlossen. Wenn sie Nessa jetzt weckte, sah sie vielleicht die Drogen auf dem Tisch, vielleicht aber auch nicht. Wenn sie sich zwischen Finn und dem Kind positionierte, schaffte sie es vielleicht, dass Nessa nichts von dem Kokain auf dem Tisch mitbekam. Andererseits, wenn sie vorgab, dass im Mitarbeiterzimmer ihrer Arbeitgeber nichts Illegales geschah, war sie weder ehrlich gegen sich selbst noch gegen das Team, das ihr Arbeit gegeben hatte. Außerdem brachte Finn sich selbst in Gefahr.

„Ich kann dich nicht so hierlassen", blieb Hannah fest, und ihr Zischen klang noch dringlicher. Nessas Lider begannen zu flattern, und eine ihrer Hände zuckte, während sie langsam aufwachte. „Schmeiß es einfach weg, und ich vergesse vielleicht, dass ich dich beinahe etwas mehr als Dummes habe tun sehen."

„Ich bin doch nicht blöd", entgegnete Finn in ähnlich dringlichem Ton. „Ich schmeiße doch nicht eine hundert Dollar teure Leckerei weg."

„Leckerei?!" flüsterte Hannah und wurde blass.

Das Geräusch nahender Schritte hinter sich ließ Hannah sich umdrehen.

„Leckerei?" fragte Véronique und erkannte sofort, was da vor sich ging. „Ich glaube, wir müssen ernsthaft miteinander reden, Finn. Nein. Du kannst es zu dir nehmen oder auch nicht. Ich will es hier nicht in unserem Restaurant auf einem Tisch im Mitarbeiterzimmer haben. Hannah, bitte nimm Nessa und bring sie sicher nach Hause. Ich möchte nicht, dass sie solchen Dingen ausgesetzt ist. Sprich nur noch mit niemandem darüber, okay?"

Hannah nickte und ging zu Nessa hinüber, die aufgehört hatte, sich zu strecken und zu gähnen, und nun langsam ihre Habseligkeiten rund um die Luftmatratze auflas. Hannah half ihr. Im letzten Moment erinnerte sie sich an die Handtasche in ihrem Spind. Sie nahm sich heute Abend nicht die Zeit, aus ihrer Bedienungs-Uniform zu schlüpfen. Hannah ergriff Nessas Hand fester als gewollt und zog ihr Kind aus dem Zimmer.

„Keine Sorge, Véronique", sagte sie mit traurigen Augen. „Nicht um alles in der Welt würde ich meinen oder Nessas Freunden schaden wollen."

*

Aus Véroniques Tagebuch:

Warum ist es mir nie in den Sinn gekommen? Ich muss blind gewesen sein. Die Erklärung für Finns befremdliches Verhalten lag direkt vor unseren Augen. Und entweder haben wir nicht genau genug hingesehen oder – wir wollten es vielleicht nicht sehen. Weil es für uns bequemer war ...

Finn ist drogensüchtig aus Europa zurückgekommen. Kokain. „Leckerei" nennt er es. Als seien die Linien, die er inhaliert, Süßigkeiten. Und als könne er entscheiden, eine zu sich zu nehmen, wenn er es so entschiede, und zu anderen Zeiten eben einfach nicht. Quel idiot!

Hannah hat ihn gestern Abend versehentlich dabei erwischt. Sie wollte für ihren freien Tag ihre Sachen aus dem Spind holen und Nessa wecken, um sie nach Hause zu bringen. Am Ende ließ Hannah beinahe ihren Mantel und alles in ihrem Spind, weil die Situation einfach so überaus angespannt war. Zum einen, weil eine Minderjährige im Raum war, während sich die Dinge zuspitzten. Zum anderen natürlich, weil wir nie gedacht hätten, unter unserem Dach würde je etwas Illegales passieren. Unter uns Freunden.

Ich frage mich jetzt, warum es uns nie in den Sinn gekommen ist, herausfinden zu wollen, warum der Finn, den wir glücklich in die Kochschule verabschiedeten und auf den wir so stolz waren, weil er von einem Koch in Frankreich zum Kochen eingeladen worden war, nicht der Finn war, der zu uns zurückkam. Wir haben einfach nie nachgefragt. Wir haben diskutiert, was uns nicht gefiel, aber nie mit ihm. Wir sahen, dass er sich verändert hat, suchten aber nie nach dem Grund dafür. Pourquoi?

Hatten wir Angst, den Koch zu verlieren, den wir gerade hatten wiedergewinnen können? Oder vielleicht wegen Personalmangels schließen zu müssen? Oder waren wir zu beeindruckt, weil er eine Europareise gemacht hatte, von der jeder hier nur träumen kann? Waren wir fasziniert von dem Wissen, das er mitzubringen schien, obwohl es unsere kleinstädtische Speisekarte mit Gerichten durcheinanderbrachte, die kaum jemand richtig aussprechen kann oder auch nur ausprobieren möchte? Hatten wir bereits Angst vor seinem Zorn?

Anfänglich dachten wir wohl alle, dass sich Finn wieder in den freundlichen Kumpel verwandeln würde, der er vor noch nur ein paar Jahren war. Wir waren von Sorge um Paul überwältigt. Wir waren glücklich, dass es jemanden gab, der kam, um uns den Rücken zu decken. Wir waren willens, jegliches Fehlverhalten zu entschuldigen, das keiner von uns je an den Tag zu legen gewagt hätte. Wir dachten, es sei wohl normal, dass Leute so von solch einer Reise zurückkämen. Wir fühlten uns gegenüber solcher Weltläufigkeit naiv. Und irgendwie waren wir das ja auch.

Wir sahen nicht, dass Finn kaum aß, weil er Mahlzeiten mit uns einfach vermied, es sei denn, wir kombinierten sie mit einer Geschäftssitzung. Wir ignorierten seine Stecknadelpupillen, weil wir einander kaum noch ansahen, jeden Tag todmüde, und kaum unsere eigenen Gesichter im Spiegel prüften. Wir nahmen an, dass Finn wusste, was er in der Küche tat, weil er von so einem exquisiten Restaurant zurückkam. *Nous étions si aveugles!*

Die Wahrheit ist: Wir hätten ihn nie als Chefkoch die Küche leiten lassen sollen. Finn lernte noch, und wir ließen ihn etwas übernehmen, das bereits uns aufzufressen begann, die weit erfahrenere Gastronomen sind als er. Er muss eingeschüchtert gewesen sein. Vielleicht haben wir ihn sogar unwissentlich dazu gebracht, seinen Drogenmissbrauch fortzusetzen, weil er heimlich *vor der Aufgabe Angst hatte, aber sein Gesicht wahren musste. Merveilleux!*

Finn schnupfte also seine „Leckerei" und war, solange ich im Mitarbeiterzimmer war, sehr unruhig. Ein paar Minuten, nachdem Hannah und Nessa gegangen waren, kamen Barb und Chris aus der Küche herein. Sie hatten sich über Finns Abwesenheit gewundert, hatten aber nicht gewagt, nach ihm zu suchen und ihn darüber zu befragen. Nun, die weißen Rückstände um seine Nasenlöcher verrieten ihn natürlich. Leute fallen nicht einfach mit dem Kopf voran in Puderzucker.

Es gab einen hässlichen Schlagabtausch zwischen Barb und Finn. Chris beobachtete alles schweigend. Ich bin mir sicher, dass er seine eigenen Gedanken zu der Lage hatte. Zum Glück ist er besonnen. Manchmal. Was Finn angeht, so habe ich ihm gesagt, ich wolle ihn heute Nachmittag vor der Abendessensschicht sehen. Ich weiß nicht wirklich, was ich mit ihm machen soll. Ich möchte, dass er verspricht, drogenfrei zu werden. Ich möchte unseren alten Freund zurück. Gleichzeitig möchte ich ihn ohrfeigen und feuern. Paul würde instinktiv richtig mit ihm umgehen.

Was mich zu einer großen Überraschung heute Morgen kurz nach dem Frühstücke kommen lässt. PAUL WAR HIER! Er wurde von seiner Mutter gefahren, aber es war sein Wunsch gewesen. Er kam, um sich für all den Schmerz zu entschuldigen, den er mir bereitet hat. Er schien auch sehr aufrichtig in dieser Hinsicht. Er sagte sogar, er könne mir nicht versprechen, nicht

wieder in eine Depression zu verfallen, dass er aber an sich arbeite.
Und er kauft sich ein Auto, das für „Rollis" umgerüstet ist, wie er
an den Rollstuhl gebundene Menschen nennt.

Wir haben es dabei belassen. Freunde mit einem
Waffenstillstand. Nach all unserem Drama ist das alles, womit ich
gerade umgehen kann. Ich will erst einmal nicht auf mehr hoffen.

6

Schnitzel

Deutschland, deine Schnitzel! Der Plural ist wie der Singular, wurde mir gesagt, und es bedeutet nur „kleiner Abschnitt". Es gibt zahllose Varianten panierten und nicht panierten, sogar gefüllten Schnitzels, alle ohne Knochen, die meisten vom Schwein oder Hähnchen. Einmal begegnete mir auch eines vom Strauß, aber das fand ich etwas trocken. Natürlich musste ich ein Wiener Schnitzel probieren und war ziemlich überrascht, dass es nicht nur dünnes, paniertes Kalbfleisch war (niemals Schwein, o nein! sagte man mir), sondern es kam auch mit einer Zitronenscheibe, etwas Petersilie, Kapern und einer Sardelle! Obwohl ich mit dieser Kombination mental erst einmal klarkommen musste, schmeckte es am Ende doch äußerst delikat.
(Küchennotizen aus Finn Rovers Reisetagebuch)

Finn war erregt. Nicht, weil er sich für seinen Kokainkonsum hatte rechtfertigen müssen. Er war eher beunruhigt, dass er überhaupt erwischt worden war. Und dass es – er wusste, es *war* wirklich dumm gewesen – in der Nähe eines unschuldigen Kindes geschehen war, auch wenn Nessa nicht gemerkt hatte, was da vor sich ging. Sie hatte aber vielleicht die angespannte Atmosphäre und leise Feinseligkeit gespürt.

Das Gespräch mit seinen Arbeitgebern (ohne Paul) war ruhig und sachlich gewesen. Wenn er sich nicht zusammenreiße, müsse Finn das Restaurant verlassen. Sie wollten keine kriminellen Aktivitäten unter ihrem Dach, sagten sie. Kriminell … wirklich? Etwas, das ihn sich gut fühlen ließ, war nicht kriminell, konnte das nicht sein. Das war alles. Er musste künftig seine Leckereien vorsichtiger zu sich nehmen.

Finn war natürlich vorsichtig, wenn er seine „Süßigkeiten" hier oder daheim konsumierte. Seine Gastgeberin, Julie Dolan, war als Journalistin meist unterwegs, und sie trafen einander nur zufällig, wenn einer von beiden in der Küche Kaffee kochte oder aus dem Kühlschrank naschte. Keiner von beiden kochte zu Hause. Aber aus irgendeinem Grunde empfand Finn das Haus immer noch als Dotties, und aus Respekt vor ihr, gab er sehr acht darauf, dass es kein einziges Zeichen dafür gab, dass er eine verbotene Substanz zu sich nahm. Er lagerte seine Drogen nie zu Hause. Er hatte sie unter dem Dach einer jener schicken, Vogelhäuschen-ähnlichen privaten Leihbüchereien versteckt, die er im Wohngebiet gefunden hatte. Wenn er sich also daran zu schaffen machte, würde ihn jeder nur für einen eifrigen Leser halten. Und er konsumierte jetzt in öffentlichen Toiletten und hinter „Le Quartier". Nicht die nettesten Orte, aber man musste sich etwas einfallen lassen.

Es fiel ihm nicht auf, dass sein Mangel an Schlaf und Appetit ihn langsam abgemagert aussehen ließ. Dass seine Hautfarbe kränklich wirkte und sein Temperament immer launenhafter wurde. Als Dottie ihn also eines Tages darauf ansprach – sie hatte nur mit sorgenvoller Stimme gefragt, ob es ihm gut gehe –, hatte er sie beinahe angefahren.

„Ich fühle mich besser als je, und warum sollte ich das nicht?!" hatte er fast geschrien. „Ich bin dankbar für das, was du für mich in der Vergangenheit getan hast, aber du brauchst jetzt ganz sicher nicht mehr auf mich aufzupassen. Ich bin ein erwachsener Mann. Ich habe einen tollen Job. Und mir geht es absolut gut."

Dottie hatte ihm einen Blick zugeworfen, der ihm sagte, dass sie nicht einem seiner Worte glaubte. Aber es war ihm egal gewesen. Nun, vielleicht doch nicht. Er war über ihre Einmischung verärgert gewesen.

Er hatte keine Ahnung, dass Dottie seinen Mentor angerufen hatte. Richard Random, der Finns Weg in die Gastronomie finanziert hatte, musste wissen, dass der wundervolle, junge Mann, der seinem Sohn Bobby vor ein paar Jahren das Leben gerettet hatte, zu straucheln und Hilfe zu brauchen schien.

Dottie hatte sich nie irgendwo eingemischt. Sie wusste, wann sie etwas nichts anging. Aber da Finn in ihrem Zuhause gelebt hatte, als sei er ihr Sohn, als sie Witwe gewesen war, fühlte sie sich für ihn verantwortlich. Sie war so stolz darauf gewesen, was aus dem ehemaligen abgehauenen Pflegekind geworden war. Und was für einen Schlamassel hatte er jetzt aus seinem Leben gemacht! Jemand musste ihm helfen. Und wenn Liebe und

Räsonieren nicht halfen, hatte vielleicht Finns finanzieller Mentor etwas Einfluss. Richard Random klang ziemlich besorgt und etwas aufgeregt und versprach, er werde es versuchen, gehört zu werden.

Aus heiterem Himmel fand Finn ein paar Tage später einen an ihn adressierten Brief auf dem Küchentisch. Sein Mentor klang sehr ernst und erinnerte ihn an die Pflichten, die er vernachlässigte. An die Sorgen, die er Menschen bereitete, die er liebte. Und ob er seine Karriere aufgeben wolle, wo sie gerade erst begonnen habe. Wenn das der Fall sei, bäte er, Richard Random, ihn, sein Stipendium lediglich als Anleihe zu betrachten, die zurückzuzahlen sei. Denn seine Chance unverantwortlich zu riskieren, bedeute, dass er an einer Karriere eigentlich nie ernstlich interessiert gewesen sei. Finn zerknüllte den Brief und fluchte. Dann verließ er das Haus und lief hinauf zu der kleinen Leihbücherei, um seine Gefühle mit einer weiteren Dosis der „Leckerei" zu erlösen.

Warum konnten sich die Leute nicht um ihre eigenen Angelegenheiten kümmern? Warum dachte jedermann, er habe ein Recht, ihn zu behandeln, als sei er jedermanns Angelegenheit? Er verdiente sein eigenes Geld. Er war ein Chefkoch, verflixt nochmal! Er hatte die Welt bereist. Er war Herr seiner selbst. Er kümmerte sich sogar darum, dass dieses kleine Kind, Nessa, etwas aß, wenn sie traurig war. Was in den letzten Tagen ziemlich häufig der Fall gewesen war.

Beim Gedanken an Nessa wurde Finns Herz weich. Er sah diese wundervolle Liebe zwischen ihrer Mutter Hannah und dem Kind, das so wie er von daheim fortgelaufen war. Nun, er war nicht von seinem richtigen Zuhause weggelaufen, nur von Pflegefamilien. Er war von seinem echten Zuhause von diesen Sozialarbeitern weggenommen worden. Aber die Gründe waren ähnlich gewesen. Manchmal dachte er, er würde Hannah gern zeigen, dass es Männer gab, die anders waren als das, was sie erfahren hatte. Er wollte, dass Nessa einen Vater hatte, der sich kümmerte und nicht seine Familie schlug. Aber er wusste auch, dass Hannah Zeit brauchte, um zu heilen. Und nur dann konnte er vielleicht wagen, ein etwas anderes Arrangement für ihr Leben zu treffen als eine reine Geschäftsfreundschaft.

Finn begann davon zu träumen, wie das sein würde. Sie würden in einem hübschen, kleinen Haus am Wasser wohnen. Er würde eine Schaukel für Nessa aufstellen. Sie würden ihre kleinen Freunde zu ihren Geburtstagsfeiern einladen. Sie würden mit ihren gemeinsamen Freunden grillen (es fiel ihm nicht auf, dass derzeit keiner von ihnen andere Freunde als die Bistro-Leute und Dotties Familie hatte). Sie würden Abende auf ihrer Veranda genießen, Wein trinken und sich leise unterhalten, während die Sonne sank. Sie würden gemeinsam Weihnachtsbäume schmücken und Ostereier verstecken. Sie hätten schlicht alles, wovon sie je geträumt hätten, vor allem Liebe und Frieden. Und während er sich das so ausmalte, legte er zwei neue Linien auf einem kleinen Taschenspiegel an und schnupfte das kostbare weiße Pulver. Oh, Seligkeit! Wer konnte sagen, dass er nicht wisse, was er wolle?!

*

Hannah war sich Nessas nervösen Zustands bewusst. Obwohl ihr kleines Mädchen seinen Vater nie wieder erwähnte. Dennoch fühlte sich etwas verkehrt an. Hannah blickte sich ständig um, aber sie konnte Ralphie nirgendwo entdecken. Wenn er noch in der Gegend war, versteckte er sich gut.

Insgeheim machte es auch Hannah Sorgen. Ralphie schien Nessa zu Tode zu erschrecken, und er schien es mit Absicht zu tun. Was erwartete er? Wollte er, dass sich Hannah mitten in der Unterstadt hinstellte und ihn zu einem Gespräch von Angesicht zu Angesicht forderte wie Cowboys in Western-Filmen, bevor sie sich duellierten? Wollte er Nessa direkt unter ihren Augen wegnehmen?

Véronique stellte sich Hannah eines ruhigen Nachmittags im Restaurant in den Weg. „Was ist seit Neustem mit dir und Nessa los? Stimmt etwas nicht, Liebes? Du siehst furchtbar aus."

Hannah lachte schwach. „Mit mir und Nessa stimmt alles", sagte sie. „Aber sicherlich nicht mit Nessas Vater."

Véronique wurde blass. „Ist er immer noch hier?"

Hannah nickte. „Nicht, dass ich ihn gesehen hätte, weißt du. Irgendwie taucht er immer auf, wenn Nessa unterwegs ist." Sie schluckte. „Er ist ein verfluchter Feigling, dass er mein kleines

165

Mädchen so verängstigt. Erst kommt er in den Kindergarten, dann sieht er sie von hinter den Supermarktregalen bei Nathan's an, oder er biegt um die Ecke, wenn sie das Bistro betritt." Sie verstummte und sank auf einen Stuhl. „Es ist furchtbar, verstehst du?"

„Weiß er, wo ihr wohnt?"

„Ich habe keine Ahnung", seufzte Hannah. „Er hat Nessa gesagt, dass wir eines Tages alle wieder zusammen sein würden. Ich schätze also, er hat irgendeinen Plan. Natürlich kann ich deswegen nicht zur Polizei gehen. Man kann kein Kontaktverbot gegen jemanden erlassen, der nicht bewiesen hat, dass er gefährlich ist. Und er ist offensichtlich in dieser Hinsicht sehr sorgsam. Ich meine, eine Tüte Süßigkeiten zählt wohl kaum als gefährlich, oder?"

„Das tun Puppen oder Clowns auch nicht, außer sie tauchen in einem Horror-Film auf", sagte Véronique. „Es kommt immer auf den Kontext an. Ich verstehe dich." Sie strich ein Stoff-Set glatt, das in der Mitte eines Tisches lag, und begann, ein Glas zu polieren."

„Ja", antwortete Hannah langsam. „Das ist ein guter Vergleich. Es macht mir total Angst, und Nessa sieht, wie ich unter dem Druck zerbreche."

„Möchtest du bei einem von uns einziehen? Nur vorerst?" fragte Véronique.

„Und den Mann zu dir locken, falls er völlig entgleist?" Hannah schüttelte den Kopf. „Ich schätze, ich muss mich zusammenreißen und da durch. Ich hoffe nur, dass Nessa erspart bleibt, was kein Kind sehen sollte."

*

Heute Morgen war Kitty Kittrick Mrs. Eli Hayes geworden. Sie sah wunderschön aus in einem spitzenbesetzten, aber recht schlicht geschnittenen cremefarbenen Kleid, das ihr nur bis ans Knie reichte. Sie hatte cremefarbene Treibhausblumen in ihr rotes Haar geflochten und ein winziges Bouquet in ihren Händen. Eli blickte stolz auf seine strahlende junge Frau, wobei er selbst in seinem schiefergrauen Anzug und seinem schwarzen in der Sonne glänzendem Haar eine gute Figur machte. Seine Tochter Holly lehnte sich an Kitty und lächelte scheu den Fotografen an, der das glatthaarige Mädchen mit albernen Kommentaren unterhielt, während er sie alle an verschiedenen Stellen am Jachthafen von Wycliff in Position brachte und sie dann wieder anders arrangierte. Später sollte es einen Empfang im Bürgerzentrum geben, und einige Freunde Elis würden die Banjos zupfen und die Violine spielen für alle, die gern tanzten oder zumindest mit den Füssen im Takt wippten. Sie hatten keine Ahnung, dass ihr Caterer zur selben Zeit mit einem schrecklichen Problem kämpfte.

Als Véronique heute Morgen das Bürgerzentrum betreten hatte, ziemlich genau um die Zeit, als Kitty Mrs. Hayes geworden war, hatte sie angenommen, dass Finn, der das Empfangsbuffet kreieren sollte, bereits mittendrin war. Er hatte gesagt, er habe alles geplant, aber nicht verraten wollen, was für Fingerfood und Desserts er budgetiert hatte. Véronique war neugierig. Außerdem wollte sie prüfen, ob das Timing stimmte, da sie Roastbeef und Hähnchenschenkel anliefern sollte, die von verschiedenen vom „Le Quartier" zubereiteten Ofengemüsen begleitet werden sollten.

Doch als Véronique die Tür zum Bürgerzentrum geöffnet hatte, war es unheimlich still gewesen. Hannah hatte bereits am Abend zuvor die Tische eingedeckt, obwohl es ihr freier Abend gewesen war. Die Blumen würden von einer Verkäuferin des „Flower Bower" geliefert werden, die sorgfältig von Kitty instruiert worden war, wie alles aussehen und was es kosten sollte. Doch die Mietküche stand leer. Völlig leer. Weder Töpfe noch Geschirr für die Vorbereitungen. Keine Kisten mit Lebensmitteln, die gewaschen, gehackt, gekocht oder auf irgendeine andere fantasievolle Weise verarbeitet werden mussten. Einfach … nichts.

Véronique hatte nach Luft geschnappt. Dann hatte sie zum Handy gegriffen und Finns Nummer gewählt. Der Anruf war direkt auf dem Anrufbeantworter gelandet. Ein weiterer Anruf in die Restaurantküche. Finn war auch dort nicht gewesen. Véronique war es schwindelig geworden. Nur wenige Stunden noch bis zum Hochzeitsempfang mit etwa einhundert hungrigen und erwartungsvollen Gästen, and nichts außer dem Essen, das sie im „Le Quartier" zubereiteten, war vorbereitet. Finn ließ sie auf die schrecklichst denkbare Weise hängen. Bei einem Hochzeitsempfang.

Mit zitternden Fingern wählte Véronique erneut Finns Nummer. Sprachnachricht. Dann summte ihr Telefon, und sie drückte die Empfangstaste. „Hallo?"

„Chris hier", klang die Stimme ihres Freunds im Hörer. „Ist Finn inzwischen da?"

„Nein", jammerte Véronique. „Und ich habe furchtbar Angst, dass der Hochzeitsempfang total ruiniert sein wird. Wir können nicht heute Abend das Restaurant öffnen *und* den Empfang catern. Wo ist dieser unglaubliche Idiot? Was denkt er sich?"

„Wir werden nicht ruiniert sein", sagte Christian, und seine ruhige Stimme entzündete einen Funken Hoffnung in ihr. „Es könnte eine Chance für Paul sein, ein Come-back in der Küche zu haben."

„Aber ‚Le Quartier' …"

„Ich rede nicht von unserer Küche. Ich rede von der Mietküche im Bürgerzentrum. Sie ist breit genug für jeden Rollstuhl. Alle Geräte haben Standardhöhe, und ich bin mir sicher, wir können recht schnell Paletten und Bretter aufbauen, um den Boden für Paul an den Herden zu erhöhen. Was meinst du?"

„Ich finde, es ist super-unfair gegenüber Paul." Véronique zögerte. „Er hat keine Ahnung von dem Empfang. Er würde in diese ganze Sache unter Zeitdruck hineingeschmissen. Er müsste ein Konzept fürs Buffet aus seinem Hut zaubern." Sie verstummte. „Okay, ich tu's. Ich frage ihn."

„Er ist unsere einzige Chance. Sag ihm das." Christian legte auf.

Véronique wurde es heiß und kalt, als sie Pauls Telefonnummer eintippte. Ja, sie hatten sich versöhnt. Ein bisschen. Aber sie fühlte sich alles andere als wohl dabei, ihn schon jetzt um einen Gefallen zu bitten.

„Hallo …" Ellen nahm ab.

„Hallo, Ellen", sagte Véronique verlegen. „Könnte ich bitte mit Paul sprechen?"

„Oh, Véronique! Wie nett von dir anzurufen! Natürlich kannst du das." Ellen klang weit fröhlicher als noch vor ein paar Wochen. „Paul! Telefon für dich!"

Véronique wartete fast atemlos. Dann hörte sie, wie der Hörer von einer Hand zu einer anderen wechselte.

„Hallo?"

„Hallo, Paul!"

„Oh, hallo, Véronique! Wie geht's?"

„Ähm …" Schweigen.

„Ist alles okay mit dir?"

Ein trockener Schluchzer aus der Kehle der jungen Frau. „Nicht wirklich."

„Oje. Was ist los?"

„Es ist ein Albtraum, Paul."

„Was ist passiert? – Warte, heute heiraten Kitty und Eli, oder? Ist es das?"

„Ja." Véronique kämpfte um Ruhe. „Finn ist nicht ins Bürgerzentrum gekommen. Die Tische sind gedeckt, der Raum ist dekoriert. Aber es wird kein Buffet geben. Es wird nur einen verflixten Braten und Gemüse geben, und der ganze Empfang wird verdorben sein." Véronique begann jetzt zu weinen. Am anderen Ende der Leitung war es still. „Paul, bist du noch da?"

„Welches Thema hat das Buffet?"

„Farm am Meer", heulte Véronique. Sie war völlig überwältigt.

„Erwarten sie etwas Spezifisches?"

„Kitty und Eli?"

„Nein, die ganze Bevölkerung von Wycliff", scherzte Paul. „Entschuldigung. Natürlich Kitty und Eli! Haben sie Finn sowas wie Vorschläge gemacht?"

„Nein. Sie haben alles ihm überlassen."

„Lass mich raten: Du hast keine Ahnung, was genau er geplant hatte."

„Ja. Nein. Oh, Paul, er hat nicht *eine* Notiz hinterlassen, und ich bin jetzt zu durcheinander zum Denken."

„Wie hoch ist das Budget?" Véronique sagte es ihm.

„Das ist nicht schlecht", sagte Paul. „Für hundert Personen?"

„Ja." Véronique zitterte inzwischen. Paul sagte nichts. Es war, als habe er aufgelegt. „Bist du noch da?"

171

„Ich suche nach meiner Kochuniform."

„Was?"

„Hol Hannah. Ich bringe meine Mutter. Ich bin mir ziemlich sicher, sie helfen mir bei den Vorbereitungen. Lass jemanden ein Podest vor einem der großen Herde in der Mietküche aufstellen, sodass ich herumfahren und die Platten bequem erreichen kann. Ich stelle eine Einkaufsliste zusammen. Hol sie in 20 Minuten ab und kaufe für mich ein, ja?"

„Du meinst, du kommst, um zu helfen?"

„Véronique, Süße, wie deutlich soll ich es für dich buchstabieren?"

„Oh Paul!" Véronique fühlte sich schwach vor Erleichterung.

„Sssssscht", machte er. „Wir haben es noch nicht geschafft, aber wir können zumindest unser Bestes versuchen, richtig?"

„Oh, ich könnte heulen!"

„Darf ich bemerken, dass du gerade das offenbar bereits tust?!" lachte Paul leise. „Jetzt mach dich fertig und komm her. Vielleicht merkt es am Ende ja keiner."

Und sie merkten es tatsächlich nicht. Als der Empfang begann, gab es ein herrliches Buffet beladen mit knusprigen Shrimp-Bruschette und appetitanregendem Spargelsalat, winzige Pasteten gefüllt mit Frischkäse und Speck, Lachsdip mit Kräckern, Caprese-Minispieße, Gemüsesuppe und Schwertmuschel-Chowder. Das Dessert-Buffet bog sich unter verschiedenem Gebäck und Puddings, Gelees und Keksen, Obstsalat und einer großen Schale voll Kürbispunch. Sie hatten nicht jedes Dessert selbst hergestellt, sondern das Lavender Café von der Back Row um Hilfe gebeten.

Kitty und Eli hatten keinen Schimmer, dass ihnen ihr Hochzeitsempfang beinahe verdorben worden wäre. Die Gäste schwärmten noch wochenlang von der tollen Idee, solch ein rustikales Buffet zu haben, und davon, dass Chef Paul speziell zu diesem Anlass wieder zurückgekehrt war. Der Service im ‚Le Quartier' war ebenfalls reibungslos verlaufen. Nur hinter der Szene waren Dinge an den Punkt des Überkochens gelangt.

*

Er würde sich von ihnen nicht zum Narren machen lassen. O nein! Sie würden dafür bezahlen, wie er daheim schon angesehen wurde. Wegzulaufen wie verwöhnte, alberne Kinder und nicht an die Folgen zu denken!

Als er an jenem Tag von einem Pokerspiel mit ein paar Kollegen vom Straßenbau auf der anderen Seite der Stadt zurückgekommen war, hatte er ihren Wohnwagen seltsam still vorgefunden. Er war rasch ihren Kleiderschrank durchgegangen und hatte gesehen, dass Hannah ihre und Nessas Habseligkeiten in ihren Seesack gepackt haben musste. Da waren leere Drahtbügel gewesen, und im Badezimmer fehlten Hannahs Kosmetika.

Er hatte geflucht. Er hatte ein paar gerahmte Fotos, die sie alle zusammen zeigten, von der Wand gerissen und auf dem Boden zerschmettert. Er hatte die Schlafzimmergardinen von der Stange heruntergerissen und das trocknende Geschirr von der Küchentheke gefegt. Überall lagen jetzt Scherben. Aber was ihn wirklich heulen ließ, war, dass Nessas Plüsch-Elefant fehlte. Das ließ es noch endgültiger wirken. Endgültig?! Auf keinen Fall! Er würde ihnen zeigen, dass er bestimmte, wann etwas endgültig war. Er hatte sich ein Wasserglas Whiskey eingeschenkt. Er hatte es in einem Zug geleert. Es hatte gebrannt. Aber sein Zorn brannte mächtiger.

Er hatte gewusst, dass er zu spät dran war für eine Verfolgung. Er hatte gewusst, dass sie öffentliche Verkehrsmittel benutzt haben mussten. Er hatte angenommen, sie seien dorthin gegangen, wo Hannah Arbeit finden würde. Westwärts. Wohl kaum bis ganz nach Kalifornien hinunter. Wohl nicht einmal bis nach Oregon. Sie hatten nicht genug Geld, so weit zu reisen. Er würde sie finden.

Er hatte sich bis zur Besinnungslosigkeit betrunken. Sein Boss hatte ihn am nächsten Tag angerufen und gedroht, ihn zu feuern, wenn er noch einen Arbeitstag fehle. Er war spät aufgetaucht, immer noch verkatert und kaum fähig zu arbeiten. Er hatte seinen Boss misstrauisch angesehen, aber kein Wort erwidert, als er gerügt wurde. An jenem Abend hatte er erneut getrunken. Er hatte einen seiner Kumpel angerufen und zu sich eingeladen. Er hatte ein paar Tage später seinen Wohnwagen verkauft und war nach Seattle gegangen.

Die smaragdene Stadt war etwas größer, als er es sich vorgestellt hatte. Mit dem Meer im Westen und Seen im Osten wuchs sie stetig über ihre Ränder hinaus, wobei die Hochhäuser höher und die Vororte größer wurden. Als er in die Stadtmitte gelangte, wusste er, dass Hannah da nicht lange gewesen sein würde. Die Obdachlosigkeit hatte die glänzende Stadt in einen Moloch mit einer dunklen Seite verwandelt, der man nicht entkam, selbst wenn man es versuchte. Überall waren Bettler. Menschen schliefen in Hauseingängen. Zelte tauchten auf überall, wo ein Stück Brachland war, unter Autobahnbrücken, in öffentlichen Parks, selbst wenn diese Orte oft zu schmal zu sein schienen, dass sich irgendjemand dort niederlegen könnte. Er wusste, dass Hannah Nessa solch einer rauen Umgebung, so einer Existenz nicht aussetzen wollen würde. Er wusste, sie war weitergezogen. Nun, auch er würde weiterziehen. Er würde sie finden. Selbst wenn sie wie Stecknadeln in einem Heuhaufen waren. Wenn man einen Heuhaufen lange genug auseinanderzog, fand man am Ende auch diese Stecknadeln.

Inzwischen tat er sein Bestes, sich bei jeder Gelegenheit frischzumachen. Er versuchte, nicht zu trinken. Er musste sein Geld zusammenhalten. Er schlief in Notunterkünften. Er hörte sich um. Er wartete auf den Zufall, der ihn über seine Frau und sein Kind informieren würde. Und dann brachte ihn das Schicksal genau dahin, wo er dazu sein musste.

Eines Abends stand er in der Schlange einer Suppenküche, als er die Unterhaltung zweier Helferinnen mittleren Alters hinter der Theke mithörte.

„Wie lange machst du das also schon?" fragte die eine, die ihn an ein rosa Marshmallow erinnerte, eine weit schlankere Dame, die geschäftig einen Korb mit gespendeten altbackenen Brötchen füllte.

„Ein paar Jahre", antwortete die andere. „Ich hätte nie gedacht, dass ich so lange dabeibleiben würde. Aber es ist wirklich bereichernd."

„Naja, mich hat unser Pastor neulich gefragt, ob ich aushelfen wolle. War's bei dir auch dein Pastor?"

„Nein, aber ziemlich nah dran. Meine Schwester ist mit einem verheiratet. Sie hat mich eines Tages mit ihm besucht, und wir gingen im Fährhafen-Areal spazieren. Damals begann das Obdachlosenproblem zu wachsen. Also fragte sie mich, was ich dächte, was man tun könne. Es kam mir, als ich sah, dass unter den Zeltbewohnern Kinder waren. Und sie alle wirkten hungrig."

„Und deine Schwester? Ich meine, es ist schon gewagt, andere zu fragen, was *sie* tun. Tut sie selbst irgendwas?"

„Oh, Himmel, ja! Sie ist fast sowas wie eine Heilige. Erst neulich hat sie eine misshandelte Frau mit ihrer Kleinen aufgegabelt und aufgenommen. Sie haben Arbeit für sie gefunden, und Mutter und Kind leben vorerst mit ihnen im Pfarrhaus."

„Unglaublich! Das klingt wundervoll!"

„Ist es auch. Und es ist noch wundervoller, dass sie in einer dieser absolut perfekten Kleinstädte wohnen, von denen jeder träumt …"

„Habe ich schon von der Stadt gehört?"

„Wycliff", sagte die schlanke Frau. „Es ist etwas südlich von hier, aber noch nördlich von Olympia. Perfekte Umgebung, herrliche Lage direkt am Wasser. Es würde dir gefallen. Du musst mal hinfahren und es dir anschauen."

Als sein Teller gefüllt und er an einen Tisch gegangen war, hatte er alle Informationen, die er sich gewünscht hatte. Er konnte kaum seine Mahlzeit essen.

„Essen Sie Ihres nicht auf?" fragte ein stoppelbärtiger Mann neben ihm. Er sah den Gesellen an, grunzte und ließ das Besteck sinken. „Macht's Ihnen was aus?" fragte der andere mit glänzenden Augen. Er schüttelte den Kopf und schob seinen Teller dem Typ zu, der wie verhungert über das Essen herfiel.

Er konnte es nicht erwarten, aus Seattle herauszukommen. Er nahm gleich am nächsten Morgen einen der ersten Busse nach Süden. Als er Wycliff erreichte, ging er sofort in der Stadt umher. Verstohlen natürlich, denn er brauchte einen Plan. Er wollte Hannah und Nessa zurück, wo sie hingehörten. Das hieß, dass er sich ihnen subtil nähern musste. Bei Nessa wäre es leicht. Süße Worte und eine Tüte Bonbons würden vielleicht bei dem Kind funktionieren. Und hatte er erst sie, würde Hannah Folge leisten. Kinderleicht. Er lachte in sich hinein. Er würde sie zurückbekommen, und dann würden sie für ihre Respektlosigkeit bezahlen.

Es war leicht genug, ein billiges Motelzimmer in der Nähe der Werften zu buchen. Er benutzte natürlich einen falschen Namen. Niemand musste seinen Aufenthaltsort kennen. Er gab einfach vor, ein arbeitsloser Fischer auf der Suche nach neuer Arbeit zu sein. Es war, ehrlich gesagt, schwieriger für ihn, nüchtern zu bleiben. Der Drang sich jeden Abend zu betrinken, war für ihn groß. Und er wusste, dass er, immer wenn er betrunken war, etwas anstellte – aber er musste vorerst unauffällig bleiben.

Das Pfarrhaus zu finden, war allerdings einfach. Es gab nicht so viele in Wycliff. Die katholische Kirche hatte einen Priester, unverheiratet natürlich, mit einer freundlichen, grobknochigen Haushälterin. Die baptistische Kirche hatte eine offene Stelle, die dieser Tage von verschiedenen Pastoren benachbarter Kirchen besetzt wurde; daher stand das Pfarrhaus leer. Die methodistische Kirche wurde von einem unverheirateten jungen Mann geleitet, der gerade sein Studium abgeschlossen hatte. Es gab nur ein Pfarrhaus, das von einem Ehepaar bewohnt wurde, das der Oberlin-Kirche. Alle weiteren Kirchen hatten keine eigenen Pfarrhäuser. Zumindest nicht offensichtlich.

Sein Glück wollte es, dass er seine Tochter unter ein paar im Kindergarten-Hof der Oberlin-Kirche spielenden Kindern entdeckte, just in der Sekunde, als er vorbeiging. Von da an machte er es sich zur Gewohnheit, die Damen zu beobachten, die

die Kinder beaufsichtigten, und notierte sich, wann die Kinder in den Garten gelassen wurden.

Als er Nessa das erste Mal besuchte, ging er sicher, sein Erscheinen mit einer Tüte Gummibärchen zu versüßen. Das war eine Köstlichkeit, die sie in ihrer gemeinsamen Zeit im Wohnwagen nie gehabt hatte. Er war sich ziemlich sicher, dass sie anbeißen würde. Aber er lag falsch. Als er sich Nessa näherte, während ihre Kindergärtnerinnen sich im Haus um ein verletztes Kind kümmerten, hatten sich ihre Augen vor entsetztem Erkennen geweitet. Und obwohl sie die Tüte Süßigkeiten begierig angenommen hatte, hatte ihm ihre ganze Haltung gezeigt, dass sie verängstigt war, dass er sie gefunden hatte. Als eine Dame, vermutlich die Frau des Pastors, aus dem Haus geeilt war und ihn vom Gelände geleitet hatte, war er wütend und frustriert gewesen. Aber er hatte all seinen Charme in eine aalglatte Plauderei gepackt, dass er Nessas Vater sei und sie eine Weile lang nicht gesehen habe. Also habe er sie überraschen wollen. Blablabla. Die gute Dame schien ihm zu glauben und hatte ihn vom Haken gelassen.

Von nun an ging er sicher, dass er Nessa täglich folgte. Manchmal sorgte er dafür, dass sie ihn sah. Abends überprüfte er, ob er Hannahs Arbeitszeitplan richtig hatte. Er musste ihr Zuhause finden. Er konnte niemanden danach fragen, weil ihn das verdächtig gemacht hätte. Und Hannah beendete ihre Arbeit so spät, dass er meist schon von Schlaf und Alkoholentzug halb benebelt war, bevor er sich aufrappeln konnte, ihr vom Restaurant zu ihrem Zuhause zu folgen, wo auch immer das sein mochte.

Doch dann wandte sich das Glück erneut zu seinen Gunsten.

Er hörte von der Hochzeit im Bürgerzentrum. Und er hörte davon, dass „Le Quartier" sie catern würde. Er vermutete, das gesamte Team werde dort irgendwann zu den Vorbereitungen eintreffen. Und obwohl es am Ende doch nicht das ganze Team war, sah er immerhin Hannah und Nessa am Hochzeitsmorgen dort eintreffen. Aus irgendeinem Grund in Eile. Aber sie waren da. Er würde nicht versuchen, sich ihnen da zu nähern. Sie waren in dem Gebäude nicht allein. Die hübsche Restaurantmanagerin eilte ein und aus, wobei ihr blondes Haar flog. Und einmal rollte ein junger Mann in Kochjacke im Rollstuhl heran und verschwand im Gebäude. Also hing er am Hafen herum und beobachtete das Gebäude wie einer dieser vielen Wochenendtouristen an jenem herrlichen Tag im frühen Oktober.

Er musste dort lange herumhängen, und zeitweise war es nervenaufreibend. Besonders, weil sich um den Mittag herum die Luft mit Restaurantdüften füllte und er hungrig wurde. Unglücklicherweise hatte er nicht daran gedacht, sich etwas zu essen mitzunehmen, und sein leerer Magen begann zu knurren. Aber schließlich sah er Hannah und Nessa wieder aus dem Bürgerzentrum kommen und in Richtung Main Street gehen. Er begann, ihnen vorsichtig zu folgen, wobei er immer ein paar Leute und einen Straßenblock zwischen sich und ihnen ließ. Es war einfach genug, solange sie in der Unterstadt waren. Als sie sich dem Harbor Mall Kreisverkehr näherten, musste er öfter Deckung suchen. Ein alter Baum hier, ein LKW da. Einmal drehte Hannah sich um und betrachtete eingehend den Raum zwischen sich und der Stadt. Sie musste etwas bemerkt haben, ging aber bald weiter und zog Nessa mit sich. Als sie sich dem Apartment-Komplex hinter den Werften näherte, beschleunigte er seinen Schritt. Er durfte es nicht verpassen, die richtige Tür zu entdecken und sich zu merken.

Da waren sie und gingen durch eine im Erdgeschoss. Das Gebäude sah ganz anständig aus, obwohl er wusste, dass es eines dieser dünnwandigen sein musste, in denen man jedes Flüstern von nebenan hören konnte. Er lächelte in sich hinein. Später, dachte er. Wartet nur bis später …

*

Finn war sauer. Alles hatte sich darum gedreht, das Bürgerzentrum für Kittys und Elis Hochzeit vorzubereiten. Ums Tischdecken. Um extra Besteck und Geschirr. Um den Druck von Speisekarten, die in die Mitte der Tische gelegt werden sollten. Er hatte Letzteres gestrichen. Er wollte ein Überraschungsbuffet gestalten. Sie hatten gestritten. Keiner von ihnen hatte ihn nach seinen Ideen gefragt. Keiner von ihnen hatte gefragt, ob sein Budget groß genug sei (das war es wie immer nicht) oder ob seine Gerichte außergewöhnlich sein würden (sie würden es wie immer sein). Keiner von ihnen hatte gefragt, ob er es auch allein schaffen würde. Oder ob er einen weiteren fähigen Koch von einem First-Class-Restaurant oben in Seattle zur Arbeitsunterstützung brauchte – er hätte furchtbar gern so jemanden gehabt. Aber er war allen egal. Und er wusste, dass seine Vielseitigkeit hinsichtlich verschiedener Küchen, seine Fantasie im Erfinden neuer Kompositionen und sein kreativer Geist völlig unterschätzt und unterbewertet wurden.

Finn hatte seine Schicht beendet, war in eine der Seitengassen der Unterstadt geschlüpft, um ein paar „Leckereien" zu schnupfen, und war dann zum Harbor Pub gegangen, um dort für den Rest des Abends abzuhängen. Er hatte dort Freundschaft mit dem Barkeeper geschlossen, obwohl das nicht so weit ging, dass er ihm etwas von seinem Schnee angeboten hätte. Er war ja nicht blöd. Der Typ war viel zu ehrlich, selbst wenn er ihm jedes Mal, das er hinüberging, auf Kosten des Hauses ein paar besondere Drinks spendierte, wobei „das Haus" nichts davon wusste.

Als Finn am nächsten Tag aufwachte, war es schon richtig hell. Er stöhnte, die Augen wegen seiner Kopfschmerzen halbzugekniffen, und sah auf seinen Wecker. Es war fast Mittag. Nun, er konnte geradeso gut noch ein bisschen schlafen. Er hörte nie sein Handy klingeln, weil er den Ton ausgeschaltet hatte. Und er kam nie auf die Idee, dass es der Tag war, den sie so lange diskutiert hatten und dass inzwischen jeder im Restaurant in hektischer Eile sein würde. Sein Kopf war immer noch benommen, wenn nicht gar im Halbkoma, und ging ein paar seltsamen Träumen nach, die er während der letzten Stunden Schlafes gehabt hatte. Dann verwickelte er sich in neue Bilder und driftete ab in eine neue Mischung von Albträumen und sehr sinnlichen, angenehmen Phantasmagorien.

Als er schließlich am späten Nachmittag erwachte, hatte er das Gefühl, zum Scheitern verurteilt zu sein. Nicht nur hatte er übel verschlafen. Plötzlich dämmerte ihm, was er getan hatte. Er hatte eine Chance verpasst, das Restaurant glänzen zu lassen. Schlimmer noch: selbst zu glänzen und jedem klarzumachen, dass er ein kulinarisches Genie war. Stattdessen hatte sich vermutlich jeder bei dem Hochzeitsempfang mit ein paar Canapés gelangweilt. Und die Hähnchenflügel und der Braten mit Gemüsen waren wohl auch nicht sehr eindrucksvoll gewesen. Sie würden ihn sicher anfordern, damit er das im Tagesgeschäft wiedergutmache. Nach solch einem Absturz würden sie es lernen, ihn besser zu behandeln.

Finn stand langsam auf. Er hatte die Mutter aller Kater. Was hatte er gestern Abend getrunken?! O ja, er erinnerte sich, dass er sich als Versuchskaninchen für einige neue Cocktail-Kreationen des Harbor Pub angeboten hatte. Am Ende hatte er rund ein Dutzend verkostet. Er erinnerte sich, dass er irgendwann auf den Treppen zur Oberstadt seine Hände fürs Gleichgewicht benutzt hatte. Ein bisschen demütigend, wenn er jetzt so daran dachte. Aber zu dieser Nachtzeit hatte ihn ohnehin wohl kaum jemand gesehen. Etwas Alka-Seltzer würde ihm helfen. Und dann begann man am besten den Tag, womit man den Vorabend beendet hatte. Wie wäre es mit einer Bloody Mary? Es war zwar nicht gerade sein letzter Drink gewesen und zählte auch nicht wirklich zu seinen Favoriten, aber es war fast so etwas wie eine Mahlzeit und würde ihm daher Zeit und Mühe ersparen, sich mehr einfallen lassen zu müssen.

Die Abenddämmerung setzte ein. „Le Quartier" wäre inzwischen geöffnet. Vielleicht würden sie es gut hinkriegen, höchstwahrscheinlich nicht. Sie hatten Glück gehabt, Mitglieder des Hauswirtschaftsklubs der Wycliff High School als Aushilfsbedienung im Bürgerzentrum zu finden. Vielleicht liefe also alles ganz gut im Bistro. Aber was würden sie auftischen, wenn ihnen ein Koch fehlte? Oder zwei? Finn lachte mit finsterer Freude in sich hinein.

Schließlich warf er einen Blick auf sein Handy. Zehn verpasste Anrufe. Fünf Nachrichten – er machte sich nicht die Mühe, sie anzuhören. Er war sich ziemlich sicher, dass sie alle von Véronique kamen, die ihm gegenüber selbstgerecht Dampf ablassen würde. Nun, wären sie und die anderen bessere Arbeitgeber gewesen und hätten ihn besser wertgeschätzt, hätte er heute mitgezogen. Aber jetzt war er dran, ihnen zu zeigen, wieviel sie verpassten, wenn ... nun, wenn er ihnen eins verpasste.

In gewisser Weise taten sie ihm leid. Nein, halt! Hannah und Nessa taten ihm leid. Dass sie ihr Schicksal mit dem der anderen verbunden hatten. Sie verdienten es besser. Die sanftmütige Hannah, die gerade angefangen hatte, sich von der

Beziehung mit einem Grobian erholte, der sie geschlagen hatte, blickte nun wieder ständig über ihre Schulter. In mehr als nur einer Hinsicht. Denn sie musste in ständiger Angst leben, ihre Arbeit wieder zu verlieren. Wenn das Restaurant schloss, war sie wieder auf der Straße. Und die kleine Nessa auch. Finn wurde beinahe zornig.

Aber er hatte es in der Hand, oder nicht? Er würde sie aufsuchen und ihnen eine bessere Alternative aufzeigen. Wenn Hannah und Nessa beschlossen, ihm zu vertrauen, würde er das Ruder ganz allein herumreißen. Er würde dafür sorgen, dass ihre Zukunft sicher wäre. Er würde sie beschützen. Er würde ihnen ein perfektes Zuhause bieten.

Halt?! Was war das denn? Dachte er tatsächlich daran, dass sie drei eine Familie werden könnten? Fühlte er mehr als nur Mitleid für sie? Mehr als Freundschaft? Liebe?

Finn lachte ungläubig. Tatsächlich! Es war ihm nicht bewusst gewesen, wie dieses eine Gefühl, dessen er sich nie fähig geglaubt hatte, in sein Leben geschlichen war. Es war die Ursache dafür gewesen, dass er sich die Extra-Mühe gegeben hatte, Nessa wieder zum Essen zu bringen. Seinetwegen hatte er sich auf den Beginn der Abendschichten gefreut, wenn Hannah an die Durchreiche kam und der Service begann. Und auf die kurzen, aber freundlichen Wortwechsel mit ihr am Ende einer Schicht. Wenn er darüber nachdachte, war sein Job eigentlich gar nicht so übel, weil Hannah und Nessa dazugehörten. Mann, er hatte lange dafür gebraucht, das zu bemerken!

Es war spät am Abend, nachdem die Schichten im „Le Quartier" zu Ende waren. Finn war gar nicht im Bistro aufgetaucht. Er hatte endlich beschlossen, Hannah kurz zu besuchen. Gut, es war spät. Aber es musste ein langer, angsterfüllter Tag für Hannah gewesen sein. So viel Unsicherheit wegen ihrer Stelle, der Zukunft des Bistros, noch dazu die Angst vor ihrem Ex. Er fühlte den Drang, zu ihrer Wohnung zu gehen und nach ihr zu sehen. Damit sie sich sicher fühlte. Nicht mehr. Noch nicht.

Finn brauchte eine gute halbe Stunde, bis er den Rand der Unterstadt erreichte. Er hatte sich schick gekleidet, aber nicht übertrieben. Und er hatte dafür gesorgt, dass sein Atem frisch roch. Er fühlte sich heute Abend ohne seine „Leckerei" bei weitem nicht so fit, wie er sich gern gefühlt hätte. Aber er wollte Hannah einen verlässlicheren Eindruck seiner selbst vermitteln. Stecknadelpupillen und ein prahlerischer Gang waren nicht geeignet für das, was er vorhatte. Er hatte auch eine Flasche Champagner gekauft, die er mit so wenig Erschütterung wie möglich trug. Wenn alles klappte, würden sie es sich später in ihrem Wohnschlafzimmer gemütlich machen und auf ihre gemeinsame Zukunft anstoßen. Er hatte keine Ahnung, was stattdessen passieren würde.

Der klare, warme Oktobernachmittag hatte sich in eine klare und kalte Oktobernacht verwandelt. Der Mond schien und beleuchtete die Welt auf fast surreale Weise. All die Dinge, die er beleuchtete, warfen riesige Schatten, was ihr Geheimnis vertiefte.

Selbst die Geräusche schienen deutlicher. Geräusche waren es auch, die Finn alarmierten, als er sich den Wohngebäuden bei den Werften näherte.

Eine wütende männliche Stimme schallte durch die Nacht. Er hörte das Geräusch von lautem Klopfen, ein schreiendes Kind, eine Frau, die versuchte, es zu beruhigen. Ansonsten blieb es ruhig in den Gebäuden. Finn war nie in Hannahs Wohnung gewesen, aber er hatte das Gefühl, dass es hier um sie und Nessa ging. Und dass es ihr Ex-Partner war, der sie gerade terrorisierte.

Finn folgte dem Geräusch und fand rasch die Tür, gegen die ein Mann mit einem Montiereisen schlug. Sein Gesicht wurde finster. Das war kein harmloser Mensch, der versuchte, wieder in das Leben seiner Familie zu treten. Dies war eine Bestie, die die abscheulichsten Methoden wählte, um andere zu seinen Opfern zu machen. Finn biss die Zähne zusammen.

Was ihn noch mehr aufregte, war, dass sich nicht ein Mensch in der Nachbarschaft zu regen schien. Alle hatten beschlossen stillzuhalten. Alle schienen vorzugeben, nichts zu hören. In keiner Wohnung war auch nur ein Licht angeschaltet. Finn glaubte, ein oder zwei Gardinen sich bewegen zu sehen, aber ansonsten kehrten alle dem Geschehen den Rücken. Was für gute Nachbarn!

Naja, vielleicht hatten einige Leute zu viel Angst, die Polizei zu holen. Vielleicht lagen Haftbefehle gegen sie vor. Man wusste das nie in solchen Gegenden. Die Polizei war da selten gerngesehen – sie war in der Regel ein Vorbote für Strafzettel,

Bußgeldbescheide und Gefängnisstrafen. Finn kannte das nur zu gut. Trotzdem, wenn es um eine hilflose Frau und ein Kind ging – wo war da die Chuzpe dieser sonst oft so großmäuligen Leute?!

Die Tür begann zu splittern, und die Macht des letzten Schlags ließ sie nachgeben. Finn hörte Hannah aufschreien. Er sah ihren Schatten weiter hinten in der Wohnung, während der Mann ihr folgte. Da wusste Finn, dass, wenn er nicht handelte, keiner es tun würde. Er zog sein Handy heraus und wählte 911. Seine Angaben waren kurz und knapp. Er gab seinen Namen nicht an. Keine Zeit dafür in dieser Lage. Er legte auf, obwohl die Polizistin am anderen Ende der Leitung noch sprach. Dann eilte er dem Mann nach.

Er stolperte fast über die leicht erhabene Schwelle. Er hörte Hannahs Schmerzensrufe. Er biss sich auf die Lippen, als Nessa heulte: „Nein, bitte nicht!!!! Mama!!!" Er achtete nicht auf die Möbel im Zimmer. Er sah nur den bizarren, gewalttätigen Tanz eines Mannes, der ein Montiereisen gegen eine Frau erhob, die versuchte, ihn abzuwehren. Nessa war ein verschwommener Fleck in weißem Pyjama in einer weiteren Tür, vermutlich der zum Badezimmer.

Er würde sich nie genau daran erinnern, was in den nächsten Sekunden geschah, und Nessa würde die einzige echte Augenzeugin sein, da Hannah außer sich vor Angst war. Finn griff seine Champagnerflasche samt Plastiktüte und zog sie dem Mann mit aller Macht über den Schädel. Der Mann sackte sofort zusammen und ging zu Boden. Hannah sank ebenfalls auf den

Fußboden, zu erschöpft von dem Schrecken, um noch stehen zu können. Nessa schluchzte auf der Schwelle. Sie hatte sich eingenässt und konnte sich nicht rühren.

Das Geräusch von Martinshörnern brachte Finn wieder zu sich. „Hannah?" flüsterte er sanft, ging zu ihr und beugte sich über sie. „Hannah, bist du in Ordnung?"

Sie blickte ihn ungläubig an; ihre haselnussfarbenen Augen waren weit aufgerissen wegen der Eindrücke der letzten paar Minuten. „Finn?" Er nickte grimmig und legte seinen Arm um sie, um sie auf einen Stuhl zu setzen.

„Bist du in Ordnung?" wiederholte er. Sie nickte.

Er ging zur Badezimmertür und kniete sich Nessa gegenüber nieder. Sie warf ihre Arme um seinen Hals und schluchzte hilflos. Finn hob sie hoch und drückte sie an sich; ihre schmutzige Hose und ihr verrotztes Gesicht waren ihm egal. „Schhh", sagte er sanft. „Es ist vorbei, Süßes. Jetzt wird alles gut."

In diesem Moment stürmte die Polizei mit gezogenen Pistolen und gewappneten Mienen herein. Rasch prüften sie die Lage. „Sind noch mehr Leute hier?" fragte eine Polizistin Hannah. Hannah schüttelte den Kopf.

Der Mann auf dem Boden bewegte sich immer noch nicht. Ein Polizist prüfte seine Lebenszeichen und machte ein besorgtes Gesicht.

„Wir brauchen einen Krankenwagen zu den Shipyard Apartments", sprach die Polizistin in ihr taktisches Schultermikrofon. Eine von Statik unterbrochene Stimme bestätigte dies. Die Polizistin wandte sich an Finn. „Haben Sie ihn niedergeschlagen?" Sie hatte rasch erfasst, dass die zierliche Hannah weder den körperlichen Winkel noch die Kraft gehabt hätte, das Opfer über den Kopf zu schlagen.

Finn blickte verwirrt. „Ich kann mich, ehrlich gesagt, nicht erinnern", sagte er langsam.

Die Polizistin sah ihn zweifelnd an. Dann wandte sie sich an Hannah und Nessa. „Sind Sie verletzt worden?" fragte sie vorsichtig.

„Nein", sagte Hannah mit zittriger Stimme. „Wir haben Glück gehabt."

Noch mehr Martinshörner, und ein Krankenwagen schlitterte direkt vor der Wohnungstür zum Halten.

„Okay. Alle raus hier bitte", ordnete die Polizistin an. Die Sanitäter kamen herein und überblickten die Lage. Einer von ihnen ging direkt zu dem Mann am Boden, während der andere rasch Informationen von dem Polizisten erhielt. Sie gingen wieder hinaus, um mit einer Bahre zurückzukehren.

Finn hatte Hannah auf die Beine geholfen und hielt Nessa immer noch an seiner Schulter. Das Mädchen klammerte sich an ihn, als ginge es um ihr Leben, und Hannah drängte sich dicht an ihn, sobald sie draußen waren. Nun, da sich die Polizei um die Situation kümmerte, waren die Fenster erleuchtet und Türen waren aufgerissen worden. Die Stimmen neugieriger Nachbarn füllten die Nachtluft mit spekulativem Geschnatter. Finn blickte sich grimmig um. Jetzt, wo alles sicher war, trauten sie sich heraus. Feiglinge, jeder einzelne von ihnen! Andererseits war er mit Hannah und Nessa auf eine Weise zusammen, die er sich nie so vorgestellt hatte. Sie lehnten sich beide buchstäblich mit dankbaren Augen und voller Vertrauen an ihn.

„Es ist ein bisschen kalt hier draußen", sagte die Polizistin. „Vielleicht schlüpfen Sie alle hinten in unseren Wagen."

„Werden wir jetzt verhaftet?" fragte Nessa mit immer noch vom Schock geweiteten Augen.

„Nein, Kleines", tröstete die Polizistin sie lächelnd. „Ich brauche nur eure Namen und ein paar Informationen. Und dann sorgen wir dafür, dass eure Tür repariert wird, zumindest provisorisch, so dass ihr wieder hineingehen könnt."

„Ich will da nicht wieder hineingehen, Mama!" heulte Nessa.

Finn drückte das Mädchen an seine Brust. „Keine Sorge, Süßes. Ihr könnt mit mir nach Hause kommen."

Am Ende geschah genau das. Das Polizeiteam fuhr Finn, Hannah und Nessa zu Julie Dolans Haus. Als Finn mit seinen Gästen hereinkam, erschien Julie in der Tür, weil sie vom Lärm wach geworden war. Ihre Augen wurden groß, als sie die Fremden sah, aber sie sah auch ihre Not. Also half sie rasch dabei, ein paar Schlafgelegenheiten im Wohnzimmer zu schaffen.

„Ich möchte gleich morgen früh die ganze Geschichte dazu hören" murmelte sie Finn zwischen den Zähnen zu.

Finn nickte und war plötzlich von Müdigkeit überwältigt. Hier waren sie – und alle drei schliefen sie unter demselben Dach. Nur dass dies so ganz anders war, als er es sich anfangs erhofft hatte. Plötzlich gelüstete es ihn nach einem Glas Champagner. Nur, wo hatte er die verflixte Flasche gelassen?!

*

Aus Véroniques Tagebuch:

Ich weiß nicht, ob ich lachen oder weinen soll. Ich bin erschöpft vor Enttäuschung, Stress und Zorn. Und gleichzeitig bin ich nur froh, dass alles genauso passiert ist. Im Zentrum des Ganzen – irgendwie sollte mich das nicht überraschen – steht Finn. Und ich weiß nicht, ob ich ihn neuerdings hasse oder liebe.

Dass er Kittys und Elis Hochzeitsempfang fast ruiniert hat, hat ihn natürlich bei keinem unserer Teammitglieder im „Le Quartier" beliebter gemacht. Da keiner meiner Anrufe von ihm beantwortet wurde, hatte ich beschlossen, ihm in dem Moment, in dem er das Restaurant wieder betreten würde, fristlos zu kündigen. Obgleich Paul deswegen wieder im Berufsleben ist und er ein wunderbares Buffet kreiert hat, von dem alle nur so schwärmen, hätte es so nicht kommen dürfen. Fehlen ohne Entschuldigung ist, besonders bei so einem Anlass, in jedem Unternehmen der Welt absolut unmöglich. Und wenn die Existenz eines ganzen Unternehmens von solch einem Benehmen abhängt, gibt es noch weniger Grund, nicht zu obigem Entschluss zu kommen: den Kerl zu feuern! Il est impossible!

Obwohl wir letzten Samstag in einer schrecklichen Lage waren, zeigt es auch, welche Juwelen der Rest des Teams sind. Alle haben ihren Anteil so gut wie eben möglich geliefert. Sogar die kleine Nessa hat drüben im Bürgerzentrum beigetragen und Aufgaben im Speisesaal und im Küchenbereich erledigt, beim Aufbau des Buffets geholfen und Paul und seinen Helfern Dinge zugereicht, wenn sie sie brauchten. Ellen war einfach ein Schatz, dass auch sie kam, um bei allem zu helfen. Ich weiß nicht, was wir ohne die Unterstützung aller getan hätten.

Das Nächste, was ich mitbekam, war ein Anruf von Julie am Sonntagmorgen, bevor wir fürs Mittagessen öffneten. Sie erzählte mir von Finn und seinem Teil an der heldenhaften Lebensrettung von Hannah und Nessa in ihrer Wohnung in der Nacht zuvor. Zuerst dachte ich, sie würde scherzen und ob das eine besonders dramatische und überaus blöde Entschuldigung von Finn sei, dass er am Sonntag nicht zur Arbeit aufkreuze. Aber nein, Julie bestand darauf, die Geschichte sei wahr. Und eine halbe Stunde später war Hannah da, mit verschwollenen Augen und erschöpft, bereit für den Mittags-Service. Sie bestätigte, dass Ralphie in ihre Wohnung eingedrungen sei, bewaffnet mit einem Montiereisen, und sie und Nessa bedroht habe. Sie sagte, er hätte sie töten können und hätte es vermutlich auch getan, wenn Finn nicht gekommen wäre und ihm mit einer Flasche Champagner auf den Kopf gehauen hätte. En effet, une bouteille de champagne …

Was hatte er um diese Nachtzeit dort zu tun? Plante er eine Romanze mit Hannah? Sie behauptet, sie habe keine Ahnung gehabt, dass er überhaupt in der Gegend war. Sie habe ihn gewiss nicht eingeladen. Also war er dort aus reinem Zufall mit einem ganz anderen Plan für die Nacht, oder er hatte tatsächlich versucht, sie zu besuchen. Was wiederum keine Empfehlung hinsichtlich seines Gehirns wäre. Zu dieser Nachtzeit? Wo Nessa und Hannah ein Wohnschlafzimmer teilen. Wirklich?!

Wie auch immer, Finn erschien tatsächlich zum Abend-Service am Sonntag mit diesem leichtsinnigen, stolzierenden Gang. Als sei am Vortag nichts passiert. Aber am Blick seiner Augen sah ich, dass er dieses Mal seiner selbst nicht so sicher war. Also nahm ich ihn im Mitarbeiterzimmer beiseite und geigte ihm meine Meinung.

Ich sagte ihm, er sei total egoistisch und verantwortungslos. Dass niemand einen Koch wie ihn anstellen würde mit der Referenz, die er von unserem Restaurant bekommen würde. Dass er wissentlich aller Job und Existenz aufs Spiel gesetzt hätte. Dass er das als letzte Warnung ansehen solle. Der einzige Grund, warum ich ihn diesmal vom Haken ließ, und ich sah zu, dass ich ihm das auch sagte, war, dass er zwei Leben gerettet hatte. Zudem zwei Leben aus unserer Teamfamilie (Nessa zählt fast als Teammitglied nach ihrem niedlich engagierten

Beitrag zu den Hochzeitsvorbereitungen). Ich sagte ihm auch, ich wolle oder müsse nichts von seiner Seite dazu hören … Mir lag nichts an seiner Angeberei, da wir davon im letzten Monat genug gehabt haben. *Ça devient ennuyeux.*

Ich sagte ihm, es sei Zeit für ihn, erwachsen zu werden und Verantwortung zu zeigen. Ich ging sogar so weit zu sagen, dass, wenn er Hannah beeindrucken wolle, er sich besser in den Griff bekommen müsse. Der Ausdruck in seinem Gesicht zeigte mir, dass ich nicht weit von der Wahrheit entfernt war. Er mag sie und Nessa. Aber jetzt gerade würde ich ihn ihnen um nichts in der Welt wünschen. Nicht mit seiner Drogensucht. Die ich auch erwähnte. Ich sagte ihm, er solle sich besser darum kümmern. Ich gab ihm ein Ultimatum. Wenn er freiwillig auf Entzug geht, hat er seinen Job noch, wenn er zurückkommt. Und tut er es nicht und macht noch einen Fehler, fliegt er. Er sah mich an, als nehme er es sehr ernst, und sagte, er werde es sich überlegen. Na, wir werden ja sehen.

Das Einzige, das mich dieses Wochenende wirklich begeistert hat, war Pauls Rückkehr in seinen Beruf. Es war nicht einfach für mich, ihn um diesen Gefallen zu bitten, Aber er zögerte nicht eine Sekunde lang. Er war fast wieder der alte Paul, den ich liebe und anbete, als Mann wie als Koch.

Ich wäre gern geblieben, als er auf dem erhöhten Boden hinter den Mietküchen-Herden Stellung bezogen hatte. Er war so geschäftig wie immer, total strukturiert und seelenruhig. Er hatte Worte der Ermutigung für Hannah, Scherze für seine Mutter, Tipps *und Munterkeit für die Helfer des Hauswirtschaftsklubs und mächtig viel Lob für unsere winzige Küchenfee, Nessa. Kurz, es hätte nicht mehr Spaß machen können, ein Festbuffet vorzubereiten und aufzubauen, als an seiner Seite, selbst unter solchem Druck.*

Obwohl ich auch einen engen Zeitplan am Samstag hatte, weil wir eine Extraladung Touristen an solch einem sonnigen Oktobertag erwarteten, nahm ich mir Zeit, ging zum Zoogeschäft in der Mall, um ein neues Aquarium zu kaufen, diesmal mit ein paar Pflanzen und dekorativem Kies, und ließ sie wieder eine Tigerbarbe hineinsetzen. Sie sind zu niedlich mit ihrer Neugier. Und so lebhaft! Ich fuhr zu ihm nach Hause und bat seinen Vater, mir zu helfen, es auf seinem Schreibtisch aufzustellen. Ich habe ihm auch eine Karte dagelassen.

Ich hoffe so, dass Paul nicht zum letzten Mal in einer Küche aufgetaucht ist, selbst wenn es nicht unsere war! Und ich bete darum, dass auch Finn zu seinem früheren Ich zurückfindet. Ich hasse es, wenn Freunde straucheln und fallen. Im einen Fall aus extremer Tapferkeit und im anderen aus extremer Dummheit. Fast scheint es mir, dass, obwohl Männer immer die Frauen beschützen wollen, am Ende die Frauen das Rückgrat der Männer sind, das sie im Notfall aufrecht und gerade hält …

7

Pizza

Nach all den wundervollen und einzigartigen regionalen Spezialitäten muss ich manchmal zu nationalen Klischeegerichten greifen. Hier in Italien ist das natürlich Pizza. Und da ich in Neapel bin, musste ich natürlich Pizza Margherita essen. Mir wurde erzählt, sie sei zu Ehren einer italienischen Königin kreiert worden und dass der Belag aus Tomaten, Basilikum und Mozzarella die Farben der italienischen Flagge abbilde. Wie kann man sich übrigens je entscheiden, welche Pizza man essen soll?! Ich finde Varianten mit Thunfisch und Zwiebeln, Monte e Mare (Pilze und Shrimps), mit gemischten Meeresfrüchten, mit Peperoni (das ist das italienische Wort für Chilischoten, nicht scharfe Salami – es war ein ziemlich schmerzhaftes Erwachen) und sogar mit Spiegeleiern. Unglaublich!
(Küchennotizen aus Finn Rovers Reisetagebuch)

„Ich bin Finn. Ich bin jetzt seit etwa vier Monaten kokainsüchtig", stellte Finn sich der Therapiegruppe vor, in der er heute Nachmittag in der Madrona Lake Reha-Klinik saß, mitten im Nirgendwo auf der olympischen Halbinsel. Er hatte sich erst vor einer Woche eingecheckt und die ersten großen Anfälle von Entzugserscheinungen wie Angstattacken und extremer Ruhelosigkeit überstanden. Ohne seinen Zimmerkameraden

Charles hätte er geglaubt, er würde wahnsinnig. Aber Charles, ein Rechtsanwalt aus Vancouver, Washington, hatte ihm geholfen, die schlimmsten Strecken durchzustehen. Charles hatte Finn gehalten, als er meinte, in einer überwältigenden Mischung von Gefühlen zu ertrinken, hatte mit ihm gesprochen, wenn er glaubte, er könne es nicht mehr aushalten. Jetzt saß Finn in einem dieser Stuhlkreise mit zehn anderen Leuten mit der gleichen Sucht und mit einer Therapeutin. „Ich bin nicht freiwillig hergekommen", gab er zu. „Mir wurde gedroht, ich würde gefeuert, wenn ich mich nicht meiner Sucht annähme." Er lachte halbherzig. „Aber ich mag meinen Job nun mal sehr."

„Erzähl uns von deinem Job. Was machst du? Und was macht ihn so besonders für dich?" fragte Karen, die Therapeutin, leise. Sie war eine schlanke Brünette in ihren Mittdreißigern, auf subtile Weise attraktiv, was sie mit einer Garderobe herunterspielte, die sie beinahe streng wirken ließ.

Finn blickte in den Kreis. Die Gesichter wurden scharf und verschwammen wieder, als er sie nach Antworten absuchte und zugleich an seine eigenen Gefühle dachte. „Ich bin mir nicht sicher, dass irgendjemand das wirklich hören möchte", sagte er schließlich.

„Und warum nicht?" fragte Karen.

„Ja, warum glaubst du, wir wollen es nicht hören, Alter?" sagte ein Typ mit totenschädelartigem Gesicht. „Wir haben unsere Geschichten schon erzählt. Es ist nur fair, deine auch zu hören."

„Meine Geschichte hat noch nie jemand wirklich hören wollen." Finn war fast tränenerstickt.

„Wirklich?" Karen musterte sein Gesicht. „Nicht die wunderbare Frau, die dich aufnahm, nachdem sie herausgefunden hatte, dass du ihren Laden bestohlen hattest? Nicht die Leute, die dir einen Job gaben, damit du zurückzahlen konntest, was du von anderen Läden gestohlen hattest? Nicht der Mensch, der für deine Ausbildung an der Kochschule bezahlt hat und dir mit einem großzügigen Taschengeld für deine Überseereise ausgeholfen hat?"

Finn war verwundert. „Woher weißt du von ihnen?"

Karen lächelte geheimnisvoll. „Wir überprüfen die Hintergründe, bevor wir Patienten annehmen, Finn. Aber das ist nicht wirklich wichtig. Der wesentliche Punkt deiner Sucht ist, dass du meinst, du seist nicht wichtig genug, dass andere deiner Geschichte zuhören möchten. *Dir* zuhören als Mensch, um genau zu sein."

Finns Augen füllten sich mit Tränen. „Und warum sollten sie auch? Mein Leben war bisher ein einziges Scheitern. Ich habe nichts getan, worauf ich stolz sein könnte, außer dass ich gut im Kochen bin. Ja, ganz toll!"

„Hey, Mann", unterbrach ihn Charles. „Ich wünschte, ich hätte so eine Begabung!"

„Na, toll. Schau, wo sie mich hingebracht hat. Ich bin hier! In einem umzäunten Gebäude in der Mitte des Regenwaldes, kein Dorf weit und breit, keine Geschäfte, keine Restaurants, bloß das hier …" Er deutete herum.

„Wir sitzen im selben Boot", sagte ein hauchzartes Mädchen, dessen Beine kaum den Boden berührten. Es sah aus, als wäre es höchstens zwölf, aber es war offenbar volljährig, da es sich nur ein paar Tage vor Finns Ankunft selbst eingewiesen hatte. „Es könnte schlimmer sein."

Finn wischte sich seine verrotzte Nase am Ärmel ab. „Ich fühle mich wie im Gefängnis."

„Am Ende wird es dich befreien", tröstete Karen. „Und neue Freunde wirst du auch haben." Finn schnüffelte. „Warum beginnst du also nicht einfach, wo deine Schwierigkeiten wirklich angefangen haben?"

Finn runzelte die Stirn. „Es ist eine lange Geschichte."

„Wir haben Zeit …"

„Nun, ich glaube ich war ziemlich glücklich als Kleinkind …" Finn erzählte ihnen, wie er sich seiner Kindheit mit einer hübschen, jungen Frau erinnerte, die ab und zu ziemlich misshandelt wirkte. Und wie ein paar Sozialarbeiter gekommen waren, um ihn wegzuholen. Wie er zu einer Familie nach der anderen kam und von einer Familie nach der anderen davonrannte. Wie er trotz seiner gestörten Kindheit die High-School abschloss. Wie er von seiner letzten Pflegefamilie davongelaufen war, weil er sich immer unbeachtet fühlte, weil ihn immer jemand hatte zu etwas formen wollen, von dem sie dachten, es passe zu ihm. Wie er nach Wycliff kam, krank und schwach, und versucht hatte, in einem alten Schuppen am Hafen zu überleben. Wie Dottie, damals die Witwe Dolan, ihn erwischt hatte, als er in ihrem deutschen Feinkostladen stahl, und ihn überraschenderweise aufnahm in ihr Zuhause und ihr Herz. Wie sie versuchte, ihm ein Zuhause zu bieten, ohne seine Persönlichkeit zu beeinträchtigen.

„Hey, sie klingt toll!" sagte eine energielos wirkende Latina, obwohl das Leuchten ihrer Augen ihr ansonsten unbewegtes Gesicht Lügen strafte.

Finn zuckte die Achseln. „Ist sie auch. Und du hast mich erwischt, Karen. Sie hat sich viel gekümmert. Sie hat mir zugehört. Sie ließ mich zu ihrer Familie gehören. Sie unterstützte mich emotional. Aber trotzdem fühlte ich mich nur wie ein Gast. Verstehst du? Wenn du dich kaum an ein eigenes Zuhause erinnerst, wie kommst du da klar, wenn jemand dir plötzlich sein eigenes anbietet, völlig bedingungslos? Ohne Schablone, die ich zu füllen hätte? Natürlich musste ich für den Schaden aufkommen, den ich angerichtet hatte. Aber das war nur fair."

Mitfühlendes Nicken in der Runde. Finn holte tief Luft.

„Dann war da Paul vom Restaurant nebenan. Und seine Freundin Véronique. Zumindest sah es für danach aus. Sie und zwei ihrer Freunde hatten dieses kleine, schicke Bistro mit einem französischen Namen gegründet. Es war ein großer Erfolg, und sie stellten mich als Küchen- und Service-Hilfe ein, so dass ich Geld verdienen und mein Leben umformen konnte. Sie nahmen mich an, wie ich war. Ich weiß nicht, wieviel sie über mich wussten. Es könnte sein, dass Dottie ihnen von mir erzählt hat. Aber sie gaben mir nie das Gefühl, ein Tunichtgut zu sein. Sie fragten nie nach. Ich erzählte nie etwas. Ich zeigte ihnen nur, dass ich sehr am Kochen interessiert war, und ab und zu, wenn es nicht zu voll war, ließen sie mich eigene Gerichte kreieren. Manchmal mochten sie eins so sehr, dass sie es sogar auf ihre Sonderkarte aufnahmen."

„Gut für dich", nickte eine ältliche, mollige Dame. Er hätte nie gedacht, dass sie dieselbe Sucht hatte wie er. Er hätte höchstens geglaubt, sie liebe Schokolade.

„Ja, gewissermaßen", gab Finn zu. „Aber irgendwie hätte ich mir gewünscht, sie hätten mich gefragt, was für ein Mensch ich sei, wie ich ticke. Nicht nur, was ich gestern Abend gemacht habe und was ich für meinen nächsten freien Tag plane."

„Das ist viel verlangt", sagte das zerbrechliche Mädchen. „Sie haben alle selbst ihre Sorgen, vermute ich. Du kannst nicht erwarten, dass sie dir so viel Aufmerksamkeit schenken, während sie sich um ein Unternehmen kümmern und versuchen herauszufinden, was sie in ihrer eigenen Zukunft erwartet. Wie viel hast du damals über *sie* gewusst? Und wie viel hast du *sie* gefragt?"

Karen wollte sie mit einem mahnenden Blick unterbrechen, aber Finn bemerkte es und schüttelte den Kopf. „Ich denke, ich habe das nie aus diesem Winkel betrachtet. Ich schäme mich jetzt."

„Erzähl deine Geschichte weiter", forderte ihn Karen auf. „Wer sonst hat dich nicht über dich befragt?"

Finn zögerte. „Vielleicht habe ich alles falsch aufgefasst", gab er zu. „Ich weiß, dass es den Randoms, deren Sohn ich davor bewahrt habe durch einen Umzugswagen verletzt zu werden, sehr wichtig war, was mir gefiel, und sie haben für meine ganze Ausbildung bezahlt. Und die Köche in New York waren nett zu mir. Und ich denke, die Leute in dem Restaurant in Colmar auch." Er verstummte. „Ich hab's ziemlich übel verhauen, oder?"

Karens Miene wurde weich. „Warum denkst du, du hättest es verhauen?"

„Ich habe alle anderen für meine Einsamkeit verantwortlich gemacht. Aber gleichzeitig habe ich jeden Versuch von jemandem abgewehrt, mir dabei zu helfen, mich einzupassen. Ich wollte jemand Besonderes sein. Jemand Einzigartiges. Klingt das wie Angeberei? *Sie* sahen es in mir – aber *ich* sah nicht, dass sie mich bereits als jemand Besonderen betrachteten."

Karen nickte, und die Schokoladenfrau seufzte: „Ach je, ach je!"

Finn zog ein Gesicht. „Ich habe mich zum Idioten gemacht. Da war diese niedliche französische Köchin Janine, dir mir dabei half, mich in der Restaurantküche in Frankreich zurechtzufinden. Doch statt auf sie zu hören und sie ernst zu nehmen, dachte ich, ich sei über alles erhaben und verspottete sie. Statt Chef Gauthiers Bemühung zu schätzen, mich zu einem kenntnisreichen, erfahrenen Koch zu machen, wandte ich mich an die niedrigsten Charaktere dort und freundete mich ihnen an. Ich trat meine Chance mit Füßen und benahm mich wie ein Elefant im

Porzellanladen. Ich kann das nicht einmal auf das Kokain schieben. Ich war schon so, bevor ich die erste Linie zog." Er atmete tief durch. Seine Augen füllten sich erneut. „Ich fühle mich schrecklich."

„Weil du jetzt von der Droge weg bist?" neckte ihn ein streberhafter, junger Mann und errötete, da Karen ihn tadelnd ansah.

Finn griff die Bemerkung auf. „Nein. Weil ich mich ach so toll fand. Das Kokain hat das bestimmt noch gefördert. Aber ich war schon vorher schrecklich. Und ich schäme mich so."

„Aber du bist jetzt anders", sagte die Schokoladenfrau und strahlte über ihr breites Gesicht.

„Ich wünschte es, aber ich bin mir nicht sicher", sagte Finn langsam. „Und ich habe all diese Leute verletzt …"

„Ich bin mir sicher, du kannst es wiedergutmachen." Das kam von einem älteren Mann, der ein bisschen wie Karl Lagerfeld ohne Brille und fingerlose Handschuhe aussah. „Oder du kannst dich einfach entschuldigen."

„Sehe ich auch so", sagte Karen. „Okay, die heutige Sitzung ist um. Eure Hausaufgabe für morgen ist: Denkt über die zehn Menschen nach, die ihr durch euren Drogenmissbrauch am meisten verletzt habt. Ich möchte von jedem von euch eine Liste. Wir diskutieren jede Liste in euren Einzelsitzungen und wie ihr eine Versöhnung einleitet, okay?" Sie stand auf und wandte sich an Finn. „Du solltest stolz auf dich sein, Finn. Du hast schon einen weiten Weg zurückgelegt."

„Ich bin lieber nicht stolz auf mich", sagte Finn mit scheuem Lächeln. „Ich sollte besser eine Zeitlang Bescheidenheit üben."

„Wenn du das sagst", lächelte Karen zurück und zwinkerte ihm zu.

*

Hannah war nach Ralphies gewaltsamen Eindringen immer noch erschüttert. Die Tür war recht schnell repariert worden. Aber die Furcht, er könne aus dem Polizeigewahrsam entlassen werden und zurückkommen, blieb. Nessa hatte Albträume und wachte regelmäßig auf mit angstweiten Augen.

„Sie brauchen keine Angst zu haben", sagte Trevor Jones, der gutaussehende junge Familienanwalt, der auch in Eli Hayes' Leben eine wichtige Rolle gespielt hatte. Er hatte Elis Tochter Holly vor ihrer sie entführenden Mutter, Evangeline, gerettet und dann dafür gesorgt, dass die Frau zustimmte, nie wieder Ansprüche auf das kleine Mädchen anzumelden. Als Eli von Ralphie hörte, hatte er Hannah sofort angerufen und ihr Trevor empfohlen. Und nun hatte Trevor seinen ersten Termin mit Hannah. „Wir kriegen es hin, dass Ralphie aufhört, Ihnen Angst einzujagen. Wir beantragen eine Kontaktsperre."

Er saß an einem Tisch im Mitarbeiterzimmer des „Le Quartier". Hannah saß ihm gegenüber und hatte Nessa auf ihrem Schoss.

„All die Gerichtstermine", seufzte Hannah. „Und auch Ihre Zeit."

Trevor schüttelte den Kopf. „Ich werde für Sie so viel erledigen, wie ich nur kann", beruhigte er sie. „Sie werden nur zur ersten Anhörung kommen müssen und dann zum Urteilsspruch. Ich werde mich, wie schon gesagt, um alles andere kümmern."

„Und Sie machen das wirklich ..." Hannah wagte nicht, in Worte zu fassen, was sie verstanden hatte. Es klang zu gut, um wahr zu sein. Und ihr Leben lang hatte sie gelernt, dass, wenn etwas zu gut klang, um wahr zu sein, das auch stimmte.

„Pro bono", bestätigte Trevor.

„Aber wenn das Gericht zustimmt und eine Kontaktsperre gegen Ralphie verhängt, dann gilt dies nur für ein Jahr, richtig? Und danach könnte er wiederkommen und versuchen, neuen Schaden anzurichten." Nessa wimmerte, als sie das hörte, und Hannah strich ihr geistesabwesend über das Haar. „Das Risiko, dass er dann noch zorniger ist, ist groß."

„Wir werden einfach zusehen, dass die Kontaktsperre rechtzeitig erneuert wird", sagte Trevor. Und als er sah, dass Hannah den Mund öffnen wollte, fügte er hinzu: „Natürlich auch pro bono."

Hannah saß einen Moment lang schweigend da. Dann stand sie auf und ging an ihren Spind, um Nessas Plüsch-Elefanten herauszuholen. Sie reichte ihn ihrer Tochter, die sofort mit ihm in ein Rollenspiel versank. Dann stellte sich Hannah neben Trevor und hielt ihm die Hand hin.

„Danke, Trevor", sagte sie und schüttelte die seine. „Ich weiß nicht, warum Wycliff so anders als alle anderen Orte ist, die ich kenne. Die Leute scheinen sich alle zu kümmern und immer zu geben. Alle sind so gut!"

Trevor lachte leise. „Offensichtlich nicht ganz so gut. Einfach nur wie jeder andere Ort auf der Welt", erwiderte er. „Sonst brauchte man hier nicht auch Leute wie die Polizei und Anwälte. Eigentlich haben wir hier auch eine ganze Menge Arbeit. Es ist nur eine kleinere Stadt. Wir haben durchaus unseren Anteil an Verrückten und echten Kriminellen. Vielleicht ist es nur nicht so offensichtlich wie woanders." Trevor erhob sich nun auch. „Zeit, den Papierkram zu erledigen. Ich melde mich bei Ihnen, sobald ich damit fertig bin, damit Sie bestätigen können, dass alles vollständig und faktisch richtig ist."

Hannah nickte. „Sie sind so ein netter Mensch."

Trevor grinste. „Ich habe auch schon anderes gehört. Soviel zu Ihrem Bild von den guten Menschen in Wycliff. Ich gehöre vielleicht auch nicht immer zu den Guten." Und er ging mit einem beinahe unartigen Augenzwinkern.

*

Tiffany Delaney legte den Hörer in ihrem Landschaftsgärtnerei-Büro auf. Sie hatte gerade mit der Veteranenagentur in Seattle gesprochen. Sie hatte im Internet nach Presseberichten, Videos und Erfahrungsberichten gesucht.

Sie lächelte vor sich hin. Der Arzt war sehr hilfsbereit gewesen. Er würde ihr Bewerbungsunterlagen senden. Inzwischen nahm ihr Plan Form an. Sie blickte über ihren ordentlichen Schreibtisch hinweg, griff dann zu einem Kugelschreiber und machte ein paar weitere Notizen auf einer Liste, die bereits ziemlich lang war.

„Wo ein Wille ist …", lächelte sie vor sich hin.

*

„Mr. Random, ich meine, Richard …" Stille.

Richard Random, Architekt und Philanthrop, lauschte aufmerksam. Sein leicht ergrautes Haar war in den vergangenen Monaten etwas silberner geworden, wozu auch sein Anrufer beigetragen hatte.

Am anderen Ende ertönte ein tiefer Seufzer. „Ich muss mich zutiefst bei Ihnen entschuldigen, Sir."

Richard Random richtete sich überrascht auf. Er hatte einen neuerlichen Anruf mit einer neuerlichen katastrophalen Wendung erwartet. Nun dies!

„Ich … Ich habe mir Ihnen gegenüber so viel zu Schulden kommen lassen, und ich würde Sie so gern bald sehen und dies persönlich tun. Aber es heißt, ich müsse erst den Entzug abschließen, bevor ich an Reisen auch nur denken kann."

Richard räusperte sich nur und sagte nichts.

„Ich wollte Sie nicht ausnutzen und all das, was Sie für mich getan haben", fuhr Finn fort. „Sie haben mir die Chance meines Lebens geboten, und es muss mir plötzlich zu Kopf gestiegen sein. Ich dachte, ich sei ein toller Hecht und wisse alles besser als alle anderen. Stattdessen habe ich mich von Schlamassel zu Schlamassel bewegt. Ich habe Gelegenheiten, die sich mir durch Ihr Betreiben und durch Ihr Geld eröffnet haben, in den Schmutz getreten. Ich habe Menschen für meine Zwecke ausgenutzt und mich selbst mit Drogen missbraucht. Und sehen Sie, wo ich am Ende gelandet bin."

Immer noch keine Antwort von Richard. Er runzelte die Stirn und suchte nach Worten. Jetzt schaute seine Frau um die Ecke, Fragen in ihren Augen. Er winkte ihr mit einem winzigen, beruhigenden Lächeln ab. Sie zog sich wieder zurück.

„Ich habe mich und diesen wunderschönen Beruf ins Lächerliche gezogen. Und wenn Sie möchten, dass ich Ihnen alles zurückzahle, verstehe ich das total. Nur möchte ich Sie auch wissen lassen, dass ich endlich gemerkt habe, was ich alles falsch gemacht habe. Und dass ich mich von jetzt an doppelt anstrengen werde, zu lernen und bescheiden zu sein. Und wenn ich je wieder etwas Dummes tue, dürfen Sie mich ins Schienbein oder noch höher treten, bis ich wieder vernünftig bin." Immer noch keine Reaktion. „Sind Sie noch da?"

Richard räusperte sich wieder. „Ganz gewiss." Er holte tief Luft. „Hör zu, Finn. Ich verurteile niemanden schnell. Aber ich muss es wissen. Diese Entschuldigung – kommt die wegen so einer Art 12-Schritte-Programm? Oder kommt es dir wirklich von Herzen?"

„Oh!" Finns Stimme klang entsetzt. „Nein, bitte glauben Sie mir! Das ist so, weil *ich* es so will. Ich habe das Bedürfnis, zu Ihnen als meinem Wohltäter zu gehen und Sie um Verzeihung zu bitten. Und in der Hoffnung, dass Sie wieder an mich glauben werden ..."

Richards Augen wurden daraufhin etwas feucht. „Nun, Finn. Du hast mir wirklich Sorgen gemacht. Und meiner Frau auch. Wir haben dich straucheln und fallen sehen. Aber wir haben auch nie aufgehört, an dich zu glauben. Wir haben geglaubt, dass mehr an dir dran sein muss als große Worte und Drogen-Missbrauch. Wir haben Bobby natürlich alles verschwiegen. Du bist sein Held. Er muss die Seite an dir nicht kennen, die so viel weniger heldenhaft ist. Vielleicht erzählst du es ihm eines Tages selbst. Bevor er in ähnliche Situationen hineinstolpert."

„Mir ist also vergeben?" fragte Finn hoffnungsvoll.

„Mach deinen Entzug zu Ende und geh dann wieder an die Arbeit. Für uns bist du Familie. Wir lassen dich nicht fallen, also lässt du uns auch besser nicht hängen." Dieses Mal blieb Finn stumm. „Okay?"

„Okay." Es folgte ein kleiner Schluchzer.

„Hey, Junge", sagte Richard sanft. „Wir glauben immer noch an dich. Mach uns stolz."

„Mach ich", schluchzte Finn jetzt heftiger.

„Und vergiss nicht den Freitisch, den du mir versprochen hast, wenn du mal dein eigenes Restaurant hast, ja?!"

Ein kurzes, schluchzendes Lachen, ein Schniefen. „Ich habe es ernst gemeint."

„Besser ist das. Jetzt tu, was du zu tun hast. Und wenn du aus dem Entzug draußen bist, besuchen wir dich. In Ordnung?"

„Danke."

Finn konnte das breite Lächeln nicht sehen, das er verursacht hatte. Er konnte die Freude in Richards Augen oder dem Gesicht seiner Frau nicht sehen, als sie es erfuhr. Aber er spürte, dass ihm eine Last von den Schultern geglitten war. Sich von seiner Vergangenheit zu befreien, war schwer, aber es hatte auch sein Gutes.

*

Die Drähte des einzigen öffentlichen Telefons der Madrona Lake Reha-Klinik glühten.

In einer gewissen Restaurantküche in New York drängten sich ein paar Leute um ein Smartphone – es zeigte kein Bild, da Finns Anruf über traditionelles Festnetz kam –, um seine Entschuldigungen zu hören. Da war die Küchenhilfe, der er immer die ekligsten Aufgaben erteilt hatte. Der Sommelier, über den er hinter dessen Rücken schlecht geredet und den er einen Alkoholiker genannt hatte, der vermutlich aus dem Weinkeller des Restaurants stahl (was er, ehrlich gesagt, auch tat). Da war die junge Kellnerin, die stets seinen Zorn abbekommen hatte, wenn Essen in die Küche zurückgesendet worden war. Und schließlich war da, in der Privatsphäre seines Büros, der Chefkoch, der ihn seinem französischen Freund empfohlen hatte, weil er darauf vertraut hatte, dass Finns kulinarische Gabe seine Charakterschwächen überwiegen würden. Finn wurde vom Sommelier beschimpft, die Küchenhilfe und die junge Kellnerin verziehen ihm, und der Chefkoch schalt ihn, vergab ihm dann aber mürrisch.

Anrufe gingen nach England, wo er einen Koch für die Nouvelle Cuisine seines Landes verspottet hatte, nach Schweden, wo er sich eines Abends sehr betrunken und lautstark vor einem Restaurant in Norrköping über die skandinavische kulinarische Vielseitigkeit mit undeutlichen Beschimpfungen lustig gemacht hatte. Er sprach eine Stunde lang mit einer deutschen Kellnerin, die er eine Nacht lang im Bett gehabt und dann am nächsten Morgen fallen gelassen hatte. Mit dem griechischen Tavernenwirt auf Kreta, dessen Küche er dazu benutzt hatte, ein großes Bankett für das ganze Dorf zu kochen, und dem er nicht nur das ganze Aufräumen, sondern auch die Rechnungen für die Lieferung der Lebensmittel überlassen hatte. Er rief Janine unter ihrer Privatadresse in Colmar an und bat sie um Vergebung. Sie tat es leichten Herzens – „Ich hatte eine lustige Zeit mit dir, Chéri! Aber, quelle dommage, dass du dümmer warst, als ich dich geglaubt hatte." Chef Gauthier schnaubte zuerst. Dann sagte er, er verzeihe ihm, aber nur solange er ihm den Rest seines Lebens vom Leibe bleibe.

Der schwierigste Anruf, den Finn tätigen musste, war Dottie McMahons. Sie hatte ihn einst vor dem Ertrinken gerettet. Jetzt hatte sie ihm erneut zugesehen, wie er sich zurichtete.

„Dottie?" atmete er kleinlaut, aber voller Hoffnung in den Hörer.

„Finn?" Ihre Stimme klang neutral.

Finn war ernüchtert. Es brauchte in letzter Zeit nicht viel, um ihn etwas herunterzuholen. „Dottie, ich weiß, du musst denken, dass ich furchtbar bin." Er wartete auf ein Wort, doch es kam keines. „Tust du doch, oder nicht?"

Dottie seufzte. „Finn, worum geht's? Ist es wichtig, was ich denke?"

„Aber sicher!" rief Finn aus und erstickte ein trockenes Schluchzen. „Tut es wirklich. Du hast mir einen Neuanfang ermöglicht, als ich einmal ganz unten in meinem Leben war." Er atmete tief ein und aus, um sich zu beruhigen. „Und ich glaube, ich brauche noch einen. Neuanfang, meine ich. Und dazu brauche ich deine Verzeihung. Ich hab' dich total enttäuscht. Ich war verblendet, was meine Fähigkeiten anging. Ich hab' auf alles und jeden herabgeschaut. Und ich bin so tief gefallen."

Stille.

„Finn." Dotties Stimme klang müde, aber nicht herzlos. „Ich habe dir nichts zu vergeben. Du bist ein erwachsener Mann und stehst auf eigenen Beinen. Du bist schon seit einer Weile selbstständig. Habe ich etwas anderes von dir erwartet? Ja. Aber hast du mich verletzt? Brauchst du meine Vergebung? Du hast dir selbst mehr Schaden zugefügt, deiner Gesundheit, deiner Karriere, deinem Ruf als irgendwem sonst. Wessen Vergebung du für einen Neuanfang am dringendsten brauchst, ist deine eigene."

„Schätzungsweise", flüsterte Finn. „Aber das kann ich nicht, ohne dass du mir sagst, dass auch du mir eine neue Chance gibst."

Dotties Stimme wurde wärmer. „Nun, wenn du's noch einmal versuchen möchtest, tu's. Schritt für Schritt, Finn." Finn nickte, obwohl Dottie das natürlich nicht sehen konnte. „Du hast dich ziemlich zum Narren gemacht. Aber du hast dich auch einmal mehr als Held erwiesen. Du hast Hannah und Nessa vor diesem Drecksack Ralphie gerettet. Ich möchte nicht einmal wissen, wo sie ohne dich jetzt wären."

„Danke", sagte Finn leise.

„Also sieh zu, dass du wieder sauber wirst. Alle hier warten darauf, dass du zurückkommst und dich in den Griff bekommst."

„Ich versprech's."

„Paul wird, wie du weißt, nicht ins Bistro zurückkehren. Sie brauchen dich dringend. Du kannst es wiedergutmachen, indem du ein Team-Mitglied wirst und *sie* die Dinge in die Hand nehmen lässt. Sie wissen, was ihr Unternehmen benötigt. Beobachte sie, und lerne von ihnen. Und lerne, dir selbst zu vertrauen. Kein Pulver und keine Geheimmedizin der Welt lässt dich Größeres erreichen. Die Essenz dafür liegt in dir selbst. Du musst das nur begreifen."

„Ich bin auf dem Weg dahin."

„Gut." Dottie seufzte noch einmal, aber diesmal klang es erleichtert. „Dann verstehen wir uns. Jetzt leg auf, und gib jemand anders die Chance zu telefonieren."

„Dann sehen uns bald?"

„Bis bald."

Als Finn aufhängte, gab er einen kleinen Freudenschrei von sich.

„War das der letzte Anruf?" fragte jemand hinter ihm hoffnungsvoll.

„Vorerst", sagte Finn und grinste übers ganze Gesicht. „Nur vorerst!"

*

Trevor saß an seinem Lieblingstisch im „Le Quartier" und genoss eine Tarte Tatin. Was er noch mehr genoss, waren die Blicke, die er hin und wieder auf die Konditorin in der Küche erhaschte. Barb merkte gar nicht, dass seine Augen ständig auf die Schwingtür gerichtet waren, durch die entweder Véronique oder Hannah wirbelte, die Arme mit dampfenden Tellern beladen. Sobald sich die Türen öffneten, reckte er seinen Hals ein bisschen, um die lebhafte Köchin mit dem Sommersprossengesicht und den lustig funkelnden Augen zu sehen.

„Darf es sonst noch was sein?" fragte ihn Hannah, und er schrak durch ihre plötzliche Nähe zusammen. „Entschuldigung, ich wollte nicht …"

„Schon in Ordnung", sagte Trevor und lachte gezwungen. „Ein Espresso wäre perfekt, und dann …" Er senkte die Stimme. „Sagen Sie, ist Barb … Ich meine hat sie jemanden?"

Hannah war etwas überrascht. „Wie meinen Sie das?"

„Schauen Sie …" Trevor erhob seine Hände. „Verstehen Sie mich nicht falsch." Oje, er war wieder dabei, es wie üblich zu vermasseln. „Was ich meine ist … Ich würde ihr gern sagen, wie sehr ich ihre Desserts genieße."

„Das kann *ich* ihr sagen."

„Sicher … Aber ich meine, ich, ähm …" Warum war es so schwierig und demütigend, sich einer Frau zu nähern? „Ich würde es ihr lieber persönlich sagen."

„Klar", sagte Hannah kühl. „Ich hol' sie." Sie ging zur Küche und verschwand hinter den Schwingtüren.

Trevor war es plötzlich heiß und kalt. Es war für ihn recht einfach, mit Frauen zu reden, wenn sie zu ihm als Klienten kamen. Denn dann sah er immer nur ihren Fall, selbst hinter dem hübschesten Gesicht. Es war einfach für ihn, weibliche Geschworene oder eine Richterin im Gerichtssaal anzusprechen. Aber sobald es um Romantik ging … ach, Kitty Kittrick – oder eher Hayes, wie sie jetzt hieß – hatte seine Fähigkeit ruiniert, sich Frauen mit demselben Selbstbewusstsein zu nähern, das er einst besessen hatte. Nun, er musste zugeben, dass es seine eigene Schuld gewesen war. Wenn nur …

Die Türen schwangen wieder auf, und Hannah kam aus der Küche, gefolgt von einer energischen Barb. Hannah nickte Trevor leicht zu und ging hinüber an die Bar, um seinen Espresso zuzubereiten. Barb ging zielstrebig auf seinen Tisch zu und stellte sich ihm gegenüber.

„Hallo", brachte Trevor heraus.

„Hallo", grinste Barb. „Hannah hat mir gesagt, du magst die Tarte Tatin. Unser neuer Herd hilft uns dabei ganz sicher."

„Ähm, eigentlich wollte ich die Konditorin sehen", sagte Trevor, aber sein Erröten verriet, dass seine Leichtigkeit vorgetäuscht war. „Ich frage mich, ob du eventuell irgendwann diese Woche Zeit hättest, um … Es gibt ein interessantes Konditorei-Café in Lakewood …"

„Café Lalague … Ich weiß", lächelte Barb. „Tolle Kuchen, Torten und Gebäckteilchen. Ich habe so ziemlich alles durchprobiert. – Was ist damit?"

„Ich dachte mir, wir könnten an einem deiner freien Tage für Kaffee und Kuchen dorthin gehen?"

„Als Verabredung?"

„Ja", lächelte Trevor mit leuchtenden blauen Augen und tiefer werdenden Grübchen in den Mundwinkeln.

Barb runzelte die Stirn. „Ich glaube nicht, dass das eine gute Idee wäre, Trevor. Ich gehe sehr gern ins Café Lalague, und ich mag besonders gern seine Pfefferminz-Sahnetorte. Ich weiß nicht einmal, wie sie sie nennen. After-Eight-Torte? Aber ich bin mir ziemlich sicher, dass ich nicht mit dir dorthin will."

„Dann irgendwo anders hin?"

„Nirgendwohin, Trevor", sagte Barb bestimmt. „Ich weiß nicht, für wie blind du mich hältst. Du hast voriges Jahr Kitty ausgeführt. Sie war deinen Eltern nicht gut genug. Dann bist du mit diesem Snob aufgetaucht ... Ich weiß, ich weiß ... du hast dich längst rehabilitiert. Du hast auf jeden Fall die Beleidigungen dieser Frau gegen alle wiedergutgemacht. Ich glaube nicht, dass du weißt, was du willst. Aber glaub mir, ich bin es sicher nicht. Obgleich ich einen Abschluss von der Kochschule habe, werde ich den Erwartungen deiner Eltern nie entsprechen. Und du würdest meine Arbeitszeiten anstrengend finden. Selbst, um nur Verabredungen mit mir zu treffen. Bleib bei deinen eigenen Leuten, Trevor. – Noch ein bisschen Dessert? Diesmal aufs Haus?"

Trevor sank in sich zusammen. Jetzt saß er da wie ein Häufchen Elend. Er schüttelte den Kopf. „Ich mache immer alles falsch, oder?"

Barb tätschelte seine Schulter. „Lass dir Zeit, und entscheide, was du wirklich willst, Trevor. Du musst nicht unbedingt eine Frau finden, nur weil Kitty unlängst geheiratet hat. Du bist ein netter Kerl. Mach einfach langsam."

Trevor lächelte sie schief an. „Das von der Frau, die mir soeben einen Korb verpasst hat."

„Und dir ein kostenloses Dessert angeboten hat." Barb zwinkerte ihm zu. „Ich lasse dir etwas Nettes bringen. Es wird sicher süßer für dich sein als ich." Sie nickte ihm zu und ging zurück in die Küche. Zwei Minuten später signalisierte ein „ding!", dass etwas in der Durchreiche stand. Hannah segelte in die Küche und kehrte mit einer großen Glasschale voll Mousse au Chocolat mit Schlagsahne und in Brandy marinierten Schattenmorellen zurück.

Trevor merkte nicht, dass Barb ihn beobachtete, als er zu essen begann. Aber ihr Grinsen wurde breiter, als sie sah, wie er seinen Trostpreis genoss.

*

Ellen betrachtete ihren Sohn liebevoll. Paul saß über seinen Schreibtisch gebeugt und schrieb mit einer Energie, die sie lange nicht an ihm gesehen hatte. Das heißt, nicht seit er angeschossen worden war. Er schien nicht einmal zu bemerken, dass sie sein Zimmer betreten hatte. Sie räusperte sich, und er wandte den Kopf. Als er sie sah, lächelte er.

„Hey, Mom", sagte er herzlich.

„Hallo, Sohnemann", lächelte sie zurück. „Du scheinst schwer zu arbeiten."

„Ja und nein", nickte er. „Möchtest du's sehen?" Er nahm den Notizblock und hielt ihn ihr hin.

Sie blickte darauf, wusste aber nicht, ob sie richtig interpretierte, was sie sah. „Was ist das?"

Paul grinste. „Das ist mein neuer Karriereplan."

„Karriereplan …" Ellen spürte, dass ihre Beine leicht zitterten, und sie musste sich auf Pauls Bett setzen. „Wie meinst du das?"

„Nun, offensichtlich bin ich neuerdings in unserer Bistroküche nutzlos." Ellen wollte etwas sagen, doch Paul erhob die Hände. „Nein, versteh mich nicht falsch. Es geht einfach nur um die Unmöglichkeit, diesen Rollstuhl durch die Gänge zu bewegen, selbst wenn sie leer sind. Ich kann die Herdplatten nicht so erreichen, wie ich es müsste. Es wäre gefährlich und dumm, das zu ignorieren und es trotzdem zu versuchen."

Ellen seufzte. „Oh, Paul. Das tut mir so leid."

Paul schüttelte den Kopf. „Ich muss aus der Situation machen, was ich kann. Ich kann aufgeben. Oder ich kann mein Selbstmitleid aufgeben und weitermachen. Ich habe beschlossen, weiterzumachen und zu tun, was ich unter den neuen Umständen tun kann. Und die sind nicht so schlecht, wie wir an Elis und Kittys Hochzeit gesehen haben. Richtig?"

„Du denkst an Catering?"

„Und warum nicht?!" fragte Paul. „Ich könnte dem Bistro bei Events aushelfen. Und ich könnte mein eigenes Catering machen, wenn das Bistro gar nicht damit zu tun hat. Mit meinem Auto kann ich Dinge transportieren. Oder ich lasse die Leute ihre Gerichte abholen."

Ellen dachte darüber nach. „Werden die Leute ihr Essen denn abholen wollen?"

„Kaufen Menschen Speisen außer Haus?" entgegnete Paul. „Weißt du, ich könnte auch Leute einstellen, die mir bei Lieferungen helfen."

„Diese Idee gefiele mir besser", gab Ellen zu.

„Dann eben Hilfe anheuern", fuhr Paul fort. „Aber da ist noch mehr. Ich plane, ein Kochbuch zu schreiben. Ich weiß, es gibt schon zahllose. Aber wie wäre es mit einem, das mit der Geschichte und den Leuten von Wycliff zu tun hat? Es gibt hier Skandinavier und Chinesen, Iren und Deutsche, Indianer und Inder, Franzosen und Italiener, Spanier und Leute aus der Karibik … Wäre es nicht interessant, ihre Geschichten zu erfahren und ihre Lieblingsrezepte? Und damit würde ich gleichzeitig einen Markt für das Kochbuch schaffen. Diese Leute werden es kaufen und ihre Familien und Freunde ebenso. Und ihre Tradition wird solange aufrechterhalten, wie es das Buch gibt."

„Was für eine schöne Idee", gab Ellen zu.

„Natürlich muss ich einen Food-Blog starten – um mein Catering-Unternehmen zu bewerben, aber auch wegen des Kochbuchs."

„Das klingt nach jeder Menge Arbeit, Paul."

„Das ist es auch", sagte Paul. Aber er war sichtlich beschwingt. Sein Gesicht hatte wieder die gesunde Röte von früher, und seine Augen glänzten. „Es gibt mir einen

Lebenszweck. Und ich kann etwas für die Kommune tun und gleichzeitig immer noch meinen Beruf ausüben."

Ellens Augen waren feucht. „Ich bin so froh, Paul. So froh und dankbar. Du bist wieder da …"

„Das ist nur die Planungsphase davon", warnte sie Paul. „Ich habe eigentlich noch nichts getan." Er grinste plötzlich. „Es sieht wirklich gut auf Papier aus, oder nicht?!"

„Ich verstehe nicht die Hälfte der Stichpunkte", gab Ellen zu. „Es muss Küchenjargon sein." Sie stützte ihr Gesicht einen Moment lang in eine Hand, aber nur, um die Freudentränen zu verbergen, die über ihre Wangen kullerten. „Weiß es dein Vater schon?"

„Nein", sagte Paul. „Du bist die Erste. Und ich hatte noch nicht einmal die Zeit, noch etwas auf diese Liste zu setzen."

„Und das wäre?"

„Eine Kochschule."

„Eine …?"

„Ich habe über alles nachgedacht, was seit der Eröffnung unseres Bistros geschehen ist. Wie Dottie Barb beigebracht hat, ihre deutsche Kartoffelsuppe zuzubereiten, die seither so ein verlässlicher Bestandteil unserer Speiskarte ist. Wie Finn in unser Leben kam und einen ganz neuen, kreativen Touch in unsere Küche brachte. Und wie er Bobby Random rettete, der allen erzählte, auch er wolle eines Tages Koch werden." Er verstummte, um noch mehr Wirkung zu erzielen.

„Ähm …" Ellen versuchte, ihn zu verstehen.

„Weißt du, ich glaube, das ist es. Den Funken in Kindern zu entfachen und ihnen das Kochen beizubringen. Wenn sie erst merken, dass es Spaß macht und total entspannt, dann ist es wie Basteln – nur, dass man es hinterher sogar essen kann … Verstehst du?"

„Ich glaube, ja", nickte Ellen gedankenverloren. „Aber glaubst du, die Eltern würden sie Kochmesser benutzen lassen?"

„Wissen die Leute, was Kinder unbeobachtet hinter ihrem Rücken tun? Meine Küche wäre ein beaufsichtigter Bereich. Keine Dummheiten mit Messern, sondern geschickte Anwendung. Kein Herumzappeln, sondern volle Konzentration. Es würde jedes Mal mit einer Mahlzeit für alle enden. Und sie würden mit neu entdecktem Stolz auf sich nach Hause gehen."

„Das klingt toll!" lächelte Ellen. „Wäre das wirklich so einfach?"

Paul zuckte die Achseln. „Ich bin mir noch nicht sicher. Aber warum nicht? Es gibt die Mietküche unten im Bürgerzentrum. Sie wird fast nie genutzt. Ich könnte mich darum bewerben, sie für mein Catering-Geschäft und für die Kochkurse zu mieten."

„Wäre das erschwinglich?" fragte Ellen.

„Das kann ich erst sagen, wenn ich nachgefragt habe. Aber ich glaube, mit Vorab-Kursgebühren müsste es machbar sein. Auch würde ich darum bitten, es ins Programm des Bürgerzentrums aufzunehmen – dann wäre es weniger riskant für mich. Obwohl ich dann auch weniger Geld verdienen würde."

„Hmmm …“

„Jedenfalls dachte ich, ich sollte mit den Schulrektoren in der Gegend reden und sie um Hilfe bitten, dass es sich herumspricht. Und mit den Kirchen. Und dass sollte eine ordentliche Zahl interessierter Kinder zusammenbringen.“

„Welche Altersgruppen würdest du nehmen? Du kannst nicht Teenager neben Kindergartenkindern arbeiten lassen.“

„Vielleicht nicht. Aber warum darüber spekulieren, bevor ich noch die ersten Bewerber habe?“

„Stimmt.“ Ellen erhob sich von dem Bett. „Du bist wunderbar, Paul! Weiter so.“ Sie umarmte ihn ungeschickt, weil sie sich in seinem Rollstuhl verfing, und er litt es, wobei auch er sich etwas linkisch fühlte. „Ich bin mir sicher, du wirst viele Teilnehmer haben und Catering-Events und …“ Sie unterbrach sich. „Hast du schon einen Namen dafür?“

Er lächelte und flüsterte ihn in ihr Ohr. Ellens Augen wurden ganz groß.

*

Aus Véroniques Tagebuch:

Trevor Jones hat es geschafft! Er hat Hannah und Nessa vor dieser tierischen Kreatur namens Ralphie bewahrt. Ich kann diesen Rohling nicht einmal „Mann“ nennen. Jemand, der Frauen und Kinder zusammenschlägt, ist kein Mann. Und dabei bleibt's.

Aber jetzt können sie wirklich ihre Vergangenheit ausheilen und eine ganz neue Existenz aufbauen.

Comme bizarre! Das scheint ein Zeitpunkt zu sein, an dem viele Leute hier genau dasselbe tun: eine neue Existenz aufbauen.

Doch zurück zu Ralphie. Über ihn ist eine Kontaktsperre verhängt worden, während er noch auf ein Urteil wartet, das härter ausfallen könnte. Einbruch, Hausfriedensbruch und körperliche Gewalt betreffen allein Hannah und Nessa. Trevor hat angedeutet, da könnte noch mehr sein und dass die Anklage seinen kriminellen Hintergrund hinsichtlich noch schlimmerer Vergehen überprüft. Ich kann nur hoffen, dass der Kerl im Gefängnis landet. Er verdient es nicht besser. Hannah muss ihren Kopf wieder hochhalten können. Und die kleine Nessa darf nicht in Angst aufwachsen und in einem ähnlichen Teufelskreis landen, weil sie nichts anderes gewohnt war.

Elis und Kittys Hochzeitsempfang im Bürgerzentrum hat sich noch weiter auf „Le Quartier" ausgewirkt. Die Leute haben unser Buffet geliebt, und es scheint so, als kämen auf uns einige Events zu, die die Leute uns „ähnlich, nur anders" gestalten lassen möchten. Ah, des gens! Sie wollen etwas genauso Gutes, aber total Individuelles — warum können sie nicht einfach sagen, was sie wollen? Ich kann keine Gedanken lesen, und ich bin nur froh, dass Paul immer mehr aus seinem Schneckenhaus herauskommt. Wenn er auch nicht in unserem Unternehmen arbeiten kann, so ist er zumindest ein sehr hilfreicher Berater.

2 Stunden später

Je suis si heureuse! Ich habe mit ihm gesprochen. Oder noch besser: Er hat mich angerufen. Und mir ist immer noch schwindelig von all den Ideen, vor denen er nur so platzte. Und von all den Auswirkungen, die das auf unsere Zukunft hat. Zumindest auf unsere kulinarische Zukunft. Hinsichtlich unserer privaten weiß ich noch nichts. Ich kann nur sagen, ich wünschte mir eine. Und ich hoffe nun wieder.

Egal. Paul sagt er werde als externer Koch für und mit uns arbeiten – als so eine Art outgesourcter Catering Service. Anscheinend hat er mit dem Management des Bürgerzentrums gesprochen, und man lässt ihn gegen sehr niedrige Miete dessen Mietküche haben. Ich wette, jeder andere bezahlt eine Menge mehr dafür, aber er wird eben für immer der Held unserer Stadt sein. Er sagt, er will keine wohltätigen Gesten annehmen. Aber andererseits könnten sie ihm nichts Besseres schenken. Er macht sich sogar über sich lustig und nennt sein Unternehmen „The Chef on Wheels", also Koch auf Rädern. Ich allerdings weiß nicht, ob das so ein guter Witz ist.

Ein anderer Plan von ihm ist, dieselbe Küche als Kochschule für Kinder zu nutzen. Je suis très curieuse. Mit Kindern umzugehen ist wie einen Sack Flöhe zu hüten. Ich frage mich, wie er das tun will, wenn er in einem Rollstuhl auf einem Podest sitzt. Ich hoffe, sie werden ihn respektieren …

Jemand anders, der sein Leben offensichtlich verändert, ist
Finn. Neulich rief er privat jedes einzelne Team-Mitglied des „Le
Quartier" an und entschuldigte sich für seine Haltung und sein
Fehlverhalten in den letzten paar Monaten. Obwohl ich erst nicht
mit ihm reden wollte – einfach, weil es mir irgendwie unangenehm
war –, schien er es ehrlich zu meinen. Und es war nicht einmal
wegen der Möglichkeit, dass wir ihn nicht wieder in unserem Team
haben wollen könnten (Ich muss Barb und Chris immer noch
überzeugen – sie sind ihm gegenüber ziemlich skeptisch). Er sprach
darüber, was er uns angetan hat. Seine Unzuverlässigkeit, seine
Dreistigkeit, seine Fehleinschätzungen, seinen Hochmut. Er klang
ziemlich kleinlaut. Ich fragte ihn, wie er sich derzeit mit seinem
Leben so fühle. Finn sagte, er fühle sich tatsächlich recht wohl in
der Entzugsklinik und es seien da einige ziemlich nette Menschen,
von denen man nicht glauben würde, dass sie dieselbe Sucht
hätten wie er.

Er beklagte nicht sein Schicksal. Er schalt eher sich selbst
und nahm die Gelegenheit zur Veränderung an. Ich denke, er hat
mich ziemlich überzeugt, dass er seine Haltung ändern und am
Ende dieser einmonatigen Behandlung, oder wie lange es auch
immer dauern mag, clean sein will. Falls er zurückkommt, gebe ich
ihm eine Chance. Absolument! Hannah ist definitiv dafür. Er hat
sie und Nessa in jener Nacht vor Ralphies brutaler Attacke
beschützt. Wäre er nicht dazwischengetreten – ich möchte nicht
einmal wissen, was dann geschehen wäre. Dass er das mit einer

Champagnerflasche getan hat, lässt mich immer noch kichern, obwohl es Finns letzte gewesen sein könnte. Ich bin mir nicht sicher, ob er als ehemaliger Drogenabhängiger je wieder mit Champagner feiern sollte. In Zukunft sieht es wohl eher nach Saft mit Sprudel aus. Naja, wir werden weitersehen.

8

Souvlaki

Die griechische Küche hat so eine Fülle wundervoller Aromen! Heute habe ich es in einer kleinen Taverne mit Lammsouvlaki ganz einfach gehalten. Das Wort „souvlaki" bedeutet übrigens schlicht Spieß. Das Fleisch war gewürzt mit Oregano, Knoblauch und Salz und wurde mit einer Scheibe Zitrone serviert. Man bot mir Pommes Frites an, weil sie den Touristen in mir sahen. Aber ich zog ein paar griechische Kartoffelecken mit Tsatsiki vor, einer leckeren Mischung aus Joghurt, Gurke, Knoblauch, Salz und - in diesem Fall - Minze. Als Beilage kam ein Bauernsalat mit dicken Kalamata-Oliven und Feta-Käse oben drauf. Der Wirt sang, während er mir das Essen servierte. Und mit einem Glas Naoussa-Wein und dem Blick über den Hafen fühlte ich mich wie im griechischen Himmel, den man hier Olymp nennt.
(Küchennotizen aus Finn Rovers Reisetagebuch)

„Hast du all meine Flyer aufgehängt?" Pauls Stimme klang fast besorgt.

„Hab' ich", bestätigte Véronique. „Ich bin sogar rüber nach Lakewood gefahren und habe auch in Steilacoom ein paar aufgehängt." Sie ließ ihre Beine von Pauls Bett baumeln. Ihr Gesicht war vor Aufregung gerötet, und ein Lächeln überzog es. „Ich habe auch eine Überraschung für dich."

„Eine Überraschung?"

Véroniques Lächeln wurde noch breiter. „Ta-dah!" Sie zog ein paar Zeitungen hervor und warf sie Paul in den Schoß. „Seite 3 im ‚Sound Messenger', Seite 17 in der anderen." Sie beugte sich erwartungsvoll vor, während Paul die Zeitungen aufschlug. Die Seiten raschelten, als Paul sie umblätterte, und Véronique biss sich auf die Lippen.

„Wow!" Pauls Augen wurden groß, und er wandte sein Gesicht von den Zeitungen zu seiner Freundin. „Das hast du für mich getan?" Er widmete sich wieder den Seiten und sah sich die zwei Anzeigen für eine neue Kochschule und einen Catering Service namens „The Chef on Wheels" an.

Véronique strahlte jetzt. „Wir müssen unser Marketing in den Griff kriegen, Paul. Du bist immer noch Teil des Bistro-Teams, und dein neues Unternehmen kooperiert mit unserem. Wir müssen Geld dafür auszugeben, dass es sich herumspricht. Entweder machen wir Werbung, oder wir sterben in Schönheit."

„Aber können wir es uns denn leisten?" fragte Paul atemlos. „Wir haben all diese Hypotheken. Das Bistro, der neue Herd, jetzt Anzeigen …"

„Wenn wir untergehen, können wir das auch mit fliegenden Fahnen tun", sagte Véronique bestimmt. „Aber ich glaube nicht, dass wir das tun werden. Finn kommt nächste Woche zurück. Du gründest ein neues Unternehmen und gehörst noch zum ‚Le Quartier' als Eigentümer und als Catering-Partner. Ich habe so eine Ahnung, dass wir ab jetzt eine echte Chance auf

Erfolg haben. Unsere Rückzahlungen sind wieder pünktlich. Christian hat unsere Speisekarte wieder zu etwas Normalem umgekrempelt. Wir arbeiten deutlich wirtschaftlicher. Hannah wird als Ersatz-Restaurantmanager angelernt."

„Wie läuft das Geschäft?"

„Naja, wir haben es schwer gehabt. Aber deine Geschichte und dann Finns haben den Ruf für ‚Le Quartier' geschaffen, heldenhafte Mitarbeiter zu haben. Ob es also aus purer Neugier oder aus Liebe zu unserem kleinen Unternehmen ist, die Leute haben uns dabei geholfen, der Lage Herr zu werden, indem sie wieder bei uns eingekehrt sind. Dotties Kartoffelsuppe steht wieder auf der Karte und ist bei allen ein Hit wie eh und je. Barb experimentiert dieser Tage mit Mille Feuille. Der Hauswirtschaftsklub der Wycliff High School hilft uns wieder aus, da die Schüler wieder gemeinnützige Arbeitsstunden nachweisen müssen. Alles läuft viel glatter, als man denken könnte."

„Ich hoffe, Finn benimmt sich, wenn er wieder da ist."

Véronique seufzte. „Das tun wir alle. Ich bin bereit für ihn, auch wenn es vielleicht schwierig wird. Aber er kehrt besser nicht zu seinen alten Gewohnheiten zurück."

„Hör' mal", sagte Paul dringlich. „Keine Rückkehr zu auch nur einer davon, verstehst du? Das würde uns alle runterziehen. Du musst hart bleiben."

Véronique nickte. „Ich weiß. Und es wird hart werden."

Sie sahen einander mit einer Mischung aus Hoffnung und Verzweiflung an, einen Moment lang ungläubig, wohin das Leben sie geführt hatte.

„Wir haben wieder eine Anfrage für einen Hochzeitsempfang", sagte Véronique schließlich.

„Wer?"

„Thora Byrd und der Bürgermeister."

„Prima", lächelte Paul. „Wann?"

„Sie wollen eine Novemberhochzeit."

„Alles Richtung Thanksgiving?"

Véronique schüttelte den Kopf. „Du wirst es nicht glauben."

„Lass mich raten." Paul dachte nach. Bürgermeister Clark Thompson würde vermutlich alles tun, um es denkwürdig für seine Verlobte zu gestalten, die als Umweltaktivistin bekannt war und letzten Sommer ihre eigene Heimindustrie mit handgearbeiteten, wiederverwendbaren Taschen aufgebaut hatte. Sein Stirnrunzeln verschwand. „Alles grün", riet er schließlich.

„Wie hast du das erraten?"

„Intuition."

„Ha!"

Sie lachten.

„Richtig. Dekoration wird also das geringste Problem sein", sagte Paul. „Was das Essen angeht, werden wir in Richtung Gemüse gesteuert. Sicherlich nicht unbedingt erfreulich für alle Hochzeitsgäste."

„Oh, Paul, ernsthaft?! Du musst zu lange aus der Küche weg gewesen sein", neckte ihn Véronique.

Er zwinkerte. „Nun, dann lass uns über nachhaltig erzeugte Fleisch- und Fischsorten reden, die grün geworden sind."

„Du bist ekelhaft!" lachte Véronique und warf mit einem Kissen nach ihm.

Er wich ihm geschickt aus, während er es mit einer Hand fing, und warf es zurück. „Aber du musst zugeben, dass es dir gefällt …"

*

Tiffany war am Telefon und sichtlich aufgeregt. Allerdings auf positive Weise. „Ist es wirklich so ein Wunder? Man schnallt sich das Ding an und kann wieder gehen?" Ungläubig hob sie ihre Hand an den Mund. „Es klingt wie ein biblisches Wunder." Die Stimme am anderen Ende redete weiter. „Ja, ja, ich verstehe, dass es eine Menge Reha und Physiotherapie dafür braucht. Aber nur daran zu denken, was es für ihn ausmachen würde!" Noch eine kurze Unterbrechung vom anderen Ende der Leitung. „Also – wann könnten Sie hierherkommen und Paul die Idee vorstellen?" Tiffany lauschte nervös und sah in ihren Kalender. „In zwei Wochen, sagen Sie? Wie wäre es mit einem Montag? So wie der Beginn einer neuen Arbeitswoche würde es für Paul gewissermaßen auch einen Neubeginn markieren. …

Richtig. Wie wundervoll! Vielen, vielen Dank, Adam. Es wird sich für Sie lohnen."

Sie legte auf und kritzelte etwas in ihren Kalender. Dann schlug sie erfreut ihre pummeligen Hände zusammen. „Wie ausgesprochen wundervoll!" wiederholte sie vor sich hin. Dann beäugte sie die Schachtel Pralinen, die auf einem Beistelltisch lag. Ihr Mann hatte sie ihr neulich abends geschenkt. Aus keinem besonderen Anlass. Nur weil er so etwas einfach ab und zu tat. Sie seufzte glücklich und hob den Deckel. Sorgsam wählte sie einen mit einem Schnörkel dekorierten Trüffel aus und schob ihn rasch in den Mund. Während sie noch die cremige Köstlichkeit kaute, nahm sie einen anderen heraus, der diesmal in rosafarbenem Zucker gerollt war. „Ich weiß, ich sollte nicht", schalt sie sich und betrachtete das Konfektstück skeptisch. „Aber", schloss sie mit einem Lächeln, „ich habe es mir verdient." Und dann steckte sie es sich doch in den Mund.

*

Richard Random kam am Abend, bevor Finn aus der Entzugsklinik erwartet wurde, in Wycliff an. Dottie McMahon hatte ihn am Flughafen SeaTac abgeholt, und sie freute sich, Finns Mentor wiederzusehen. Er hatte auch seinen Sohn Bobby mitgebracht.

234

„Er hat mich angebettelt, ihn mitzunehmen", hatte er Dottie erzählt, als sie sich durch den Feierabendverkehr die I-5 hinunter in Richtung Wycliff quälten.

„Weiß er, warum du diesmal hierherkommst?"

„Oh, ich habe nichts schöngeredet, falls du das meinst." Richard zog eine Grimasse. „Immerhin möchte ich nicht, dass Bobby ihm das nachmacht. Er ist immer noch bestrebt, wie sein Retter Koch zu werden, aber ich werde ihn sicher nicht in den gleichen Drogensumpf schlittern lassen."

„Dann ermutigst du ihn mit seinen Kochideen?"

„Aber sicher doch!" nickte Richard ernsthaft. „Ich sage mir, man sollte ein Kind ob seiner Gaben nie entmutigen. Es ist vielleicht nicht mein Traum für ihn, aber wer bin ich denn, ihm zu sagen, was er mit seinem Leben anfangen soll?! Weißt du, es ist, als durchtrenne man die Nabelschnur noch einmal. Das ist er, das bin ich. Wir leben in anderen Zeiten unter anderen Umständen. Wir sind beide kreativ, aber auf anderen Gebieten. Wenn er mein Architekturbüro eines Tages nicht übernehmen möchte … dann sei's drum. Vielleicht wird er Koch. Vielleicht wird er ja doch Architekt, aber mit einem Hang zur feinen Küche. Vielleicht lässt er seine Kochträume fallen und wird irgendetwas total anderes. Solange es ihn glücklich macht – prima. Egal, er ist noch so jung, und es ist zu früh, ihn in irgendeiner spezifischen Richtung im Leben unterwegs zu sehen."

Dottie lächelte ihn an. „Du bist ein weiser Mensch, Richard."

Er lächelte, erwiderte aber nichts.

Hier saß er also an Dotties Esstisch nach einem einfachen deutschen Abendessen, einem Topf Gemüsesuppe mit Saitenwürstchen, knusprigen Brötchen und Senf. Die Luft war vom Duft des Eintopfs erfüllt, und Richard lehnte sich mit einem Seufzer zurück. Bobby hatte seine Gedanken und seine Augen auf eine Puddingschale auf der Küchentheke gerichtet. Luke ebenso. Dottie lächelte. Kinder waren überall gleich; das innere Kind eines Mannes ebenfalls. Sie kannte keinen einzigen Mann, der ein einfaches süßes Dessert ablehnen würde, selbst wenn er die abgehobensten Zukunftsträume hegte. Und manche Männer wie ihr Ehemann würden immer ihre Liebe für Süßes behalten. Es war irgendwie liebenswert.

„Wirst du also Finn wegen seiner jüngsten Vergangenheit rügen?" fragte Dottie sanft.

„Ich weiß noch nicht, was ich sagen werde", gab Richard zu. „Mir wird hoffentlich etwas einfallen, wenn wir einander gegenüberstehen."

„Es wird ihm schwerfallen zu glauben, dass du dir überhaupt die Mühe machst, ihn zu besuchen." Luke betrachtete seinen Gast mit Interesse. Finn war eine Zeitlang Lukes Protégé gewesen, zumindest bis Richard als Mentor übernommen hatte.

„Nun, ich habe ihm gesagt, ich würde ihn sehen, sobald er draußen sei. Vielleicht nicht ganz so bald, vielleicht nicht unangekündigt. Jedenfalls glaube ich nicht an Schelte, wenn bereits Buße getan wurde, weißt du? Entweder hat er seine

Lektion gelernt, oder er hat einen Rückfall. Beides wird sich durch meine Einmischung nicht ändern."

„Warum bist du dann hier?" wollte Dottie wissen.

„Vielleicht damit er spürt, dass er Rückhalt hat. Dass ich mein Interesse an ihm nicht verloren habe. Dass er es doch noch schaffen kann. Um ihm Vertrauen zu beweisen."

Dottie nickte. „Ich hoffe, du hast recht damit. Wir alle haben ihm so lange Vertrauen gezeigt, und er glaubt uns immer noch nicht."

„Denk an seine lange Pflegekindheit. Würdest du noch irgendjemandem vertrauen, wenn du von dem einzigen Ort, an dem du glücklich warst, weggerissen worden bist? Selbst wenn es in den Augen der Gesellschaft zu seinem Besseren war?" überlegte Luke laut.

„Wie wahr", sagte Dottie. „Ich hoffe nur, diesmal schafft er es."

Endlich stand sie auf und holte das Dessert an den Esstisch. „Waldmeister-Gelee und Vanillesoße", verkündete sie mit funkelnden Augen und stellte es direkt vor Bobby hin. „Die Deutschen nennen es Götterspeise. Die meisten deutschen Kinder finden es tatsächlich himmlisch."

Bobby nahm einen großen Löffel.

„Robert!" mahnte ihn Richard. „Solltest du nicht warten, bis dir aufgegeben wird?"

Dottie schüttelte den Kopf mit einem liebevollen Lächeln. „Schon gut. Wir wollen doch nicht, dass etwas übrigbleibt, oder?"

Luke lachte in sich hinein. „Ich werde mir das merken, wenn du mich beim nächsten Mal wegen meines Nachtisches ermahnst, Dottie."

Sie lachte. „Welches nächste Mal?!"

*

„Überprüft immer zuerst, ob euer vollständiges, individuelles Mise-en-place an eurem Arbeitsplatz steht", sagte Paul und blickte in die erwartungsfrohen Kindergesichter. Ein Mädchen von etwa sieben hob schüchtern die Hand. Er nickte ihr zu. „Ja?"

„Was bedeutet das?"

„Es ist der französische Begriff dafür, dass man seine Grundzutaten zusammenstellt. Miesonplass."

Eine weitere Hand schoss in die Höhe, diesmal die eines Jungen. „Stimmt es, dass viele Küchenbegriffe aus Frankreich kommen? Und warum?"

Paul lächelte. „Es stimmt. Die französische Küche hat viele Standards für die internationale Küche gesetzt, und irgendwie ist das hängengeblieben. So wie Englisch die Sprache der Computertechnologie geworden ist oder Italienisch für Notenblätter." Er rollte seinen Stuhl auf das Podest hinter seinem Arbeitsplatz. „Kommt herauf, und dann sehen wir mal, was wir vielleicht immer griffbereit haben möchten."

Die Kinder traten eifrig vor und drängten sich um ihn. Keines benahm sich merkwürdig, weil Paul im Rollstuhl saß, und er dachte, er werde diese Kochklassen wirklich genießen. Die Kinder wollten alle etwas Kreatives lernen und tun. Sie sahen über seine Behinderung hinweg. Oder vielleicht auch nicht? Vielleicht fühlten sie sich deshalb so unbefangen in seiner Nähe, weil er als Erwachsener nicht zu ihnen herab redete? So wie er einfach glücklich war, so ziemlich auf gleicher Kopfhöhe mit ihnen zu reden?

Das Ergebnis seines Kochschulangebots war wirklich sehr ermutigend gewesen. Der Rektor der Wycliff High School hatte die Poster kopiert und als Flugblätter verteilt. Pastor Wayland und seine Frau hatten die Information nach jedem Gottesdienst in der Oberlin-Kirche verbreitet. Das Bürgerzentrum und die YMCA hatten die Information gern in ihrem monatlichen elektronischen Newsletter mitgeteilt. Und die Mitglieder der Handelskammer hatten es in ihren Unternehmen beworben. Schließlich wollten sich zwanzig Kinder unterschiedlichen Alters in die faszinierende Welt des Kochens einführen lassen. Paul teilte die Kinder in zwei ziemlich gleichaltrige Gruppen ein.

Der mit Spannung erwartete Tag, ein Samstagmorgen im Oktober war da. Paul war von seiner Mutter, Véronique und Hannah geholfen worden. Dann hatten sie ihn sich selbst überlassen. Paul hatte die Tür der Mietküche weit offengelassen. Schließlich hörte er Schritte auf dem Linoleum, manche fest, manche eher trippelnd. Und dann war die erste Mutter da und sah schüchtern um die Ecke.

„Ist das der Kochkurs des ‚Chef on Wheels'?" fragte die Frau, die etwas älter als Paul war und fast so hübsch wie ein Filmstar, wobei sie versuchte, nicht auf Pauls Rollstuhl zu starren.

„Absolut", lächelte er. „Hallo! Bringen Sie mir eine neue künftige Köchin?"

Sie lachte. „Hoffen wir, sie hört damit auf, sich in meine Küche einzumischen, wann immer ich mal nicht hingucke", sagte sie. „Ich habe neuerdings etwas merkwürdige Ergebnisse, und ich glaube das ist, weil Irma ein bisschen zu eifrig und zu wenig zurückhaltend mit ihrer Kreativität ist." Sie schob ein hübsches, blondes Mädchen von sieben auf Paul zu. „Lassen Sie sich nicht von ihrem engelsgleichen Aussehen täuschen", fügte sie sehr leise hinzu. „Sie ist ein mächtiger Wirbelwind. Wenn sie Ihnen zuviel wird, rufen Sie mich einfach an." Dann wandte sie sich ihrer Tochter zu. „Irma, ich hoffe, du benimmst dich. Höre auf Chef Pauls Anweisungen, und tue nichts, was er dir nicht sagt ..."

Zu Kursbeginn waren alle seine angemeldeten kleinen Schüler eingetroffen, und Paul hatte mit den Vorstellungen gestartet. Alle nannten ihren Namen und sagten, was sie gern lernen würden. Es gab ein paar sehr ehrgeizige Stimmen unter den kleinen Lehrlingen, und Paul wurde immer hoffnungsvoller, dass seine Idee ein Selbstläufer werden würde. Es zeigte sich, dass die kleine Irma unglaublich lerneifrig war, und er bemerkte, dass ihre

Energie einfach nicht kanalisiert worden war. Jetzt drängten sich alle um Pauls Küchentheke und blickten ihn an.

„Was meint ihr, welche Zutaten ihr zum Kochen braucht?"

„Salz!"

„Pfeffer!"

„Butter?"

„Nein, Öl! Olivenöl!"

„Butter!"

„Nein, meine Mutter nimmt immer Olivenöl!"

„Schhh", lachte Paul. „Können wir nicht einfach beides nehmen?"

„Ja, Chef!" riefen die Kinder im Chor.

„Was brauchen wir noch?"

Während die Kinder Zutaten riefen, wuchs der Aufbau auf diesem Arbeitsplatz. Paul erklärte ihnen, dass jedes von ihnen nun seine eigenen Zutaten an seinem Platz haben könne. Einige würden vielleicht besondere Kellen oder Kochlöffel vorziehen. Je nachdem, welches Gericht sie zubereiten würden, würde das Mise-en-place zusätzliche Zutaten enthalten. Sie würden die höheren Gegenstände lieber hinten stehen haben, damit sie nichts versehentlich umkippen würden.

Die Kinder bereiteten nun mit fröhlichem Trubel ihre Arbeitsplätze vor, und Paul dachte darüber nach, wie sich Sorgen über scheinbare Aufmerksamkeitsdefizite schnell verloren, wenn

Kinder mit etwas konfrontiert wurden, das ihre Gedanken vollständig beschäftigte.

„Was kochen wir denn heute?" fragte ein neunjähriger Junge.

„Nun", sagte Paul und rieb sich das Kinn. Er wirkte völlig ratlos. Was er natürlich nicht war. Er hatte einen Plan – und jede Menge Notfallpläne.

„Spaghetti!" piepste ein kleines Mädchen mit Rattenschwänzchen begeistert. „Und Tomatensoße!"

Und dann kamen alle Kinder mit eigenen Ideen.

„Chili."

„Pfannkuchen. Mit echten Blaubeeren."

„Können wir Pommes Frites machen?"

Es war ein Durcheinander von Stimmchen, und Paul fiel es schwer, sein Amüsement zu überwinden, wirklich zuzuhören und sich Notizen darüber zu machen, was ihre kleinen Gaumen am meisten berührte. Dann hob er die Hände empor. „Okay. Wer mag Rühreier?"

„Ich!"

„Ich auch!"

„Ich."

„Können wir welche machen?"

„Deshalb seid ihr hier, richtig? Paul lächelte. „Eier sind ein Hauptartikel in jeder Küche." Ein kleiner Junge begann zu lachen. Ein kleines Mädchen mit staunenden Augen neben ihm presste seine Hand auf den Mund. „Was ist los?"

Die zwei Kinder diskutierten etwas sehr dringlich miteinander. Dann: „Sag du's!"

„Nein. Du."

Das kleine Mädchen war nun etwas verlegen. „Du machst dich über uns lustig, Chef", sagte es.

„Wieso?" fragte Paul verwundert.

„Ein Ei ist kein Hauptartikel. Ein Artikel bestimmt doch ein Nomen!"

Paul musste lachen. Er konnte nicht anders. Dann riss er sich zusammen. „Nein, Keisha, da hast du recht. Aber es ist schon ein bisschen ähnlich damit in der Küche. Es prägt eine Menge Gerichte. Das tun alle Grundzutaten, weißt du?"

Keisha errötete. „Ist das Miesonp …" Sie stolperte über den Begriff, aber sprach ihn beim zweiten Mal richtig aus. „Ist das auch ein Hauptartikel in der Küche?"

Paul wiegte den Kopf. „Keine schlechte Frage. Ja und nein." Dann erklärte er Grundnahrungsmittel und gebräuchliche Gerätschaften. Schließlich klatschte er in die Hände. „Zeit, unsere Gerichte zu beginnen, nein? Oder wollt ihr nachher kein Mittagessen?"

Es war, als durchlebe er wieder seine Kindheit, nur besser, dachte Paul. Er ging von Kind zu Kind, zeigte, wie man Eier über einer Schüssel aufbricht, wie man hineingefallene Schalen wieder herausfischt, wie man das Ei quirlt und wie man etwas Schlagsahne untermischt. Er ließ sie Messer benutzen, um Schnittlauch und Paprika zu schneiden, und hielt Pflaster bereit.

Doch wundersamerweise schnitt sich nicht einziges Kind. Es war unglaublich still in der Küche, und die Luft füllte sich mit dem Duft von Kräutern und schmelzender Butter, brutzelnden Zwiebeln und bratenden Speckwürfeln. Zehn Hände rührten energisch mit Kochlöffeln in Pfannen, hoben die Pfannen vom Herd, setzten sie dann wieder darauf, hoben sie dann wieder empor. Kleine stirnrunzelnde Gesichter, in den Mundwinkel geklemmte Zungen, Ärmel, die über heiße Stirnen wischten. Keiner sprach. Dann plötzlich waren alle fertig. Die Rühreier landeten auf Porzellantellern. Einige waren richtig hübsch; andere sahen so aus, als habe der Koch bereits beim Kochen die Hälfte selbst gegessen (was tatsächlich passiert war). Dekoriert mit frischem Schnittlauch hier, mit knusprigen Speckstreifen da.

Die Augen der kleinen Irma glänzten, und ihr Gesicht glühte. Keisha musste etwas Paprikaschote aus ihren Locken entfernen, weil sie mit solcher Leidenschaft gerührt hatte, dass etwas davon dort gelandet war. Alle setzten sich, und Paul verteilte deutsche Brezeln, die Dottie ihm heute Morgen geliefert hatte. Sie ergänzten die Rühreier auf erfreuliche und sättigende Weise, und die Kinder stöhnten vor Freude. Ihre Gesichter strahlten vor Stolz auf ihre Gerichte. Paul hatte natürlich alle gekostet, damit auch wirklich alles genießbar war.

Das Aufräumen der Küche war nicht jedermanns Lieblingspart, musste aber natürlich getan werden. Einer der Jungen begann, ein Lied zu singen, und kurz darauf sang oder summte die ganze Gruppe mit. Es herrschte ein fröhliches

Treiben, und nachdem die Kinder alle abgeholt worden waren, wusste Paul, dass er etwas gefunden hatte, was seine Seele stützen würde.

*

„Sieh einer an, Eddie!" Finn grinste und begrüßte den schüchternen Mittelschüler, der letztes Frühjahr geholfen hatte, einen Erpresser als den Bankräuber zu identifizieren, der ein paar Monate später auf Paul schießen sollte, mit einer Ghettofaust. „Bin ich so lange weg gewesen? Oder wächst du so schnell?"

Eddie hatte beim Bürgerzentrum am Jachthafen in der Unterstadt Wycliffs herumgehangen, als Finn in Richard Randoms Auto ankam. Bobby war sofort aus dem Auto gesprungen, sobald sie angehalten hatten, um zu seinem Helden zu eilen, der beinahe bei jedem in Ungnade gefallen war. Aber jetzt hielt sich Bobby zurück, weil er nicht wusste, was er von dem schlaksigen Jungen mit der dicken Brille und dem deutlichen Hinken denken sollte.

Eddie lächelte. „Ich glaube, ein bisschen von beidem."

Finn lachte. „Du gefällst mir! – Sag mal, läuft der Kochkurs da drinnen noch?"

Eddie schüttelte den Kopf. „Sie sind schon vor einer Weile heimgegangen." Er seufzte.

„Stimmt was nicht?"

Eddie schüttelte den Kopf. „Nicht wirklich." Er biss sich auf die Lippen.

„Nun", unterbrach Mr. Random, „weißt du zufällig, ob Chef Paul noch da drinnen ist?"

„Klar", nickte Eddie. „Sein Auto steht noch hier." Er deutete auf einen Behindertenparkplatz.

„Wow!" sagte Finn. „Er fährt also jetzt wirklich Auto? Ich würde mal sagen, er hat es weit geschafft."

Während sie redeten, waren sie auf das Bürgerzentrum zugegangen. Noch bevor jemand nach der Tür greifen konnte, öffnete sie sich automatisch, und Paul wurde in seinem Rollstuhl sichtbar. Er hatte gerade die Küche abgeschlossen und wollte heimfahren. Er runzelte die Stirn. Dann rollte er rückwärts, um den Ankömmlingen Platz zu machen.

„Hey", sagte Finn und war plötzlich etwas kleinlaut.

„Hey", sagte Paul misstrauisch. Dann grüßte er die anderen. „Mr. Random, Bobby … Eddie."

Mr. Random ging auf Paul zu und schüttelte ihm resolut die Hand. „Großartig, dich wieder unterwegs zu sehen. Ich habe gehört, du hattest es schwer, nachdem … das passiert ist." Er deutete auf den Rollstuhl und Pauls Beine und fühlte sich etwas dumm.

„Sagen wir, es war nicht gerade ein Spaziergang", erwiderte Paul trocken. Er zwinkerte Bobby zu. „Na, kleiner Mann. Was machen deine Pläne, Koch zu werden?"

„Ich gebe mir so Mühe, schnell zu lernen, aber ich vermassle so viel." Bobby hielt seine linke Hand hoch, um deren Zeigefinger ein großes Pflaster klebte. „Ich habe neulich Mandeln gehackt. Ich musste genäht werden."

„Das wird nicht das letzte Mal gewesen sein, kleiner Bursche", zwinkerte Paul und zauste das Haar des Jungen. „Lass dich dadurch nicht entmutigen."

„Nee!" lächelte Bobby breit. „Ich will doch mit dir und Finn arbeiten, wenn ich alt genug dafür bin."

„Das werden wir noch sehen", sagte Mr. Random. „Eigentlich geht es bei unserem Besuch nicht um Bobby, wie du dir vorstellen kannst." Er wandte sich nach Finn um. „Jemand möchte mit dir sprechen, und ich denke, Eddie, Bobbie und ich sehen uns die laufende Gemäldeausstellung in der Kaminlounge an, während ihr zwei Klartext miteinander redet." Die Jungen verstanden die Aufforderung und gingen mit ihm mit. Finn trat von einem Bein auf das andere und sah Paul vorsichtig an.

„Du bist also wieder da", sagte Paul und lehnte sich im Rollstuhl zurück.

Finn nickte und schluckte. „Ja. Und ich habe ein paar Dinge gelernt, während ich weg war."

„Tatsächlich …"

Finn holte tief Luft, und dann purzelten die Worte nur so aus ihm heraus. „Ich war ein totaler Idiot, als ich aus Frankreich zurückgekommen bin. Ich weiß das jetzt. Ich hatte erwartet, dass alle nach meiner Pfeife tanzen würden. Ich hielt mich für raffiniert und kenntnisreich und so eine Art Über-Koch. Ich freute mich, ein eigenes Restaurant zu bekommen. Zumindest dachte ich, ich könne es irgendwie zu meinem machen. Stattdessen bin ich allen auf die Zehen getreten. Du musst dich meinetwegen überflüssig gefühlt haben, als ich in deinem Zuhause antanzte und dir die Nachricht überbrachte, dass ich übernehmen würde. Ich war sicher nicht sehr feinfühlig damit. Und dann musst du von all den scheußlichen Dingen gehört haben, die ich Chris und Barb und Véronique angetan habe …" Er sah Paul verzweifelt an.

Paul nickte ernst. „Vielleicht stimmt einiges davon."

„Alles", insistierte Finn, wurde aber von Paul unterbrochen.

„Nein, es war auch meine Schuld, Finn", sagte Paul. „Ich war in einer schrecklichen Stimmung, weil mein Leben nutzlos schien. Wenn ich nicht mehr gehen konnte, was war ich dann? Ich habe mich über ein Accessoire definiert!" Er tätschelte seinen Rollstuhl. „Es dämmerte mir erst später, dass die Leute mich immer noch als den alten sehen und willens sind, mich so zu akzeptiere, wie ich jetzt bin. Aber ich habe mich schrecklich gegen jeden aufgeführt, der kam, um mir zu helfen." Er lächelte verlegen. „Gewissermaßen hast du mir einen guten Grund geliefert, zu sehen, ob ich noch kochen kann, als du's vermasselt hattest."

Finn sah Paul an. Dann formte sich in seinem Gesicht sein altvertrautes schelmisches Grinsen. „Du meinst, wir können immer noch Freunde sein?"

„Ich schätze, ich bin bereit, es mit *deinem* neuen Ich zu versuchen, wenn du bereit bist, es auch mit meinem zu tun."

Finn eilte plötzlich auf Paul zu und gab ihm eine Männer-Umarmung. „Kumpel, was war ich nervös, wie du meine Rückkehr hierher aufnehmen würdest?!"

Paul lachte. „Das hab' ich gesehen. Glaub nicht, dass ich ganz cool gewesen wäre."

„Einen Burger in der Taverne?"

„Ich hatte gerade Mittagessen mit meinem Kochkurs. Wie wäre es mit einer Tasse Kaffee drüben im Bistro?"

„Schickt sich das für Angestellte?"

„Wann fängst du nochmal wieder an zu arbeiten?"

„Morgen."

„Na, was hält dich dann davon ab, unser Unternehmen zu unterstützen?" Sie sahen einander an. Die alten Bande begannen zu heilen, der Graben schloss sich. Sie lachten. „Willst du mitfahren?" fragte Paul.

„Gern", nickte Finn.

Als Richard Random mit den beiden Jungen zurückkam, war die Lobby des Bürgerzentrums leer. Der Behindertenparkplatz war es auch. Er lächelte.

*

Aus Véroniques Tagebuch:

Finn ist aus der Entzugsklinik zurück. Er wirkt anders als bei seiner Abreise. Er ist immer noch dürr, und seine Haut hat einen blassen, feuchten Schimmer, aber er ist sichtlich auf dem Weg der Besserung. Vor allem scheint er, seine Haltung geändert zu haben, und ich sage das nicht nur, weil er sich für sein fürchterliches Benehmen gegen uns alle entschuldigt hat. Er ist nun fast so etwas wie demütig, und es scheint ihm ernst zu sein. Die alte Munterkeit, ja beinahe Jungenhaftigkeit scheint noch manchmal durch, aber er ist viel ernsthafter geworden. Es ist erstaunlich, wie sehr so eine Entzugsklinik einen Menschen verändern kann. Er scheint sich von seinen Verhaltensmustern, wie wir sie zuletzt erlebt haben, völlig gelöst zu haben.

Es war eine ziemliche Überraschung, ihn am ersten Tag mit Paul hereinkommen zu sehen. Als hätte es nie eine hässliche Szene zwischen ihnen gegeben. Als wäre die Uhr zurückgedreht worden vor Finns Abreise zur Kochschule. Sie saßen da, tranken Kaffee und lachten. Tout était bon. Nur kann man die Uhr natürlich nicht zurückdrehen. Und Paul saß in seinem Rollstuhl.

Wenig später gesellten sich Vater und Sohn Random dazu. Richard scheint so jovial wie immer zu Finn zu sein. Aber ich glaube, eine gewisse Skepsis in ihm entdeckt zu haben, wann immer er sich unbeobachtet fühlte. Moi, je comprends. Ich wäre auch vorsichtig und misstrauisch. Immerhin hat Richard einen Haufen Geld in Finn investiert und bekam es auf eine Art zurückgezahlt, die mich enttäuscht hätte. Natürlich war das Geld nie als Vorkasse für etwas gedacht, sondern um Finn dafür zu danken, dass er Bobby das Leben gerettet hat. Ist das erst drei Jahre her? Schon?

Vielleicht hat der kleine Bobby während ihrer Unterhaltung an jenem Nachmittag etwas gesagt, was noch ein anderes Leben verändern könnte. Anscheinend haben sie vor dem Bürgerzentrum zufällig Eddie getroffen. Er muss dort herumgehangen haben, und er vertraute seinem neuen Freund an, dass er das ab jetzt jeden Samstag vorhabe. Dass er sich ins Gebäude schleichen und dort in der Nähe des Küchenareals verstecken wolle, um dann zuzuschauen, was gekocht werde. Niemand hat ihn erwischt. Seine Eltern arbeiten samstags, sodass sie keine Ahnung haben, was Eddie macht. Sie haben nicht das Geld, Kochkurse für ihn zu bezahlen. Und sie sind am Ende vielleicht nicht so begeistert, dass ihr Sohn keinen Ehrgeiz hinsichtlich einer akademischen Karriere hegt. Der kleine Robert hat also zufällig den großen Traum seines neuen Freundes Eddie verraten. Noch ein künftiger Koch – aber nur, wenn er die Mittel für die Ausbildung findet, die er sich ersehnt.

„Vielleicht sollte er sich nicht gegen den Willen seiner Eltern stellen", schlug Finn an diesem Punkt vor.

Aber Paul protestierte, dass kein Kind das Leben leben müsse, das seine Eltern aus Prestigegründen für es geplant haben, sondern dass es ihm erlaubt sein müsse, seine eigenen Neigungen und Gaben herauszufinden. Und dann machte er mich so unglaublich stolz auf sich. Dieser Mann, der wochen- und monatelang schmollend in einem trostlosen Zimmer voller trostloser Gedanken gesessen hat. Plötzlich sehe ich ihn wieder in sein altes Ich zurückkehren. Paul sagte, er werde Eddie kostenlos teilnehmen lassen, aber er wolle, dass wir Stillschweigen darüber bewahren. „Ich möchte es ihm zu meinen eigenen Bedingungen anbieten …"

Es war so ein glücklicher Tag! Selbst hinten in der Küche lächelten alle und waren fröhlich. Finns neue positive Ausstrahlung schien die Wände zu durchdringen und alle dort ebenfalls anzustecken. Der kleinen Nessa musste gesagt werden, sie solle im Mitarbeiterzimmer bleiben, da wir Finn nicht vom Besuch seines Mentors ablenken wollten. Aber nachdem Mr. Random mit Bobbie zurück zu seinem Hotelzimmer gegangen war, besuchte Finn seine Mitarbeiter in der Küche.

Ce n'est pas vrai. In Wirklichkeit hatte er die ganze Zeit nur Augen für Hannah. Und seine Arme um Nessa, die wie ein kleiner Affe an ihm hing. Hannah war ihm gegenüber sehr schüchtern, aber ihre Augen hatten diesen gewissen Glanz. Ich könnte schwören, dass sie dabei ist, sich in ihn zu verlieben. Schließlich hat er sie von ihrem gewalttätigen „Freund" gerettet, und er ist toll zu Nessa. Finn scherzte mit Chris und neckte Barb ziemlich viel, aber er wollte die ganze Zeit wissen, wie Hannah seine Rückkehr zur Herde aufnahm.

Ende gut, alles gut, denke ich. Finn ist wieder in der Küche. Er kommuniziert ruhig und respektvoll und würzt seine Diskussionen mit freundlichem Witz. Die Speisekarte hat wieder ihre volle Länge und enthält auch wieder die Lieblingsgerichte unserer Gäste. Wir haben jetzt eine wöchentliche Sonderkarte, ein Tribut an Finn. Er muss sich angenommen fühlen, und eigentlich mögen wir den leicht exotischen Touch, den seine Specials unserem Ruf verleihen. Nicht zuletzt haben wir auch wieder volle Öffnungszeiten, und die Hypothekenzahlungen sind kein so dringliches Problem mehr.

Ich vermisse Paul.

Ich vermisse Paul.

Ich vermisse Paul.

Ich wünschte, auch er könnte wieder in unserem Bistro arbeiten. Aber wir können die Architektur dieses historischen Gebäudes nicht so verändern, dass es auf der Rückseite für einen Rollstuhl zugänglich ist. Die Küchengänge werden zu eng für ihn bleiben und die Theken zu hoch.

Ich schätze, ich muss mit dem zufrieden sein, was wir jetzt haben. Es ist schwer. Ich liebe ihn von ganzem Herzen. Er ist immer noch Teil meines Lebens – als Freund, als Co-Caterer für unsere Events, aber noch nicht wieder als mein Freund. Er scheint glücklich zu sein, und wenn das genug für ihn ist, sollte es das auch für mich sein.

Nur – ist es das eben nicht.

253

9

Gulasch

*Da ich so nahe an Ungarn bin, dachte ich mir heute, ich könnte gerade so gut die Grenze dahin überqueren und eine seiner berühmtesten Spezialitäten probieren. Wow, unser amerikanisches Gulasch hat so gar nichts mit ungarischem zu tun. Erstens drehen sie das Fleisch nicht durch den Wolf, sondern schneiden, was auch immer sie verwenden, in kleine Stücke – ziemlich plausibel, wenn man bedenkt, dass der Name „Hirtenfleisch" bedeutet. Und woher hätten sie mitten in der Puszta wohl Fleischwölfe gehabt, richtig? Sie fügen jede Menge Paprikaschoten und Zwiebeln, Knoblauch und Kümmel hinzu (ich vermute, das kompensiert die Zwiebeln). Und dann servieren sie es über Sauerkraut. Oder sie fügen Pilze hinzu und essen es mit Klößen. Oder sie fügen Sahne hinzu. Oder … Nun, es gibt allein in seinem Ursprungsland unzählige Varianten! Wenn ich so drüber nachdenke: Dottie macht eine leckere, authentische Variante als Suppe, die mir auch sehr gut schmeckt.
(Küchennotizen aus Finn Rovers Reisetagebuch)*

Pastor Clement Wayland saß an jenem Montagmorgen in seinem Büro im Oberlin-Pfarrhaus und hatte seine Brille zum x-ten Mal in der letzten Viertelstunde geputzt. Er war nicht allein. Ihm gegenüber saß Tiffany Delaney mit besorgter Miene. Keiner von beiden sprach. Sie blickten auf eine dritte Person, die sich zwischen ihnen in ihrem Stuhl zurücklehnte, in der Hoffnung sie würden antworten.

„Er will es also nicht tun, Adam? Es nicht einmal versuchen?" würgte sie schließlich heraus.

Der Mann, den sie als Adam angesprochen hatte, wiegte nachdenklich den Kopf. Sein Haar war fast militärisch kurzgeschnitten. Adam Swift war tatsächlich ein Veteran, aber er konnte seinem Land nicht mehr als Soldat dienen. Während eines Einsatzes im Iraq nahe Bagdad war sein Jeep in einem Konvoy auf einen selbstgebauten Sprengsatz gefahren, und obwohl sein Fahrzeug nicht direkt getroffen worden war, hatte es sich überschlagen, und er war hinausgeschleudert worden. Als er in einem Militärkrankenhaus erwacht war, hatte er sofort gemerkt, dass sein Körper nicht mehr so war wie vor dem Aufprall. Sobald sein körperlicher Zustand stabil gewesen war, war er mit dem nächsten Transport nach Hause ausgeflogen worden. Er hatte Physiotherapie erhalten und regelmäßig einen Psychologen gesehen, um mit den furchtbaren Bildern zurechtzukommen, die ihm immer noch in Zeitlupe im Kopf herumgingen. Hätte er nicht seine Frau und seinen kleinen Jungen gehabt, hätte er, da war er sich sicher, den Verstand verloren. So waren sie allerdings für ihn der Grund, sein Bestes zu geben. Und als er einen Artikel über die neusten Therapien für Querschnittsgelähmte gelesen hatte, hatte er seine Ärzte verärgert gefragt, warum sie ihm nicht alle erhältlichen Optionen angeboten hatten. Sie waren überrascht gewesen. Sie hatten Nachforschungen angestellt. Kurz und gut, er hatte sich für eine ReWalk-Hilfe qualifiziert, und er hatte sich in den Kopf gesetzt, sie baldmöglichst zu erhalten.

Hier also saß Adam Swift, ein Mann in seinen frühen Dreißigern und mit einer Mission. Seine Krücken lehnten an den Armlehnen seines Stuhls; er trug einen Rucksack auf dem Rücken, und seine Beine waren in ein Exoskelett geschnallt. Er wirkte behaglich und selbstbewusst. Als Tiffany ihn vor zwei Wochen kontaktiert hatte, hatte er beschlossen, diesem zivilen Helden Paul zu helfen, der einer alten Dame das Leben gerettet hatte, indem er sich in den Pfad der Kugel geworfen hatte.

„Wissen Sie, ich habe Menschen in schlechterer Stimmung gesehen, nachdem sie plötzlich an einen Rollstuhl gebunden waren. Er hat sich selbst einen Platz im Leben geschaffen und begonnen, seinen Rollstuhl als gegeben hinzunehmen. Er hat akzeptiert, dass er querschnittsgelähmt ist, was viel bedeutet so kurz nach der Schussverletzung. Außerdem hat er nicht gesagt, dass er es nicht versuchen wolle. Ich glaube, er weiß nur nicht, wie er es angehen soll … finanziell." Er brach ab. „Einen Augenblick lang sah ich tatsächlich einen Hoffnungsschimmer in seinen Augen. Wir müssen ihn davon überzeugen, dass es zumindest einen Versuch wert ist, einen Arzt aufzusuchen, der entscheiden kann, ob sich ein ReWalk für seine Verletzung eignet."

„Aber was, wenn er Nein sagt?" unterbrach Pastor Wayland. „Ist es nicht falsch von uns, ihm Hoffnung zu machen – die vielleicht zerstört werden könnte?"

„Aber wenn er nicht einmal überprüft, ob er sich dafür eignet, woher sollte er je wissen, ob er wieder laufen könnte?" fragte Tiffany erregt. „Er ist nicht einmal dreißig. Er könnte so viel mehr Lebensqualität haben, wenn er geeignet wäre und wieder gehen könnte."

„Stimmt, wenn man es ihm genehmigt", lächelte Adam und nickte. „Vielleicht würde er es angehen, wenn er wüsste, dass Geld kein Problem ist. Offenbar hat er seinen Stolz und möchte nicht um Hilfe bitten. Ich war anfangs genauso."

„Ich frage mich, ob er eher darauf hören würde, wenn der Vorschlag aus einem Kindermund käme", überlegte Pastor Wayland laut.

„Eddie" fragte Tiffany.

„Ist das der Junge, der den Artikel in dem Wissenschaftsmagazin gefunden hat?" wollte Adam wissen. Sie nickten. „Nun, er klingt ziemlich frühreif, wenn Sie mich fragen. Aber belasten Sie ihn nicht mit zu viel Verantwortung. Sie können ihn immer noch als denjenigen erwähnen, der sich die Sache zuerst angesehen hat, wenn wir Paul mit diesen Spezialisten zusammengebracht haben …"

„Könnten Sie mit Paul in Verbindung bleiben?" bettelte Tiffany fast.

Adam lachte. „Um ihn ab und zu damit zu belästigen, ob er schon darüber nachgedacht hat?"

Sie nickte. „Er ist solch ein Gewinn für unsere Kommune, und wir alle möchten ihn so glücklich wie möglich sehen."

Adam lächelte sie an. „Ich denke, er bleibt ein Gewinn, ob er es versucht oder nicht. Obgleich er eine schwere Depression durchgemacht hat, hat er wieder eine sehr positive Lebenseinstellung. Aber Sie haben recht – er wäre ein noch glücklicherer Gewinn, wenn er es versuchte!"

Pastor Wayland putzte erneut seine Brille. „Danke, dass Sie ihn besucht haben. Und uns. Es ist einfach wundervoll zu sehen, was diese Gehhilfe für einen Körper tun kann, der …" Er verstummte.

„… nicht mehr richtig funktioniert", beendete Adam und zwinkerte ihm zu. „Nun, geben Sie Ihre Hoffnung für Paul nicht auf. Wenn erst einmal eine Begegnung mit einem ReWalker geschehen ist, ist das meist ein bleibender Eindruck." Er drückte einen Knopf an seinem Armband, beugte sich leicht vor, stand langsam auf und griff nach seinen Krücken. „Ich sehe Sie dann heute Abend im Bürgerzentrum."

Tiffany und Pastor Wayland erhoben sich ebenfalls. Ihre Augen waren voller Hoffnung, als sie Adam nachsahen, wie er den Raum auf seinen eigenen Beinen verließ.

*

Paul beugte sich über seinen Desktop. Er tippte fast hektisch und hätte beinahe das Klopfen an seiner Tür überhört. „Herein", rief er und hämmerte immer noch in Hochgeschwindigkeit auf die Tastatur ein. Dann brach er ab und drehte sich um, um zu sehen, wer ihn besuchte. „Véronique!" rief er. „Was bringt dich um diese Tageszeit hierher?"

„Ich wollte nur sehen, wie weit du mit dem Empfangsdinner für die Hochzeit des Bürgermeisters bist", sagte Véronique. „Schon irgendwelche Ideen?"

Paul runzelte die Stirn. „Haben sie schon danach gefragt? Ich habe einen ersten Entwurf, möchte aber vielleicht noch das eine oder andere ändern, bevor ich es ihnen vorstelle."

„Was schreibst du da?" frage sie und ignorierte seine Antwort fast.

„Noch ein Projekt", lächelte Paul. „Ein Kochbuch."

„Im Ernst?" Véronique warf einen Blick auf den Bildschirm des Desktops. „Das ist eine Wahnsinnsarbeit! Wie lange arbeitest du schon daran?"

„Noch nicht so lange", gab Paul zu. „Es fiel mir ein, es könnte ganz gute Werbung für unser Bistro wie auch für mein Catering sein."

„Es wird bestimmt ein Bestseller hier in der Gegend", sprudelte Véronique aufgeregt hervor. „Stell dir all die Touristen vor, die eines kaufen wollen, wenn sie gerade eines der Gerichte gekostet haben! Welche Rezepte willst du hineinschreiben?"

„Ich dachte an eine Mischung", sagte Paul ruhig. „Ich möchte Dotties deutsche Rezepte darin. Und die Favoriten der Bistrokarte. Dann ein paar schicke, aber einfach zu machende Sachen aus dem Cateringgeschäft. Und wenn ich dann einen Teil des Buchs vorweisen kann …" Paul blickte Véronique fragend an.

„Dann was?"

„Du musst mir versprechen, ihm noch nichts davon zu verraten."

„Wem?"

„Finn. Ich möchte ihn fragen, ob er mein Co-Autor werden möchte. Ich möchte ihn wirklich in unser Unternehmen einbinden und ihm etwas geben, an dem er sich festhalten kann. Ich weiß, dass er vielleicht immer mal wieder stolpern wird. Das tut eine Sucht mit einem. Ich habe es seinerzeit gesehen, als ich zu Kochkursen ging. Die Gefahr eines Rückfalls ist immer da. Ein weiteres Projekt bedeutet, dass er noch mehr gebraucht wird. Und es könnte ihn sicherer machen, der Versuchung zu widerstehen."

Véroniques Augen wurden ganz weich. „Du bist so ein lieber Mensch, Paul Sinclair! Finn wird vermutlich erst einmal schüchtern darauf reagieren. Neuerdings geht er auf Zehenspitzen mit uns um, weil er offenbar fürchtet, er könne etwas tun oder sagen, das ihn unsere Freundschaft kosten könnte."

„Gut so", grinste Paul. „Ich möchte auch nicht, dass er übermütig wird. Aber ich hoffe, dass er bald wieder er selbst sein wird. Ich meine, so wie vor seiner Abreise nach New York und durch ganz Europa."

Sie nickte. „Also, wegen des Hochzeitsempfangs …
Thora ist es nicht, die drängt. Es scheint so, dass Clark
ungeduldiger ist, dass alles zusammenkommt. Ich habe noch nie
einen so glücklich-nervösen Bräutigam erlebt!"

Paul nickte. „Ich arbeite dran. Bitten wir sie um ein
Treffen im Bistro am kommenden Dienstag. Die Mittagszeit wird
ruhig sein, und wir können ihnen dann ein paar Gerichte
präsentieren, sodass sie sie probieren und entscheiden können, ob
sie sie mögen oder nicht."

Véronique zögerte noch.

„Gibt es noch etwas?" fragte Paul schließlich.

„Ich habe ein Gerücht gehört, dass du einen besonderen
Besucher gehabt hast", sagte Véronique leise.

Paul kniff die Augen zusammen. „Ein Gerücht?"

„Naja, *du* hast es mir jedenfalls nicht erzählt!"

Paul zuckte die Achseln. „Da gibt's nicht viel zu
erzählen." Sie wollte schon etwas Zorniges erwidern, aber er war
schneller. „Ich habe mich noch nicht entschieden, aber ich hätte
es dir früher oder später erzählt."

„Ich dachte, wir seien Freunde …"

Paul seufzte schwer. „Sind wir auch, Véronique. Aber ich
brauche Zeit, um den Besuch zu verdauen. So etwas entscheidet
man nicht auf die Schnelle."

„Nicht?" fragte Véronique. „Ich verstehe nicht, was es da
überhaupt zu entscheiden gibt. Stimmt es, dass dieser Mann gehen
kann, obwohl er querschnittsgelähmt ist? Er kann sich setzen und

aufstehen und auf den Beinen bleiben mit Hilfe eines bionischen Rucksacks. Und er sagt dir, dass du in eine Arztpraxis gehen und das Gleiche haben kannst. Und du … du musst darüber nachdenken?!" Erregt ging sie im Zimmer auf und ab.

„Es ist nicht so einfach", bat Paul um Verständnis.

„Was daran?" Sie hielt inne und fixierte ihn mit den Augen. „Zum Krankenhaus in Seattle zu fahren und dich untersuchen zu lassen? Oder das Geld? Aber du weißt, dass das kein Problem wäre."

Paul seufzte. „Hör zu, ich weiß, was du denkst." Er griff nach Véroniques Hand und hielt sie zärtlich. „Versetz dich einfach in meine Lage, hm? Ich bin einfach … überwältigt von den Möglichkeiten. Ich habe Angst, es könnte nicht funktionieren. Ich habe mich gerade an den Gedanken gewöhnt, den Rest meines Lebens im Rollstuhl zuzubringen. Jetzt das! Das Geld? Naja, das bedeutet noch einen Kredit von der Bank – falls sie mir einen gibt. Und dann muss ich ihn Ewigkeiten abzahlen. Und sprich nicht von Spenden für mich. Ich bin kein Fall für Almosen. Ich möchte es auf meine Weise tun."

Véronique schüttelte den Kopf. „Du bist ein Dickkopf, Paul Sinclair!" Sie versuchte, ihre Hand aus der seinen zu entwinden, aber er verstärkte seinen Halt.

Er nickte und grinste. „Lieb, dickköpfig, egal. Hauptsache ich bin ich selbst."

*

Tiffany Delaney und Pastor Wayland wechselten stumme Blicke über den vollen Raum. Alle Ausschussvorsitzenden der Handelskammer Wycliff waren heute Abend im Bürgerzentrum versammelt. Aber da war auch die Feuerwehr. Da war die Polizei. Der Stadtrat hatte auf die Einladung mit dem Erscheinen fast aller Mitglieder reagiert. Da waren Ärzte und Pfleger des St. Christopher Krankenhauses. Und da waren die Angestellten der Wycliff Bank.

„Guten Abend, meine Damen und Herren", sagte Tiffany, nachdem jeder seinen Platz gefunden hatte und verstummt war. „Ich vermute, Sie haben alle die Einladung gelesen und sind einigermaßen im Bilde, was der Grund für die heutige Zusammenkunft ist." Sie schwieg und musterte die Gesichter. Einige nickten und lächelten, andere blickten erwartungsvoll. Nur sehr wenige sahen aus, als wären sie gerade lieber woanders. Doch Tiffany ließ so eine Einstellung kalt.

„Vor fünf Monaten ist in Wycliff ein Verbrechen geschehen, das eines der jüngsten Mitglieder der Handelskammer hätte töten können, weil es ein Leben rettete, indem es sich in den Pfad der Kugel warf. Seither ist Paul Sinclair, der beliebte Chefkoch des ‚Le Quartier', querschnittsgelähmt, und es gibt keine Möglichkeit, den Schaden an sich rückgängig zu machen."

Einige Menschen blickten betroffen. Ein Mann murmelte etwas vor sich hin. Tiffanys feines Gehör vernahm die Worte.

„Warum treffen wir uns dann überhaupt zu diesem Thema?" wiederholte sie laut, und der Mann, der sie geäußert hatte, wurde ganz rot. „Diese Frage macht absolut Sinn, weil ich es vor gar nicht so langer Zeit selbst nicht anders gewusst hätte. Denn obwohl Paul nie wieder aus eigener Kraft laufen können wird, heißt das nicht, dass er seine eigenen Beine nicht mehr benutzen und dass sein Körper nicht wieder fast normal funktionieren könnte. Es würde auch bedeuten, dass er wieder mit uns Auge in Auge zu tun hätte und nicht ständig mit unseren Hüften sprechen oder den Hals verdrehen müsste, um unsere Gesichter zu sehen." Sie gab Pastor Wayland ein Zeichen. Er schaltete das Licht aus, und Tiffany sagte in die Dunkelheit hinein: „Bitte schauen Sie sich mit mir das folgende Video an, und Sie werden wissen, warum ich Sie gebeten habe, heute Abend hierher zu kommen."

Musik begann zu spielen. Es gab weder gesprochenen noch geschriebenen Text auf der Projektionsfläche. Aber die Bilder sprachen für sich. Ein Mann rollte in seinem Rollstuhl in die Ecke eines Büros, hob sich auf einen Stuhl und schnallte sich dann ein paar Gurte um. Im nächsten Moment sah man alle möglichen Leute bergab und bergauf gehen, durch Obstgärten und Treppen hinunter, in Aufzüge und durch Supermärkte. Man sah sie am Grill stehen und kochen oder als Schuhmacher arbeiten, man sah sie Dinge stehend sortieren oder Früchte an einem Marktstand auswählen. Sie gaben Präsentationen. Sie umarmten ihre Lieben. Und sie alle hatten zwei Dinge gemeinsam – ein Exoskelett zum Gehen und dieses breite, zuversichtliche Lächeln.

Das Video endete nach weniger als fünf Minuten. Das Licht ging wieder an.

„Darum geht es", sagte Tiffany und blickte sich um. Einige Leute staunten mit offenem Mund. Andere lächelten mit Tränen in den Augen. Dann begann jemand zu klatschen. Jemand anders fiel ein. Einen Moment später war der ganze Raum von aufgeregtem Lärm und Klatschen erfüllt. Tiffanys Augen quollen auch über. Sie musste heftig schlucken, um fortfahren zu können. „Heute Abend haben wir hier einen Gast, der die Erfahrung kennt, plötzlich querschnittsgelähmt zu sein und dann wieder laufen zu können. Bitte kommen Sie ans Rednerpult, Adam Swift, und erzählen Sie uns Ihre Geschichte."

Es wurde still im Raum, als das Quietschen von Gummirädern auf Linoleum von der Konferenzraumtür her zu hören war. Und dann war er da. Ein attraktiver Mann, auf Augenhöhe mit dem Publikum, und er fuhr den Gang hinunter auf Tiffany zu. Er zwinkerte ihr zu, und in dem Moment wusste sie, dass sie die richtige Entscheidung getroffen hatte, ihn über das unglaubliche Hilfsmittel sprechen zu lassen, das sich hinter einem Vorhang befand, den sie nun langsam hob. Adam erreichte sie, schob sich wortlos auf den Stuhl, schnallte das Exoskelett an seine Beine, schlüpfte in den Rucksack und seine Armbänder, drückte einen Knopf, lehnte sich etwas vor … und stand auf. Alle schnappten nach Luft.

„Guten Abend", sagte Adam ruhig und mit humorvollem Lächeln. „Danke, dass Sie hier sind und mich eingeladen haben.

Jeder, der glaubt, das hier sei ein Schwindel, sollte noch einmal darüber nachdenken. Warum sollte jemand bei gesundem Verstand so ein schweres Gerät mit sich herumschleppen wollen, wenn er ohnehin gehen kann? Ich weiß, manche Leute vermuten das. Wir erhalten häufig seltsame Reaktionen. Wir haben diese schweren Dinger, und dann müssen wir trotzdem Krücken benutzen? Nun, ich denke es ist das wert, weil ich es vorziehe zu gehen und Teil der gehenden Welt zu sein. Ich habe mich an das Hinstarren und Flüstern gewöhnt. Es ist besser, als wenn Leute vermeiden, mich überhaupt anzusehen. Kinder sind eigentlich am tollsten. Sie glauben, ich sei eine Art Transformer." Hier lachte das Publikum. „Sie liegen nicht ganz falsch damit. Denn dieses ReWalk-Gerät hat mein Leben verändert. Und nicht nur meines, sondern auch das meiner Familie und meiner Freunde. Da ist wieder die alte Leichtherzigkeit. Wir können wieder zusammen dieselben Dinge tun, und ich fühle mich nicht mehr so ausgeschlossen, weil ich mich nicht mehr mit Hüften und Bäuchen unterhalte. Und weil die Leute nicht mehr das Gefühl haben müssen, sich zu mir herunterbeugen zu müssen, um mit mir zu sprechen."

„Welchen Einfluss hat diese … Computermaschine, oder wie soll ich es nennen? … auf Ihren Körper gehabt?" wollte Tiffany wissen.

„Unglaublichen", erwiderte Adam. „Glauben Sie mir: Sie wollen nicht all die schmutzigen Einzelheiten kennen. Aber von tatsächlicher Schmerzfreiheit über den Wiederaufbau von

Muskeln, die sich zurückgebildet hatten, bis hin zum Funktionieren meines gesamten Kreislaufs und Metabolismus' – es ist ein lebensverlängerndes Hilfsmittel. Mein Körper fühlt sich wieder normal. In einer neuen Normalität. Aber so dichter an der alten als der im Rollstuhl."

„Sie haben Paul Sinclair den Gedanken nahegelegt, sich selbst untersuchen zu lassen, ob sich ReWalk für seinen körperlichen Zustand eignet. Aber er scheint skeptisch zu sein. Haben Sie eine Empfehlung für uns … wie wir ihm klarmachen können, dass er etwas verpasst und es trotzdem versuchen sollte?"

Adam schüttelte den Kopf und überlegte, wie er es ausdrücken sollte. „Wenn man so wie wir verletzt worden ist, hat man es mit jeder Menge verlorengegangenen Stolzes und Selbstvertrauens zu tun. Es ist ziemlich normal, doppelt gelähmt zu sein – physisch und psychisch. Denn ein Mann wie Paul will – genau wie ich – kein Almosenempfänger sein. Er möchte entscheiden, wann für ihn der richtige Zeitpunkt gekommen ist. Und er möchte für sich selbst sorgen. Eines Tages dürfen Sie ihn vielleicht unterstützen, aber lassen Sie es nicht wie eine Spende aussehen, sondern wie eine Art Preisgeld. Geben Sie ihm Zeit, mit dem Gedanken zurechtzukommen. Bringen Sie es immer wieder einmal zur Sprache. Aber vor allem: Haben Sie Geduld mit ihm. Er hat vielleicht Sorge, er könne sich nicht für so ein Gerät eignen, und er wird sich gegen eine weitere schreckliche Enttäuschung wappnen müssen. Dabei kann ihm niemand helfen."

„Danke, Adam", sagte Tiffany. Dann wandte sie sich ans Publikum. „Nun – möchte jemand weitere Fragen stellen?"

Es gab viele Fragen, und die Faszination um das geniale Gerät, das „die Lahmen wieder gehen ließ, wie Pastor Wayland sich ausdrückte, war bei allen zu spüren. Alle waren ziemlich zuversichtlich, dass Paul geholfen werden könne. Und was die Kosten anging – wo ein Wille war, war auch ein Weg, richtig?

„Ach ja", rief Alma Wheatfield, die Managerin der Wycliff Bank, plötzlich in die etwas durcheinander geratene Diskussion. „Erinnert sich noch jemand an den Brief von Mike Martinovic, unserem ehemaligen Kassenwart, an Thora Byrd, nachdem sie von ihren Entführern freigelassen wurde?"

„Was für ein Brief?" fragte ein Feuerwehrmann. „Ich weiß nur, dass noch nie etwas Gutes von dem Martinovic-Clan gekommen ist. Mike hat all das Geld von der Handelskammer gestohlen, und sein Sohn Prosper war schon von Kindesbeinen an ein Halunke. Sondermüll in unsere schöne Landschaft zu verkippen, Scheckbetrug, versuchter Bankraub und diese Entführung …"

„Ich weiß, es ist eine lange Liste", sagte Chief Luke McMahon ruhig. „Etwas sagt mir, dass Mike Martinovic über seinen Sohn auch nicht glücklich war. Und wer weiß, warum der überhaupt so schlimm geworden ist. Sieht mir aus, als hätte der Brief an Thora Wiedergutmachung dafür angeboten, was sein Sohn verbrochen hat."

„Er schrieb, wir möchten doch eine Anzeige im *Sound Messenger* schalten, um ihn wissen zu lassen, wie er helfen könne", sagte Thora Byrd sachlich. „Ich hatte nicht das Gefühl, etwas von diesem Mann zu brauchen. Ich habe immer noch Albträume wegen der Entführung, aber Clark hilft mir, und ich sehe einen Therapeuten. Für Paul könnte es aber anders aussehen. Wir sollten zumindest darüber nachdenken, Mike beisteuern zu lassen. Das heißt – hat die Handelskammer je das gestohlene Geld zurückerhalten?"

Tiffany Delaney, die Präsidentin der Handelskammer, nickte. „Haben wir. Nicht in einer Zahlung, sondern in einer Reihe von Raten. Sie kamen alle als Geldanweisungen und wurden von verschiedenen Orten aus verschickt. Es gab keine physische Absenderadresse, nur einen Poststempel, der uns verriet, von wo aus Mike die Anweisungen verschickte. Ich weiß nicht, wieviel wir erwarten können, dass Mike zahlt. Ich schätze mal, dass er sich zutiefst dafür schämt, was er getan hat. Und dass er es getan hat, weil Prosper ihn irgendwie dazu gezwungen hat. Ich habe ihm gewissermaßen vergeben. Und er tut mir sogar leid. Es muss schrecklich sein, ein Kind zu haben, das so schlimm ist und am Ende Selbstmord begeht. Kein Vater sollte so etwas durchmachen müssen."

Alle dachten einen Moment lang nach.

„Wir könnten zumindest sehen, wohin das führt, und die Anzeige schalten", schlug Alma Wheatfield vor.

„Wollen wir darüber abstimmen?" fragte Tiffany.

Es gab eine Mehrheit an Ja-Stimmen, zehn Nein-Stimmen von denen, die Mike Martinovic immer noch verachteten und nichts mit ihm zu tun haben wollten, und drei Enthaltungen von denen, die skeptisch waren, ob Martinovic mit irgendetwas Nützlichem würde aufwarten können.

„Gut", strahlte Tiffany. „Danke für Ihre Abstimmung. Ich schlage vor, wir gehen das Thema sofort an und beginnen zu sammeln, um Paul mit einem ReWalk-Gerät zu unterstützen. Lassen Sie uns seiner Entscheidung zuvorkommen, damit es für ihn einfacher ist, wenn er sie schließlich trifft. Die Sitzung ist geschlossen."

Tiffany schüttelte Adam die Hand. „Vielen Dank, dass Sie uns Ihre Zeit geschenkt haben. Würden Sie jetzt zu einem netten Abendessen ins ‚Le Quartier' mitkommen? Sie haben noch offen und werden ihre Spätabends-Karte anbieten. Es ist Pauls Restaurant."

„Sehr gern", sagte Adam mit funkelnden Augen. „Nachdem ich mich so lange von MREs ernährt habe, schätze ich die feine Küche umso mehr." Er sah Tiffanys fragenden Blick. „Oh, Entschuldigung. Militärische Abkürzungen – sie werden einem zur zweiten Natur. Ich sprach von diesen Überraschungspaketen, die sie an einen in der Kampfzone verfüttern. Wirklich nettes Zeug. Wiederholt sich aber nach einer Weile." Er lachte leise. „Hab mir auch aus dem akustischen Hintergrund nicht sehr viel gemacht. Angenehme Musik ziehe ich beim Essen vor."

Tiffany lächelte. „Dann wird es ihnen dort mit Sicherheit gefallen. Das Essen, die Musik und das Ambiente sind einfach großartig. Gehen wir?"

Er bot ihr seinen Arm, wobei er immer noch seine Krücken hielt, und begann seinen Stuhl hinauszurollen. Er ging langsam. Aber er sah so aus, als habe er soeben erneut eine Schlacht gewonnen.

*

Eddie hielt den Atem an. Er sah Auto um Auto vorfahren und ein oder zwei Kinder absetzen. Er spürte sein Herz in der Kehle schlagen, und er sah, wie gemächlich die Kinder auf die Doppeltür des Bürgerzentrums zuschlenderten. Er war ein bisschen neidisch, wie beiläufig und selbstverständlich sie mit dem großen Privileg umgingen, das sie gleich genießen würden: ein Kochkurs mit einem echten Koch. Einem heldenmütigen Koch, um genau zu sein. Er schluckte. Er wäre zu gern Teil jener Gruppe gewesen. Doch seine Eltern wären auf keinen Fall mit seinem Traum einverstanden, mit Kochen seinen Lebensunterhalt zu verdienen. Noch hätten sie das Geld dazu. In der letzten großen Immobilienblase hatten sie ihr Haus verloren; er wusste nicht, wie es geschehen war. Anscheinend hatte die Bank seiner Eltern ohne deren Wissen ihre Hypothek an eine andere Bank verkauft, und dann war der ganze Hauskauf-Plan den Bach hinunter gegangen.

Sie lebten noch immer in Wycliff, aber zur Miete und ohne Hoffnung, je erneut ein Haus kaufen zu können.

Eddie seufzte. Paul kam in seinem Auto an. Eddie versteckte sich hinter einem Baumstamm. Paul lud seinen Rollstuhl mit geübtem Schwung von hinter seinem Sitz aus, klappte ihn auf und schwang sich hinein. Einen Moment lang wirkte sein Gesicht grimmig, dann entspannte es sich. Er schob die Räder mit den Händen an und fuhr langsam auf die Türen zu, die sich automatisch öffneten, nachdem er einen Knopf gedrückt hatte. Die Türen verschluckten Paul und schlossen sich. Es galt jetzt oder nie.

Verstohlen sah Eddie sich um, als müsse der Zweck seines Lauerns auf dem Parkplatz für jeden, der ihn sah, offenkundig sein. Niemand war da. Eddie schoss hinter dem Baum hervor und stürzte auf das Bürgerzentrum zu, öffnete eine Tür so leise wie möglich und schlüpfte hinein. In der Lobby konnte er schon das glückliche Schwatzen der Kinder hören, das Klirren von Töpfen und Pfannen, das Trappeln leichter Schritte in der Küche.

Eddie ging auf Zehenspitzen auf den Lärm zu. Er tat so, als sei er auf einer Mission als Küchen-James-Bond. Er musste die Liste der geheimsten Zutaten in Chef Pauls neuem Supergericht herausfinden, und er musste die Spezialtricks verstehen, die zu einer Geschmacksexplosion auf seiner Zunge führen würden. Eddie lächelte vor sich hin. Kochen war in der Tat ein kompliziertes Abenteuer …

Eine Hand legte sich auf seine Schulter, und Eddie schnappte nach Luft.

„Hallo, Kumpel", sagte Paul sanft. „Warum gesellst du dich nicht da drinnen zu uns?"

Eddie drehte sich um und stand Auge in Auge mit seinem Helden. „Ich …", stammelte er.

Paul lachte. „Du wolltest sehen, wie dieser Kurs ist, richtig?" Eddie nickte. Er zitterte, und sein Gesicht war kreidebleich. Er wusste, dass er überreagierte – schließlich war es ja nur ein Kochkurs, und Paul war bekanntlich ein netter Mensch. Aber dass er sich vorgestellt hatte, ein Spion zu sein, der etwas Illegales tat – dieses Schauspielern schlug nun zurück. „Na, warum kommst du nicht einfach mit? Jemand hat in diesem Kurs einen Freiplatz gesponsert, und dieser Platz ist noch frei. Vielleicht magst du ihn also haben?"

Eddie schnappte erneut nach Luft, diesmal ungläubig. „Aber das geht nicht!"

„Wieso nicht?"

„Weil der Sponsor vielleicht an jemand ganz anders für diesen Platz gedacht hat?"

„Was, wenn ich dir sagte, dass der Sponsor nur jemanden mit einer echten Kochleidenschaft haben wollte? Jemanden mit dem brennenden Wunsch, Messerfertigkeiten und Nährwertfakten zu erlernen und wie man Nahrungsmittel miteinander kombiniert?" Pauls Augen funkelten.

Eddies Augen waren weit vor Sehnsucht. „Oh, das bin so ganz ich! Aber kann ich so ein Sponsoring wirklich annehmen? Ich meine, bei wem würde ich mich bedanken?"

Paul wendete seinen Rollstuhl in Richtung Küche und setzte sich in Bewegung. „Komm einfach mit, Eddie. Wenn ich sage, es geht in Ordnung, kannst du mir vertrauen, okay? Der Sponsor möchte nicht genannt werden. Ich denke, er wird mehr als glücklich sein, dass sein Angebot angenommen worden ist."

Eddie brauchte eine Sekunde, um zu reagieren, aber dann war es, als habe er Feuer gefangen. Er stieß einen kleinen Freudenschrei aus, warf seine Fäuste in die Luft und hinkte, so schnell er konnte, an Paul vorbei in die Küche.

*

Finn stand vor einem der der Küchenherde des Bistros und rührte gehackten Knoblauch in eine Pfanne mit brutzelndem Olivenöl. Morgen war sein freier Tag, und er fragte sich, ob er einfach seinen Plan da wiederaufgreifen konnte, wo er ihn vor einer Weile so unerwartet hatte fallen lassen müssen. Er erinnerte sich jener Nacht lebhaft. Er konnte sie beinahe riechen. Wo hatte er die Champagnerflasche gelassen, die er mit Hannah hatte trinken wollen? Sie war eine ziemlich gute Waffe gewesen, mit der er diesen Brutalo auf der Schwelle von Hannahs Wohnung niedergestreckt hatte. Aber er konnte sich nicht erinnern, wohin er sie hinterher gestellt hatte. Er erinnerte sich nur, dass die Polizei gekommen war. Und ein Krankenwagen. Dass Hannah vor Angst und Schock fast hysterisch gewesen war. Und dass die kleine Nessa … Finn seufzte.

„Bist du okay?" fragte Barb. Sie entsteinte Schattenmorellen für ein Dessert aus Schokoladenbisquit und Vanille-Eiscreme, das sie sich unlängst hatte einfallen lassen. Es würde mit etwas Brandy flambiert werden. Ihre Finger waren vom Kirschsaft rot und klebrig.

„Einigermaßen", sagte Finn mit schiefem Lächeln. „Ich versuche, glaube ich, immer noch, mein neues Leben zu verstehen."

Barb kam herüber und stopfte ihm eine Schattenmorelle in den Mund. „Normalerweise versteht man es, wenn man aufhört, darüber nachzudenken", zwinkerte sie. „Alles passt zusammen, wenn wir es am wenigsten erwarten."

„Deine Worte in das Ohr des großen, alten Mannes", sagte Finn.

„Drei Filets Mignons, zweimal Schnecken, eine Quiche Lorraine", rief Hannah von der Durchreiche her und schob ihre Bestellung in den Tickethalter mit allen übrigen Bestellungen.

Finn wandte sich um, um einen Blick auf sie zu erhaschen, aber sie war schon wieder weg.

„Du bist in sie verknallt, oder?" fragte Barb schelmisch.

Christian, der im begehbaren Kühler gewesen war, kam in diesem Moment wieder heraus. „Wer ist in wen verknallt?" fragte er.

„Niemand", erwiderten Finn und Barb gleichzeitig.

Christian sah die beiden an und schüttelte den Kopf. „Und ich hatte gedacht, wir wären Freunde."

Barb ging auf Christian zu und stopfte auch ihm eine Kirsche in den Mund. „Ach, sind wir doch auch! Die besten!"

*

Aus Véroniques Tagebuch:

Es sieht so aus, als würde meine kleine Welt endlich wieder normal. So normal sie sein kann, wenn Paul sich immer noch wie ein beliebiger Freund, nicht mehr wie mein Freund verhält. Es tut weh. Es macht mich zornig. Und ich werde es dabei nicht belassen.

Ansonsten wird alles besser. „Le Quartier" macht wieder gute Geschäfte. Wir zahlen pünktlich unsere Hypothek und den Kredit für den neuen Herd ab. Allein das zu wissen, macht die Arbeit so viel leichter. Und je besser unsere Laune, umso besser die allgemeine Stimmung im Gästebereich.

Die Küche ist auch wieder ein fröhlicher Ort geworden. Finn ist manchmal immer noch etwas blass. Er wird vermutlich noch eine Weile brauchen, um über seine „dumme Drogenphase", wie er es selbst nennt, hinwegzukommen. Aber er arbeitet jetzt in Übereinstimmung mit dem Rest von uns, und seine wöchentlichen Spezialgerichte machen sich auch bezahlt. Es ist wirklich toll, all die beliebten Gerichte auf der regulären Karte zu haben und ein oder zwei wirklich ausgefallene Gerichte für die abenteuerlustigeren unserer Gäste. Finns Rezepte werden solch ein Gewinn für Pauls Kochbuch sein. Und ich weiß, wie er sich gefreut hat, als Paul ihm anbot, Co-Autor zu werden. Es hätte zu keinem besseren Zeitpunkt kommen können.

Auch habe ich so eine Ahnung, dass Finn sich in Hannah verliebt hat. Ich meine, das war er vermutlich bereits, bevor er in den Entzug gegangen ist. Er kam mit einer Flasche Sekt zu Hannahs Tür an dem Abend, als er sie vor ihrem furchtbaren Ex gerettet hat. Man besucht niemanden zu so später Stunde und mit so einem Geschenk ohne Hintergedanken. N'est-ce pas?!

Nun, er sieht ihr mit so sehnsuchtsvollen Augen nach und er ist ein absoluter Schatz zu der kleinen Nessa. Ich frage mich nur, ob Hannah sich dessen überhaupt bewusst ist. Die ersten paar Tage nach der Begegnung mit ihrem verrückten Exfreund ging sie wie in einem Schockzustand herum. Jetzt scheint sie sich beruhigt zu haben, aber sie hat diesen besorgten Blick, wann immer sich die Restauranttür öffnet. Als könne Ralphie hereinkommen und sie wieder angreifen. Nessa scheint besser damit klarzukommen. Seit Finn wieder da ist, versucht sie, so viel wie möglich an seiner Seite zu sein.

Dann sind da noch Tiffany und die Handelskammer. Sie haben sich verschworen, Paul zu diesem wundervollen Geh-Gerät zu überreden. Es scheint, als wechselten sie sich damit ab, es zur Sprache zu bringen. Paul ist immer noch fest davon überzeugt, dass er mit seinem Rollstuhl zufrieden ist und niemandes Almosen brauche. *Quelle dommage.* Aber pflegt er hier nicht eine Doppelmoral?!

Denn Paul hat den kleinen Eddie Beale zu seinem Projekt gemacht. Ich bin mir nicht sicher, ob er das mehr für sich als für Eddie tut. Als wolle er dadurch seinen eigenen Zustand vergessen. Wie auch immer, Bobby Random hat ihm von Eddies Kochleidenschaft und der finanziellen Not von Eddies Eltern erzählt. Und was macht der süße Paul? Er tut so, als gebe es einen anonymen Sponsor eines Platzes in seinem Kochkurs für jemanden mit einer brennenden Leidenschaft fürs Kochen.

Eddie hat keine Ahnung, dass sein Mentor sein verehrter Chef Paul selbst ist. Er kocht mit ganzer Seele und ist vielversprechend, wie Paul mir neulich sagte. Tatsächlich ist Eddie so begabt, dass Paul die Idee für einen Kochwettbewerb unter seinen Schülern gekommen ist. Der Preis ist eine Doppelseite in seinem Kochbuch, die den jungen Koch und das gewinnende Rezept präsentiert. Ich finde die Idee toll, auch wenn es mir fast klar ist, dass Eddie das gewinnen wird. Er hat keine wirkliche Konkurrenz unter seinen Altersgenossen. Er ist so fantasievoll und hat einen absolut sicheren Geschmackssinn. *Merveilleux!* Aber wer weiß?

Letztlich gibt das alles Paul einen wundervollen Lebenszweck neben seinem Catering-Geschäft, den Kochkursen und dem Kochbuch. Außerdem bringt es ihm und seinem neuen

Unternehmen mit Sicherheit einige Publicity – und noch von der besten Sorte, die sich ein Unternehmen nur wünschen kann.

Ich bin so glücklich, dass die Dinge für Paul wieder gut aussehen. Gleichzeitig frage ich mich, ob ich zurückgelassen werde, wenn sich alles wieder normalisiert hat. Business as usual ist in Ordnung für mich. Ich liebe unser kleines Bistro, unser Team und unsere Gäste. Lange Arbeitszeiten machen mir nichts aus, da es ist, als arbeite ich mit meiner Familie.

Aber wo ist der Partner, den ich einmal hatte? Wird er sich je wieder umdrehen und merken, dass wir noch eine Chance haben? Dass ich ihn immer noch von ganzem Herzen liebe? Weil er immer noch Paul ist? Und ein Rollstuhl ändert nichts für mich.

10

Palatschinken

Dies war eine der größten Überraschungen für mich. Ich hatte ein herzhaftes Gericht mit Schinken erwartet. Stattdessen servierte mir dieses österreichische Restaurant einen dünnen, mit Aprikosenmarmelade gefüllten Pfannkuchen, der mit Puderzucker bestreut war! Der Restaurantinhaber sagte mir, der Name sei die Verballhornung eines ungarischen Worts, das ich nicht einmal zu buchstabieren versuchen will. Anscheinend kam diese Art Pfannkuchen in Mode, als Österreich und Ungarn zum selben Kaiserreich gehörten. Ein Hoch auf die Politik! Jedenfalls erinnerte es mich an das, was einer meiner alten Schulkameraden als sein Motto pflegte: „Iss dein Dessert zuerst."
(Küchennotizen aus Finn Rovers Reisetagebuch)

Die Hochzeit der Taschendesignerin Thora Byrd und Bürgermeister Clark Thompsons im November brachte ganz Wycliff auf die Beine. Ohne Thoras Umweltaktivismus wäre das Hafenareal der Stadt inzwischen Baustelle für eine größere Raffinerie gewesen, und wer weiß, wie viele illegalen Verkippungen von Sondermüll sie verhindert hatte, weil sie den Schuldigen, Prosper Martinovic, gefunden hatte. Dieser Mann war jetzt tot, da er sich selbst umgebracht hatte, indem er sein Fahrzeug von einer Brücke in eine Schlucht hatte stürzen lassen. Bürgermeister Clark Thompson, Thoras Bräutigam, war sehr beliebt – und das lag nicht nur an seinem Filmstar-Aussehen. Er hatte es vor Jahren geschafft, Wycliff zu einem Touristenziel in Western Washington zu machen, und die Verbesserungen, um die viktorianische Stadt nun auch im Umweltbereich noch attraktiver zu machen, kamen auch den Bürgern zugute.

Die Standesbeamtin von Wycliff war sehr nervös gewesen, die Trauung ihres Chefs auszuführen, und sie hatte sich selbst übertroffen, als sie ihr Büro mit wunderschönen Blumen-Arrangements dekoriert hatte, die Kitty Hayes vom „Flower Bower" mit ihren geschickten Händen kreiert hatte. Der Empfang im Bürgerzentrum wurde von „Le Quartier" und Paul gecatert, dem „Chef on Wheels". Der Festsaal war mit Girlanden aus Immergrün und allen möglichen weißen Blumen geschmückt worden. Thora sah in ihrem grünen Seidenkleid, das ihre braungrünen Augen hervorhob, beinahe königlich aus.

„Le Quartier" blieb an diesem Tag geschlossen – die meisten Wycliffer nahmen ohnehin an Thoras und Clarks Feier teil. Und wenn jemand an diesem Tag ausgehen wollte, dann gab es in der Stadt immer noch genügend Möglichkeiten dafür.

„Was für eine wunderbare Auswahl!" seufzte Dottie McMahon, als sie auf das Buffet blickte. „Du hast so eine großartige Vielfalt an Gerichten zu einem ‚grünen' Thema kreiert – ich glaube, mein Kopf würde ins Schwimmen geraten, wenn ich mir so etwas einfallen lassen müsste."

Paul, der neben ihr in seinem Rollstuhl saß, lachte leise. „Deshalb gibt es Profis wie uns", antwortete er. „Es ist ganz einfach unser Job. Aber wenn ich Blumenschmuck oder eine Handtasche kreieren müsste … "

Dottie lachte. „Ich sehe, was du meinst, mein Lieber. Aber im Ernst, du musst sehr stolz auf das sein, was du hier geschaffen hast." Sie erwähnte nicht, dass seine Behinderung einige Schritte im Zubereitungsprozess erschwert haben mochte. So wie das Balancieren heißer Platten, während er seinen Rollstuhl zu einem Kühlregal rollte. Oder auch nur den Aufbau seines Mise-en-place.

„Danke", sagte Paul leise. „Was Stolz angeht, so finde ich, dass das nie gut mit dem Kochen zusammenpasst. Im Gegenteil – ich denke, man muss sich in Demut üben. Kochen ist der Tod deines eigenen Stolzes. Du kochst von ganzer Seele und servierst das Gericht jemandem, der es nur schmeckt. Er sieht nicht die Mühe, mit der du es zusammengestellt hast. Er sieht nicht, wie lange du es vorbereitet hast. Er kennt nicht die Sorge, mit der du es auf dem Teller anrichtest und servierst. Er schmeckt es und ignoriert, dass du bereits deinen Hals unter die Guillotine seines Urteils gebeugt hast."

Dottie hob die Augenbrauen. „So hart, ja?"

Paul nickte. „So hart. Aber wenn du es richtig hingekriegt hast, fühlt es sich an wie die beste Belohnung, die man bekommen könnte. Wenn er um einen Löffel bittet, um noch das letzte Restchen Soße aufzunehmen. Wenn er seine Gabel noch einmal ableckt, nur um einen letzten Geschmack dessen zu ergattern, was er bereits zu Ende gegessen hat. Wenn er mit den Lippen schmatzt oder lächelnd die Augen schließt … Ja, dafür kochen wir."

„Das klingt eigentlich nicht nach viel."

„Ist es aber. Der Geschmack von Essen ist ein flüchtiger Moment auf der Zunge eines Menschen. Wenn du es richtig hinkriegst, hast du eine bleibende Erinnerung geschaffen. Das ist alles, was wir erstreben. Leider schafft man ebenfalls eine bleibende Erinnerung, wenn ein kulinarisches Missgeschick die Küche verlässt. Eines, dass deinem Ruf und letztlich deinem Unternehmen schaden kann."

„Nun, hier hast du ganz sicher etwas Köstliches geschaffen, das auch das Auge erfreut."

Paul lächelte. „Du kannst darauf wetten, dass wir unser Bestes gegeben haben. Dies ist eine Riesenchance, unsere Namen bekanntzumachen und vielleicht auch in ein paar Nachrichtenartikeln zu landen."

Dottie nickte. „Ich habe so eine Ahnung, dass Julie deinen Delikatessen ziemlich viel Aufmerksamkeit schenkt." Sie deutete auf ihre als Journalistin arbeitende Tochter, die an einem Bistro-Stehtisch stand und etwas kaute, während sie ein weiteres Hors d'oeuvre auf ihrem beladenen Teller aufspießte. „Sie hat immer schon gern gegessen. Ich glaube, das hat sie von mir geerbt." Sie gluckste. „Sieht so aus, als käme sie heute auf ihre Kosten. Hat sie schon einen Artikel über dein Catering-Unternehmen geschrieben?"

„Mindestens ein halbes Dutzend", nickte Paul. „Und ich frage mich, ob sie das eines Tages als Bestechung benutzen wird, damit sie ein kostenloses Hochzeitsbuffet erhält."

Dottie schüttelte den Kopf. „Du bewegst dich auf ganz dünnem Eis, mein Lieber. Seit sie von ihrer albernen, einseitigen Liebesgeschichte in Seattle zurück ist, hat sie die Themen Liebe und Heirat komplett vermieden. Es ist, als habe sie eine unsichtbare Mauer um sich errichtet."

„Naja", tröstete Paul Dottie. „Nicht jeder heiratet gleich nach der High-School. Selbst Dornröschen hat eine Weile gebraucht, ihren Prinzen zu finden."

„Alles, was sie braucht, ist jemand mit gesundem Menschenverstand", knötterte Dottie. „Aber ich fürchte, diese Spezies hat ebenfalls genügend Verstand, ein stacheliges, eigensinniges Mädchen wie sie zu vermeiden. Was, wenn sich nie jemand mit ihr zusammentun will?!"

Paul lachte leise. „Jedes Töpfchen hat ein Deckelchen. Lass ihr Zeit, Dottie."

„Schon, aber hundert Jahre?!"

*

Im Bistro setzte sich Finn im Gästebereich, nachdem sie ihr Essen geliefert und das Buffet im Bürgerzentrum aufgebaut hatten. Sein Gesicht glühte, seine Augen glänzten. Er fühlte sich gut.

Hannah war geschäftig unterwegs, deckte Tische für den nächsten Tag ein und polierte Gläser und Bestecke, bevor sie sie neben die Teller platzierte. Nessa kam aus dem

Mitarbeiterzimmer, wo sie sich ein wunderschön illustriertes Märchenbuch angesehen hatte. Sie trug es jetzt bei sich und ging auf Finn zu, während sie es ihm hinhielt.

„Könntest du mir bitte eine Geschichte vorlesen?" bat sie mit dünnem Stimmchen und legte den Kopf schief.

Finn lächelte sie an. „Ich dachte, du kennst sie alle schon auswendig?"

Nessa lehnte sich an ihn, und er musste sie einfach an sich drücken. „Tu ich auch", sagte sie. „Aber sie klingen so viel besser, wenn sie jemand vorliest."

„Welches ist denn dein Lieblingsmärchen?" fragte Finn.

Sie grübelte und legte ihren rechten Zeigefinger auf ihre Unterlippe. „Ich weiß es nicht wirklich. Ich liebe Dornröschen und Schneewittchen. Aber Dornröschen schläft nur; also finde ich sie langweilig. Und Schneewittchen ist einfach nur dumm. Mommie sagt mir immer, dass ich von Fremden keine Geschenke annehmen darf. Aber Schneewittchen nimmt immer alles von dieser alten Hexe."

„Aber vielleicht nur, weil sie keine Mommie wie deine hat", überlegte Finn und blickte in das eifrige, kleine Gesicht, das dem Hannahs so ähnelte. „Außerdem ist deine Mommie etwas ganz Besonderes."

Nessa lächelte. „Ja, das ist sie!" Dann wurde sie wieder ernst. „Ich glaube, ich mag Aschenputtel am liebsten."

„Und warum? Ist das nicht eine sehr traurige Geschichte?"

„Am Anfang ja. Und sie muss so schwer arbeiten. Und ihre Stiefschwestern sind scheußlich. Und ich frage mich immer, warum ihr Vater ihr nicht besser hilft." Sie blickte Finn direkt in die Augen. „Mein Vater ist auch schrecklich", flüsterte sie. „Mommie hat Angst vor ihm."

„Er ist krank", versuchte Finn ihr zu erklären. „Sicher ist er ganz anständig, wenn er nicht betrunken ist."

Nessa kniff die Augen zusammen. „Aber er war *immer* betrunken. Und er hat Mommie geschlagen. Und ich habe immer gebetet, dass eine Fee kommt und uns hilft."

Finn wurde sehr ernst. „Nessa, Süßes, du weißt aber schon, dass es weder Hexen noch Feen gibt, oder?"

Nessa öffnete den Mund, schloss ihn wieder und nickte dann. „Ich dachte mir schon sowas. Weil nie eine kam. Ich wünschte mir, dass eine Hexe ihn zu Stein verwandelt. Und ich wollte mit Mommie fortgezaubert werden. Aber am Ende sind wir bloß weggelaufen."

„Das war sehr vernünftig von euch beiden", nickte Finn. „Und jetzt seid ihr hier, und alles ist gut. Richtig?"

Nessa kräuselte ihr Näschen. „Mommie hat die Flasche aufgehoben, mit der du ihn über den Kopf gehauen hast."

Finn lachte. „Sie hat sie immer noch?!"

Nessa nickte. „Sie sagt, sie sei eine Zauberkeule. – Bist du ein verwunschener Prinz?" Sie legte den Kopf schief, und ihr Gesicht wurde sehr ernsthaft.

Finn verschluckte sich beinahe. „Nein", brachte er heraus. „An mir ist nichts Verwunschenes. Ich bin, was du siehst. Ich bin ein einfacher Koch. Aber deine Mommie ist eine richtige Prinzessin."

Nessa kicherte. „Niemals!"

„Oh, doch", insistierte Finn. Dann sagte er leise: „Vielleicht weiß sie es nur noch nicht."

Nessa riss sich aus seiner Umarmung los und stemmte die Arme in die Hüften. „Jetzt machst du dich über mich lustig. – Mommie …"

Hannah blickte zu den beiden herüber und lächelte. „Was gibt's, mein Blümchen?"

„Schhh!" machte Finn.

Doch Nessa ignorierte ihn. „Finn hat gerade gesagt, du wärst eine Prinzessin."

Hannah errötete bis über beide Ohren. „Wohl kaum", sagte sie kurzangebunden und warf Finn einen verärgerten Blick zu. „Ich bin nur ein Aschenputtel, das die Arbeit verrichtet, die sonst keiner tun will."

Finn grinste sie an. „Aber vergiss nicht, dass Aschenputtel einen Prinzen geheiratet hat!"

„Jaja", sagte Hannah und schlug mit einer Serviette nach einer unsichtbaren Fliege. „Davon gibt es eine Menge in meinem Leben."

Finn schluckte und schwieg. Irgendwie hatte er das Gefühl, dass seine Andeutung angekommen war, als sie errötete. Wenn er ihr also nur Zeit ließ, dann vielleicht …

*

Als Luke McMahon die I-5-Ausfahrt nach Wycliff erreichte, wusste er, dass er heute jemandem eine schlechte Nachricht überbringen würde. Das Auto, wegen dem er gerufen worden war, war wie ein Akkordeon gegen einen Baum gefaltet. Die Person, die ihn angerufen hatte, hatte ihm berichtet, dass das Auto vor ihm offenbar zu schnell in die Ausfahrt gefahren, außer Kontrolle geraten und über den Graben geflogen war – wumm! – in diese uralte Garry-Eiche. Luke parkte sein Fahrzeug in der Nähe, ließ das Licht an und rief die Polizeiwache an. Dann schälte er sich aus dem Auto.

Das Gras glitzerte mit Raureif, und der Dampf, der von der Motorhaube des anderen Wagens aufstieg, begann, Eiskristalle am Baumstamm zu bilden. Der Kopf des Fahrers hing über dem Lenkrad und blutete heftig. Luke ging zur Tür und versuchte, sie aufzureißen. Als er das nicht schaffte, schlug er das Seitenfenster mit seinem Pistolengriff ein. Vorsichtig reichte er hinein, um nach dem Puls des Fahrers zu suchen. Er fand keinen.

Der Krankenwagen traf mit Blaulicht und Martinshörnern ein. Ebenso ein weiterer Polizeiwagen und ein Feuerwehrauto mit schwerem Gerät, um das Auto aufzusägen und den Körper zu befreien. Nach gefühlt einer Stunde, aber vermutlich kaum mehr als 15 Minuten konnten sie den Mann herausziehen. Als Luke sein Gesicht sah, wurde er blass. „Oje …", sagte er nur.

*

Hannah sah, wie Luke sich vorsichtig der Tür näherte, als sie die ersten Mittagsessens-Gäste an einem der Bistrofenster bediente. Es war ein ungewöhnlich kalter Novembermorgen nach Thanksgiving, und die Straßen draußen, die frostig glitzerten, waren vermutlich ziemlich glatt. Sie winkte ihm kurz zu. Dann sammelte sie die Speisekarten ein und ging auf den Empfangstisch zu, um sie dort zu verstauen. Als Luke die Tür öffnete, brachte er einen Stoß eiskalter Luft mit sich.

„Guten Morgen, Chief!" rief sie freundlich lächelnd. „Kommen Sie heute zu einem frühen Mittagessen, oder möchten Sie einen Tisch für ein Abendessen mit Dottie reservieren?"

Luke runzelte die Stirn. „Nun, Letzteres wäre eigentlich eine gute Idee. Habe sie schon eine Weile nicht mehr ausgeführt, und sie hat viel zu tun in der Weihnachtszeit. Ja, warum nicht einen gemütlichen Tisch für heute Abend?"

„Aber gern", sagte Hannah und zog ein dickes Reservierungsbuch heraus, klickte ihren Kugelschreiber und begann zu schreiben. „Wann würde es Ihnen passen?"

„Ähm", überlegte Luke und entschied sich dann für sieben. „Wir nehmen vielleicht vorher noch einen Cocktail oder zwei ... Können wir das an der Bar tun?"

„Natürlich!" Hannah notierte es. „Kann ich sonst noch etwas für Sie tun?"

Luke blickte sie seltsam an, und Hannahs Herz setzte einen Schlag lang aus. „Haben Sie vielleicht einen Moment, wo es ruhig ist?"

„Ist irgendwas mit unserem Zuhause passiert?" Hannahs Gesicht war aschfahl geworden, und ihre rechte Hand war an ihre Brust gefahren.

„Nein! Nein", sagte Luke mit beruhigender Stimme.

Hannah versuchte aus seinem Gesicht zu erraten, was ihn mitten an einem Samstag wohl ins Bistro gebracht haben mochte. „Ich werde erst die Gäste bedienen müssen – Véronique ist noch nicht hier. Sobald sie da ist, in ungefähr zehn Minuten, kann ich eine Pause machen. Wird es lang dauern?"

Luke schüttelte den Kopf. „Ich glaube nicht. Ich werde da drüben warten." Er deutete auf einen Tisch in einer Nische am anderen Ende des Raums.

„Kann ich Ihnen eine Tasse Kaffee bringen?"

„Ein Cappuccino wäre jetzt eigentlich etwas Wundervolles."

„Also einen Cappuccino", sagte Hannah, reichte ihre Bestellungen an die Küche weiter und beschäftigte sich dann mit dem Kaffeeautomaten.

Kurze Zeit später kam Véronique für den Mittagsessens-Ansturm herein, den sie erwarteten. Hannah ging gleich auf sie zu und sagte etwas leise und schnell mit einem nervösen Blick Richtung Luke. Véronique nickte, winkte ihm rasch mit einem Lächeln zu, verschwand im Mitarbeiterzimmer und kam dann geschäftsmäßig gekleidet heraus. „Du kannst jetzt gehen", lächelte sie Hannah an. „Es ist hoffentlich was Gutes."

Hannah seufzte. „Wohl kaum. Es kommt nie etwas Gutes dabei heraus, wenn die Polizei zu einem kommt."

Veronique strich freundlich über die Schulter ihrer Freundin. „Das weiß man nie. Es könnte ein erstes Mal sein!" Dann gab sie der Küche Bescheid, dass sie ihre Schicht begann, und kehrte an den Empfangstisch zurück.

Hannahs Knie zitterten, als sie auf Luke zuging. Der Polizeichef von Wycliff war ein beeindruckender Mann, groß und auf unauffällige Weise gutaussehend. Was mochte er von ihr wollen? Plötzlich schlug ihr das Herz in der Kehle. Bitte, lieber Gott, lass es nicht Ralphie sein!

Luke erhob sich, als sie an seinen Tisch kam, und rückte ihr einen Stuhl zurecht. Sie ließ sich darauf fallen und begann, ihre Hände zu kneten. Sie sah ihn voller Fragen an.

„Ich beginne lieber gleich mit dem Ende, damit Sie sich beruhigen können", knurrte er und löffelte etwas Milchschaum in seinen Mund.

Hannah saß aufrecht und angespannt da. „Ja?"

„Ich bin mir ziemlich sicher, dass Ralphie tot ist", stellte er fest.

Hannah sah ihn an, und ihr Unterkiefer sank ein wenig herab. Dann schluckte sie. Sie lachte kurz und nervös. „Wie bitte? Ich … Was?"

„Ralphie ist tot", wiederholte Luke. „Ich bin heute Morgen zu einem Unfall an der I-5-Aufahrt Wycliff geholt worden. Der Fahrer war vermutlich sofort tot. Er trug die Papiere von deinem Ralphie bei sich."

Hannah sackte auf ihrem Stuhl zusammen. Eine Weile lang sagte sie nichts. Luke beobachtete sie sorgfältig. Dann sprach sie plötzlich. „Sind Sie sicher, dass es Ralphie war?"

„Ziemlich sicher. Aber wir müssen es noch verifizieren", bestätigte Luke.

„Wie?"

„Ich muss Sie bitten, ihn in der städtischen Leichenhalle zu identifizieren." Luke sah unbehaglich drein.

„Ja. Nein. Ich meine … Wie? Wie ist er gestorben?"

„Ich bekam den Anruf eines Zeugen. Er hat die Kurve zu schnell genommen, flog durch die Luft und krachte gegen einen Baum. Ich habe sein Gesicht gesehen, Hannah, und ich erinnere mich noch recht gut an ihn wegen der Verhaftung in Ihrer Wohnung." Hannah schluckte. „Wie gesagt – er hatte auch Ralphies Papiere bei sich. Es gibt fast keinen Zweifel daran, dass das Ihr Exfreund war."

„Ralphie ist tot." Hannahs Gesicht verriet den Aufruhr, in dem sie sich befand. „Er war also auf dem Weg hierher?"

„Obwohl er Wycliff nicht mehr betreten sollte, solange Sie hier leben." Luke nickte und hob die Tasse an seinen Mund. Der Milchschaum hinterließ einen kleinen Schnurrbart auf seiner Oberlippe, den er mit dem Handrücken wegwischte.

„Hat das Gericht ihn so leicht vom Haken gelassen?" fragte sie atemlos.

„Es war zum ersten Mal, dass er überhaupt wegen häuslicher Gewalt verhaftet wurde", erinnerte sie Luke. „Sie haben ihn nie zuvor angezeigt. Eine Kontaktsperre zu Ihnen war alles, was sie tun konnten."

„Und er hat das Urteil einfach ignoriert und ist trotzdem hierhergekommen", sagte Hannah bitter.

„Ja." Luke blickte verlegen drein. Er konzentrierte sich auf seinen Kaffeelöffel. „Es tut mir leid, dass wir ihn nicht stoppen konnten." Er sah ihr wieder ins Gesicht. „Aber er ist jetzt tot. Und ich dachte mir, Sie sollten es sofort wissen. Und ihn identifizieren. Damit wir sicher sein können, dass er Sie oder Nessa nie wieder behelligt."

Hannahs Miene war versteinert. „Natürlich", flüsterte sie. Dann stand sie auf. „Tut mir leid, Chief", sagte sie. „Ich muss erst mal verdauen, was Sie mir da gerade gesagt haben."

„Ich hatte gehofft, es würde Sie erleichtern, es zu wissen", fasste Luke es vorsichtig in Worte.

„Erleichtern …", echote Hannah. „Ich weiß nicht, was ich gerade empfinde. Vielleicht sowas wie Erleichterung. Aber auch Traurigkeit. Was für eine Vergeudung! So zu sterben …" Sie griff nach seiner Hand, um sie zu schütteln. „Danke", sagte sie. „Es war aufmerksam von Ihnen, mir Bescheid zu geben. – Ich gehe jetzt besser zurück an die Arbeit. Wann soll ich in die Leichenhalle kommen?"

„Ich rufe Sie an", sagte Luke.

Hannah nickte. Dann drehte sie sich um wie eine mechanische Puppe.

Luke sah sie zum Empfangstisch gehen, wo sie neue Gäste begrüßte, ein paar Speisekarten schnappte und sie an einen weiteren Fenstertisch führte. Ihr Gesicht zeigte keine Gefühlsregung. Aber Luke war sich ziemlich sicher, dass sie die Nachricht noch nicht verarbeitet hatte.

*

Nessa stand neben Finns Herd und sah jeder seiner Bewegungen genau zu, als Hannah in die Bistroküche kam. Finn erklärte gerade, dass man, um Fleisch- oder Fischfond von Grund auf zuzubereiten, eine Karkasse vollständig verwenden müsse. „Das ist nicht eklig, weißt du? Man benutzt nur den intensiven Geschmack, der in den Knochen sitzt, vielleicht auch in der Haut oder der Schale, je nachdem, was für einen Fond du zubereiten möchtest." Hier blickte er auf, denn Hannah stand immer noch da. Sie sah aus, als habe sie einen Geist gesehen. „Bist du okay?"

„Einigermaßen", sagte Hannah. Jetzt horchten die anderen in der Küche auf. Aber Hannah stand wie festgenagelt; nur ihre Hände zitterten.

Finn schaltete den Herd herunter. „Kannst du darauf einen Augenblick für mich aufpassen?" fragte er Nessa und zwinkerte Barb zu, die damit beschäftigt war, eine Ganache für eine Trüffeltorte zu kreieren. Barb zwinkerte zurück, und Nessa wurde rot, weil ihr eine wichtige Aufgabe anvertraut worden war. Finn ging vom Herd weg, nahm Hannah beim Arm, wirbelte sie herum und steuerte sie auf die Küchentür zu. „Komm", sagte er. „Ich glaube, du solltest sitzen, ein Glas Wasser trinken und durchatmen. Und vielleicht willst du mir erzählen, was passiert ist."

Er führte sie ins Mitarbeiterzimmer, stupste sie sanft auf einen Stuhl und ging zum Wasserkühler, um ihr einen Becher einzuschenken. Nachdem er ihn vor ihr abgesetzt hatte, ließ er sich neben sie fallen und nahm ihre linke Hand. „Jetzt sag mir – was hat dich so total aus der Ruhe gebracht? Ist Ralphie wieder in der Stadt?"

Hannah blickte ihn mit toten Augen an. „Gewissermaßen." Dann lachte sie fast hysterisch, bis sie zu schluchzen anfing.

Finn zog sie zu sich und drückte sie fest an sich. Seltsam. Das hatte er schon so lange tun wollen, und er hatte nach einer

Gelegenheit gesucht, die ihn weder bedürftig noch bedrängend wirken ließ. Und hier hielt er ihren zitternden Körper, ihr Gesicht an seine Schulter gepresst, und ein leichter Duft von Shampoo stieg aus ihrem rotblonden Haar in seine Nase. Aber er hatte nicht erwartet, dass sie weinen und so aufgeregt sein würde. Dennoch – es fühlte sich vermutlich viel besser an als jeder andere Grund, ihr so nahe zu sein. Selbst ohne die Möglichkeit, sie zu küssen. Eigentlich wünschte er sich, er könnte jetzt Hand an ihren Ex anlegen und ihn würgen, bis er blau anliefe.

Schließlich verstummte Hannah mit einem tiefen, trockenen Schluchzer und sah Finn wieder an. Diesmal waren ihre Augen wieder lebendig, wenn auch äußerst gerötet. „Er ist jetzt in der Leichenhalle." Finn fiel der Kiefer herunter. „Er ist tot."

„Tot", sagte er leise und verstummte.

„Chief McMahon hat mich gebeten, ihn zu identifizieren."

Finn sah entsetzt aus. „Aber hatte er keinen Ausweis bei sich?"

„Hatte er", sagte Hannah. „Und die Polizei ist sich auch ziemlich sicher, dass er es ist. Aber sie brauchen meine Bestätigung."

„Also musst du dahin und seinen Leichnam anschauen?" fragte Finn. „Ekelerregend!"

„Wahrscheinlich nicht schlimmer, als eine Tierleiche in der Küche anzusehen", bemerkte Véronique trocken von der Tür her. Sie war gekommen, um nachzusehen, wo ihr Kollege steckte, und hatte die letzten Worte mitgehört.

Finn zog ein Gesicht. „Der Typ ist mit Sicherheit weniger appetitlich als ein frisch geschlachtetes Schwein."

Hannah schüttelte den Kopf. „Ich hatte geglaubt, er wäre für mich endlich erledigt. Dass er sich aus unserem Leben heraushalten würde, nachdem er Kontaktverbot erhalten hatte. Aber er hat das Gerichtsurteil einfach nicht befolgt. Und jetzt belästigt er mich noch über seinen Tod hinaus."

Véronique ging zu ihr und rubbelte Hannahs Schulter. „Versuch, es so zu sehen. Er tut das jetzt zum letzten Mal. Indem du ihn identifizierst, kannst du damit abschließen. Er wird nie, nie wiederkommen und dich bedrohen, deine Privatsphäre verletzen oder dir etwas antun. Er hat dir einen Gefallen getan. Du identifizierst ihn und bist mit ihm fertig. Und du tust das auch für Nessa." Sie hob ihre Brauen gegen Finn. „Alles unter Kontrolle in der Küche?"

Finn nickte und grinste verlegen. „Mein neuer Sous-Chef hilft mir aus."

Véroniques Gesicht wurde zum Fragezeichen. „Dein neuer Sous-..." Dann erriet sie, wen er meinte, und schüttelte ungläubig lächelnd den Kopf. „Du gehst besser schnell zurück und löst sie ab, bevor ihr etwas passiert. Du kannst sie jederzeit in deiner Freizeit kochen lassen, aber nicht während der Geschäftszeiten in dieser Küche …"

„... weil es eine Frage der Versicherung ist", beendete Finn für sie. „Ich weiß. Ich bin schon weg. Hannah, wenn du möchtest, dass ich in die Leichenhalle mitkomme, lass es mich wissen, okay?" Dann schlenderte er zur Tür und riss sie auf. „Der Held geht ab", verkündete er.

„Finn?" hörte er Hannahs Stimme hinter sich. Er drehte sich um. „Danke ..."

Er grinste sie an. „Wir könnten hinterher zum Abendessen ausgehen."

Ihre Antwort warf ihn um. Er war wie benommen, als er wieder die Küche betrat. Hatte sie wirklich gesagt: „Ja, warum nicht"?!

*

Paul kreierte elegante Vorspeisen für eine Weihnachtsfeier des Wycliff Garden Club. Er fuhr in der Mietküche des Bürgerzentrums hin und her und überprüfte noch einmal seine Zutatenliste, während er sich darauf vorbereitete, Lachs zu räuchern. Die Belugalinsen kochten schon, ein Kräuter-Crème-fraîche-Dressing stand im Kühlschrank bereit, um auf eine Reihe winziger Glasschalen verteilt zu werden.

Als er den Räucherschlauch in die Tüte einführte, die den Lachs enthielt, hörte er Schritte. Es war ein unregelmäßiger Schritt. Er glaubte zu wissen, wer hereinkommen würde und blickte nicht auf. „Hast du nichts Besseres zu tun, als nach der Schule in einer Küche herumzuhängen?" fragte er.

„Nicht wirklich", kam die prompte Antwort. „Mir liegt nicht viel an Sport, und selbst wenn, die anderen wären schneller als ich. Oder sie würden mich nicht mitmachen lassen." Eddie klang gefasst, und seine großen Augen blickten nüchtern hinter seinen dicken Brillengläsern. „Außerdem muss ich aufpassen, dass ich die hier nicht zerbreche", sagte er und deutete auf seine Sehhilfe.

„Du könntest immerhin zuschauen", schlug Paul vor und sah auf.

„Kann ich auch hier", sagte Eddie. „Das heißt – falls du mich lässt. Außerdem lerne ich etwas, wenn ich dir zuschaue. Nicht, wenn ich anderen beim Sport zusehe."

Paul lachte leise. „Was glaubst du, woher Sportreporter ihr Wissen nehmen? Nicht unbedingt vom Spielen, richtig? Sondern auch davon, viel zuzusehen." Er sah, wie Eddie sich wand und gab nach. „Gut. Natürlich darfst du mir gern zusehen." Eddie atmete erleichtert aus. „Vielleicht kannst du mir sogar helfen."

„Wirklich?" Die Augen des Jungen glänzten vor Freude. „Was kann ich tun?"

„Prüfe die Liste für die Zutaten für die nächste Vorspeise und stelle alles da drüben hin." Paul wandte sich wieder seiner Aufgabe zu, aber er beobachtete Eddie aus dem Augenwinkel, wie der Junge die Liste las und sich an die Arbeit machte.

Nach einer Weile rief Eddie: „Fertig! Was jetzt?"

„Gib mir eine Minute Zeit." Paul holte den Lachs aus der Tüte. Eine Wolke fischigen Rauchs würzte die Luft. Paul begann, den Fisch in dünne Scheiben zu schneiden. Dann rollte er hinüber an den Herd, um nach den Linsen zu sehen. „Hier", sagte er und reichte Eddie einen Verkostungslöffel voll der kleinen schwarzen Kugeln. „Was schmeckst du?"

Eddie nahm den Löffel, steckte ihn sich in den Mund, zog ihn leer heraus, schloss die Augen und begann langsam zu kauen. Dann schluckte er und öffnete seine Augen wieder. „Nussig. Sehr nussig", schloss er.

„Und?"

„Du hast Kräuter hineingetan. Sellerie, Thymian, vielleicht etwas Petersilie. Du hast das Salz vergessen."

Paul lachte leise und klopfte dem Jungen auf die Schulter. „Ziemlich gut. Aber ich habe das Salz nicht vergessen. Wenn ich welches während des Kochens hineingegeben hätte, hätte es den Erweichungsvorgang gestoppt. Dasselbe gilt für alle anderen getrockneten Hülsenfrüchte."

„Hülsenfrüchte?"

„Bohnen, Linsen, Erbsen …" erklärte Paul. „Also, was hast du sonst noch geschmeckt?" Eddie runzelte die Stirn. „Hinsichtlich der Textur …", soufflierte Paul.

„Oh!" Eddie lächelte breit. „Das meinst du! Sie waren weich, aber nicht wirklich."

Paul nickte. „Al dente", bestätigte er. „Das bedeutet ‚für den Zahn' – mit etwas Biss also. Salz und andere Gewürze werden nach dem Kochen hinzugefügt. Im Prinzip willst du die Nussigkeit mit etwas Säure und die Bissfestigkeit mit etwas Weichem komplementieren." Eddies Augen wurden groß, als er Paul die abkühlenden Linsen in die Schälchen füllen sah. „Ich werde das mit einem cremigen Dressing bedecken, in dem noch mehr Kräuter und etwas Salz drin sind. Ich werde auch etwas Tamarindensirup darauf geben und dann das Ganze mit dem Lachs und einem Zweig Petersilie krönen. Was meinst du?"

„Wie schmeckt Tamarindensirup?" fragte Eddie, atemlos, dass er so ernstgenommen wurde.

„Gute Frage!" lobte Paul. „Wenn du's nicht weißt, nimm dir einen Verkostungslöffel." Eddie zögerte. „Nur zu. Ich meine es ernst. Du musst deinen Gaumen üben."

Eddie nahm nur ein paar Tropfen Sirup und kostete. Dann lächelte er. „Ich verstehe."

„Tust du wirklich!" sagte Paul. „Was sagen deine Eltern zu deinen kulinarischen Fähigkeiten?"

Eddie zog ein Gesicht. „Nicht viel. Besonders nicht Dad. Er sagt, der Platz eines Mannes sei nicht in der Küche, außer wenn er die Köchin küssen will."

„Toll!" stöhnte Paul. „Das nenne ich mal Ermutigung …"

„Ich weiß", seufzte Eddie. „Ich bekomme daheim nicht viel Gelegenheit dazu. Ich wünschte, ich wäre schon erwachsen und könnte tun und werden, was ich wollte."

„Manchmal ist es zu spät, Fähigkeiten zu formen, wenn man schon erwachsen ist." Stille. Nur das Klirren von Löffeln gegen Glas, während sie Seite an Seite Dressing über die Linsen löffelten.

„Ich würde so gerne Koch werden", brach es plötzlich aus Eddie heraus. „Aber ich schätze, mein Hinken wird diesem Beruf ohnehin im Weg sein, weil man da ständig auf den Beinen ist."

„*Ich* bin nicht auf meinen Beinen", scherzte Paul und tätschelte seinen Rollstuhl.

„Nun ja, nein", gab Eddie zu und blickte weg. Dann schimpfte er: „Aber du könntest es mit diesem Gerät sein, weißt du? Warum versuchst du es nicht einmal?"

„Weil man wissen muss, wann man aufhören muss, sich zu wünschen, dass sich etwas ändert, wenn man weiß, dass es das nicht tun wird. Ich werde nie mehr so wie früher gehen können, egal welche Mittel ich benutze. Aber *du* hast die Chance, dein Leben zu ändern. Du kannst deine Hüfte operieren lassen, sodass du nicht durch dein Leben hinken musst und dir noch mehr körperlichen Schaden zufügst. Ich werde querschnittsgelähmt bleiben. Aber du wirst gehen können so wie ich früher." Pauls Augen zeigten einen Schimmer Feuchtigkeit, aber er blinzelte, und er war wieder verschwunden. „Du kannst tanzen lernen. Du kannst hübschen Mädchen den Hof machen. Und du hast vielleicht eines Tages dein eigenes Restaurant und verfluchst mich für meinen heutigen Rat. Denn deine Beine werden schmerzen.

Und dein Rücken auch. Und dein Kopf. Aber ohne diese Operation wärst du auch nie Koch geworden."

„Aber – was ist mit der Bionik?" fragte Eddie.

„Hier." Paul deutete auf seine Stirn. „Jedermanns Bionik sitzt da drin. Du gestaltest dein Leben selbst. Du kannst verzweifeln und aufgeben. Oder du kannst über deine Begabungen nachdenken und sie überwiegen lassen. Trotz deines Körpers. Trotz deines Aussehens. Trotz allem, was andere von dir denken mögen."

„Du meinst, du wirst dir dieses ReWalk nicht holen?"

„Ich weiß, es ist sowas wie ein Wunder-Hilfsmittel. Und ich weiß, es wird auch für den Rest meines Körpers vieles verbessern. Ich denke, ich werde es versuchen." Paul war sich plötzlich sicher. „Ja, ich verspreche dir sogar, dass ich's tun werde. Aber du bist zuerst dran."

*

Aus Véroniques Tagebuch:

Weihnachten ist hier, und es gibt so viel zu tun. Am 1. Dezember waren wir wieder das erste der Unternehmen Wycliffs, die ein besonders geschmücktes Fenster erleuchteten und damit den viktorianischen Stadt-Adventskalender Wycliffs eröffneten. Was für eine originelle Idee Dottie von nebenan in dem Jahr hatte, als der Fond der Handelskammer gestohlen wurde und wir uns für unsere Viktorianische Weihnacht etwas anderes einfallen lassen mussten! Dieses Jahr haben wir das Wycliff High School Kammerquartett eingeladen, an jenem Abend in unserem Bistro Weihnachtslieder zu singen. Ich wusste, dass diese Sänger gut sind. Erst neulich habe ich gehört, dass sie sich erst vor kurzem zusammengefunden haben, aber sie haben sich schon einen guten Ruf erarbeitet! Hannah ließ sich also eine musikalische Dekoration einfallen, die aus alten aufgerollten Notenblättern und zu Sternen gebastelten Notenblättern und dergleichen besteht, und fügte Immergrün-Zweige hinzu. Die Tischdekoration passt natürlich zum Fenster- und Wandthema. Ich hätte allerdings nie gedacht, dass ich ein Kind dazu versklaven würde, all diese Dekorationen anzufertigen! Die Finger der kleinen Nessa sind unglaublich geschickt, wenn es darum geht zu falten, zu schneiden und zu kleben. Sie ist unglaublich! Also verbrachte sie ihre Nachmittage im Mitarbeiterzimmer zwischen all diesen vergilbten Notenheften, Klebepunkten, Elmer's Klebstoff, Scheren und Glitzerkleber. Ich hätte nie gedacht, dass so ein junger Mensch sich so vollständig einer Aufgabe hingeben könnte, die einem Erwachsenen so manches abfordern würde! Merveilleuse, cette fille!

Dass Hannah sich das dekorative Thema einfallen ließ und Nessa eingebunden hat, zeigt mir, wie weit sie seit ihrer Ankunft im Sommer gediehen ist. Damals war sie wie ein Gespenst. Sie wagte kaum zu atmen. Sie blickte sich ständig um aus Furcht, ihr Ex könne sie finden und behelligen. Und jetzt so! Sie hat das Musikthema kreiert, nachdem Ralphie das Kontaktverbot erhalten hatte. Aber seit sie von diesem furchtbaren Ort zurückgekommen ist, an dem sie seinen Leichnam identifizieren musste – Finn nennt ihn „Kadaver" – ist sie buchstäblich gewachsen. Ihr Gang ist energisch. Sie ergreift die Initiative im Gästebereich so gut, dass ich mich mehr und mehr entspanne. Sie hat Ideen. Und gestern, als sie ihre Schürze umband, hörte ich sie sogar vor sich hin summen.

Cherchez l'homme, würde ich in diesem Fall sagen. Und nicht nur den, der solches Unheil in ihrem vergangenen Leben hervorgerufen hat. Es scheint, als stürze noch jemand sie seit Neustem ins Chaos. Ich weiß nicht, was ich davon halten soll. Ist Hannah in Finn verliebt oder nicht? Spielt sie mit ihm, weil sie seiner Stabilität oder ihren eigenen Gefühlen nicht traut? Nicht, dass sie leichtfertig mit ihm wäre. Ah, non! Aber ich erwische Finn immer öfter mit verwirrtem Blick, wenn sie die Küche verlassen hat. Dann ist sie immer besonders energiegeladen im Restaurant. Aber wenn sie summt, hat Finn dieses entrückte Lächeln im Gesicht.

An Pauls kulinarischer Front passiert auch einiges. Er hat einen Kochwettbewerb unter seinen kleinen Schülern ausgerufen, und das Rezept des Gewinners wird einen Platz in seinem Kochbuch bekommen. Vier Leute werden die Gerichte gewissermaßen blind verkosten, alles Köche unterschiedlicher Unternehmen in der Stadt. Das bedeutet, sie bekommen alle Gerichte nur mit Nummern vorgesetzt, nicht mit den Namen der kleinen Köche. Und sie werden während des gesamten

Wettbewerbs in einem abgetrennten Raum sitzen, sodass sie niemanden favorisieren können, nur weil sie beobachten können, wer was kocht.

Außerdem hat Paul endlich einen Termin zur Bewertung durch einen ReWalk-Spezialisten gemacht, oder wie man das nennt. Anscheinend hat sein Protegé Eddie ihm irgendwie dieses Versprechen abgerungen. Denn weil Paul ziemlich unerbittlich war, dass Eddie sich operieren lassen müsse, dachte sich Eddie, es sei nur fair, dass auch Paul seine Situation verbessern müsse. Obwohl Eddie noch nicht weiß, dass Paul den Vorgang bereits begonnen hat. Dabei blieb es aber nicht. Paul hat auch Tiffany Delaneys Sohn besucht, der ein orthopädischer Chirurg in einer Klinik in Seattle ist. Ich ahne, es ging darum, einen Fundus für Eddies Operation erstellen, da Eddies Eltern nicht gut genug versichert sein und so eine finanzielle Last sicher nicht allein schultern könnten. Ah, des enfants! Sie sind die wahren Opfer der Gesellschaft, egal ob sie verwöhnt oder vernachlässigt, überbeansprucht oder zu wenig ausgebildet werden. Und den armen und kranken unter ihnen geht es am schlechtesten. Ich bin stolz auf Paul, dass er seinem kleinen Freund helfen will.

Was seine eigene Lage angeht … ich gebe zu, dass ich vor dem Tag zittere, an dem sie sagen, ob er sich für das Hilfsmittel eignet oder nicht. Ich sitze auf heißen Kohlen, und ich weiß nicht, wie er so ruhig bleiben kann … Eh bien, ich muss endlich zu Bett gehen. Morgen haben wir den Museum-Jahreslunch, und ich muss dann putzmunter sein. Nicht, dass sie mich für eines ihrer Museumsstücke halten, weil ich so alt und verbraucht aussehe ...

11

Digestif

Ich habe herausgefunden, dass eine Reihe Restaurants in Europa nach einer vollen Mahlzeit einen sogenannten Digestif servieren, ein kleines Glas eines hochalkoholischen Getränks, das angeblich dem Magen hilft. Manche enthalten Kräuter, die vielleicht wirklich bei der Verdauung helfen. Aber ich glaube, der Alkoholgehalt betäubt die Magennerven, sodass sich jegliche Menge Essen, die man vorher zu sich genommen hat, nicht mehr so unangenehm anfühlt.
(Küchennotizen aus Finn Rovers Reisetagebuch)

Véronique und Paul hatten sich im Bürgerzentrum getroffen. Er würde sein Event vorbereiten, während sie ungestört miteinander reden konnten. Er hatte sie gebeten herüberzukommen. Er musste die Dinge ein für alle Mal klären.

Véronique lehnte in einem Türrahmen und sah ihrem Freund zu, wie er mit erstaunlicher Geschicklichkeit in der Mietküche herumfuhr und alle möglichen Küchengeräte an die verschiedenen Arbeitsplätze brachte. Seine kleinen Köche sollten ihre Zeit nicht mit der Suche nach Geräten im morgigen Wettbewerb verschwenden müssen. Sie lächelte sanft. Das war der Paul, den sie kannte und liebte.

Spürte er, dass sie ihn beobachtete? Er sah von seiner Arbeit auf, und seine Augen leuchteten auf. „Véronique!" rief er und ließ alles an einem Platz fallen, um zu ihr zu fahren. „Danke, dass du gekommen bist."

Sie umarmte ihn kurz. „Sollen wir uns dort setzen?" Sie deutete auf einen Tisch in der Nähe. Heute Abend würde der Hausmeister alle Tische entfernen und stattdessen jede Menge Stuhlreihen aufstellen.

Sie setzten sich. Sie schwiegen. Sie fühlten die Anspannung.

Schließlich durchbrach Paul die Stille. „Es ist ein hartes halbes Jahr seit dem Schuss gewesen."

„Ich weiß", erwiderte Véronique leise.

„Nein", sagte Paul. „Ich rede nicht von mir. Ich rede von dir. Du hast mich ertragen, und du musst dich gefragt haben, wohin dein alter Freund verschwunden ist." Er lächelte sie wehmütig an.

Véronique nickte. „Ich habe mich häufig außen vor gefühlt", gab sie zu.

„Ich wollte dir nicht wehtun, Liebes", sagte Paul und griff nach einer ihrer Hände, um sie zu halten. Dann ließ er sie wieder los. „Ich hatte … Ich hatte gedacht, wir beide wären eines Tages zusammen und würden heiraten und vielleicht sogar Kinder haben. Ich hatte mir eine Zukunft mit dir ausgemalt. Und das bin ich nun: ein Krüppel." Véronique wollte etwas sagen, doch er schüttelte den Kopf. „Deshalb wurde ich so gemein. Ich würde vieles nicht mehr tun können. Und es gibt Umstände im Leben eines Querschnittsgelähmten, die es einem gesunden Menschen schwer machen, bei ihm zu bleiben. Besonders für eine gemeinsame Zukunft. Ich hatte furchtbare Angst, dich zu verlieren. Und weil ich nicht die Worte von *dir* hören wollte, die mich verletzen würden, habe ich *dich* verletzt."

Véronique hatte Tränen in den Augen. Sie griff vorsichtig nach ihm und legte ihm eine Hand auf den Arm. „Ich hätte dich nicht verletzt, Paul. Ich wollte dich nicht verlassen. Ich will es immer noch nicht. Weil …" Sie holte tief Luft. „Ich liebe dich, Paul. Ich liebe *dich*. Der Rollstuhl macht für mich keinen Unterschied. Ich will bei dir sein. Ich möchte wie früher mit dir brainstormen. Ich möchte mit dir an den Strand gehen und picknicken. Ich möchte mit dir in die Berge fahren und unsere wundervolle Landschaft erkunden. Ich möchte neben dir kochen und mit dir schreckliche Filme im Fernsehen anschauen. Ich möchte dich im Schlaf schnarchen hören und an deiner Seite aufwachen, dankbar dafür, dass wir beide leben und gemeinsame Träume haben. Ich will mit dir alt werden."

Paul gingen die Augen über. „Du bist so gut, Véronique. Was, wenn ich wieder in eine Depression verfalle?"

„Dann stehen wir es gemeinsam durch, und ich werde dir dabei helfen, sie zu überstehen."

„Vielleicht werde ich nie …" Er errötete.

„Kinder?" Véronique schüttelte ernst den Kopf. „Denk einfach noch nicht daran. Außerdem weiß man erst wirklich, ob man Kinder haben wird, wenn man soweit ist. Warum regst du dich jetzt schon deswegen auf?!"

Paul schluchzte jetzt, aber mit einem breiten, glücklichen Lächeln. „Du meinst also, wir könnten noch einmal von vorne anfangen?"

Véronique erwiderte eine Weile lang seinen sehnsüchtigen Blick. Dann schüttelte sie langsam den Kopf. „Nein, Paul. Denn das würde bedeuten, dass wir erneut durch all die unsicheren ersten Schritte unserer Beziehung hindurch müssten. Und ich weiß nicht, ob ich dafür die Geduld habe. Könnten wir … Könnten wir einfach da wieder anfangen, wo wir aufgehört haben?"

Eine Sekunde später fand sie sich auf dem Schoß ihres Freundes, der sie in der festesten Umarmung hielt, die sie je gefühlt hatte, und wurde von einem langen, zärtlichen Kuss erstickt.

*

„Wusstest du, dass Eddie in Chef Pauls Kochkurs ist?" fragte Mrs. Beale nervös ihren Mann. Sie näherten sich dem Wycliffer Bürgerzentrum zu Fuß, und Mrs. Beale hielt die Einladung zu Pauls Kochwettbewerb in ihrer linken Hand, während sie wiederholt ihr Haar zurechtzupfte.

Mr. Beale, der etwas besser als nordwestlich leger gekleidet war, schüttelte leicht bekümmert den Kopf. „Nein, und wenn ich es gewusst hätte, hätte ich es nicht zugelassen."

„Aber Chef Paul hat gesagt, er sei wirklich begabt", gab Mrs. Beale zu bedenken. „Vielleicht hat er recht, und wir sollten ihm mehr Spielraum lassen, wenn es um seine Interessen geht."

„Interessen in seinem Alter? Er sollte die Schule als Hauptinteresse haben, um es im Leben zu etwas zu bringen. Du willst doch auch nicht, dass er in einem Schnellrestaurant endet, um dort Burger zu wenden, oder?"

„Chef Paul arbeitet sicher in keinem Schnellrestaurant …"

„Nein, aber er hatte Geld und Freunde genug, sein eigenes Unternehmen aufzubauen, wie er es wollte", sagte er, als er vorging, um das Gebäude zu betreten. „Wie du sehr wohl weißt, meine Liebe, können wir nicht die Launen unseres Sohnes sponsern und ihm eines Tages ein Unternehmen hinsetzen, es sei denn, ein großer Geldsegen gleicht aus, was uns die Banken weggenommen haben. Und was Freunde angeht – hat er überhaupt welche?"

Mrs. Beale seufzte. „Fangen wir nicht damit an", sagte sie. „Er könnte so viele haben, wenn er mit ihnen sporteln könnte. Ich wünschte nur, wir könnten uns die Operation leisten, von der er neulich gesprochen hat."

„Nun, Wunschdenken hilft nicht", antwortete Mr. Beale mürrisch. „Er muss lernen, Tatsachen zu akzeptieren. Sein Hinken ist eine von ihnen. Und er könnte immer noch Freundschaften schließen, wenn er sich mehr bemühte."

Sie betraten den Bankettsaal neben der offenen Mietküche, der diesmal mit Stuhlreihen ausgestattet war, damit jeder den Wettbewerbern beim Kochen zusehen konnte. Eddie stand allein in einer Ecke, aber er wirkte nicht unglücklich.

„Er sieht wirklich selbstbewusster aus als sonst, nicht?" flüsterte Mrs. Beale, als sie ihre Sitze am Ende einer Reihe in der Mitte wählten.

In dem Moment, als sie das sagte, bemerkte Eddie, dass seine Eltern anwesend waren, und er sank in sich zusammen. Er war sich offenbar unsicher, ob er auf sie zugehen sollte oder nicht. War es in dem Augenblick höhere Inspiration oder gute Beobachtung, Paul fuhr jedenfalls auf seinen Protegé zu und verwickelte ihn in eine Unterhaltung. Fünf Minuten später hatte sich der Raum mit anderen Eltern und Familien gefüllt, die dem allerersten Kochschul-Wettbewerb Wycliffs beiwohnen würden.

Paul nahm ein Mikrofon von einem Sideboard, tippte leicht daran, um zu sehen, ob es eingeschaltet war, und räusperte sich dann. „Meine Damen und Herren", begann er. „Als ich etwa vier Jahre alt war, wurde mir bewusst, dass Essen nicht nur Essen ist, sondern dass ich Lieblingsgerichte hatte. Und dass meine Lieblingsgerichte nicht notwendigerweise auch die meiner Altersgenossen waren. Ich begann darauf zu achten, warum ich die Tomatensuppe meiner Mutter liebte, aber nicht die der Mutter meines besten Freundes – ich bitte um Verzeihung – und ganz sicher nichts von dem Zeug aus der Dose oder der Packung, wenn man in Eile ist. Ich denke, damals wurde mein kulinarischer

Werdegang festgelegt – durch die Analyse meines eigenen Geschmacks. Ich freue mich, sagen zu können, dass es heute eine Menge Kinder da draußen gibt, die ebenso anspruchsvoll sind, und manche sind geradezu abenteuerlustig – weit mehr als ich damals. Vielleicht weil all diese Fernseh-Kinderkochshows von berühmten Köchen betreut werden. Was auch immer das Geheimnis sein mag – Wycliff hat seine eigene Zahl wirklich explorativer Nachwuchsköche, und heute zeigen wir, was sie in einem Wettbewerb leisten können. Sie alle wissen, was der Preis ist – ein Rezept wird in meinem Kochbuch veröffentlicht werden. Also lassen wir den Spaß beginnen." Er wandte sich den Kindern hinter sich zu, die vor Aufregung summten. „Seid ihr bereit?"

„Ja, Chef!" riefen sie freudig.

„Dann geht an eure Plätze und fangt mit eurem Gericht an. Ihr habt eine Stunde."

Die Kinder eilten an ihre Plätze. Jedes einzelne hatte seinen Mise-en-place im Voraus arrangiert, um zu viel Chaos im begrenzten Raum der Mietküche zu vermeiden. Einige begannen mit jeder Menge Klappern und Krachen, Töpfe und Pfannen auf die ihnen zugewiesenen Herdplatten zu hieven. Andere schütteten glücklich Zutaten in Rührschüsseln. Manche blickten etwas durcheinander, als die Dinge zeitlich enger wurden. Eddie sah aus, als sei er in einer Welt für sich. Mit ruhigen, sicheren Bewegungen hatte er seine Kochutensilien hingestellt, wo er sie brauchte. Sein für gewöhnlich blasses Gesicht war gerötet; seine Augen konzentrierten sich auf seine Aufgaben und ignorierten die hektische Aktivität um ihn herum.

Paul fuhr von Kind zu Kind und fragte, was sie kochen würden. Es war eine breite, internationale Palette an Hauptgerichten, auf die sie sich konzentrierten, und jedes musste vier Portionen abliefern. Es würde Boeuf Stroganoff geben wie auch geschwärzten Lachs auf Risotto mit Miso-Geschmack, gefülltes Schnitzel mit Kartoffelgratin, Enchiladas nach honduranischer Art, indisches Curry, eine Teriyaki-Platte ... Die Kinder hatten sich erstaunliche Aufgaben gestellt, wo sie doch alle einmal einfach mit Rühreiern angefangen hatten.

„Hast du gewusst, dass so etwas in Eddie steckt?" fragte Mrs. Beale ihren Mann überrascht halblaut.

„Ich wünschte, es wäre nicht so", erwiderte er schroff. Eine Dame vor ihm drehte sich um und sah ihn entsetzt an. Er zog es vor, sie zu ignorieren, fuhr aber fort: „Sein Hinken wird einer Karriere im Wege stehen. Also sollte er sich besser auf etwas konzentrieren, das er tun kann."

„Ich wünschte, wir könnten uns eine Operation leisten", seufzte seine Frau. „Es tut mir weh, ihn so eingeschränkt zu sehen. Ich wünschte, wir hätten damals lieber darauf gespart als auf ein Haus."

Mr. Beales eisiger Blick ließ sie verstummen. Sie wusste, dass sie eine Grenze überschritten hatte. Sie wusste, dass er sich im Stillen die Schuld für die Lage gab, in der sich seine Familie nun befand, aber er würde nicht die ganze Verantwortung für die damalige Entscheidung übernehmen. Hätte er gewusst, wo das Ganze enden würde, hätte er natürlich nie so rasch eine riesige Hypothek für ein renovierungsbedürftiges Haus aufgenommen, in das er mehr Geld investiert werden sollte als vorhersehbar. Natürlich hätte er sich zuerst für die Operation seines Sohnes entschieden. Aber seine Frau war der gleichen Meinung gewesen wie er. Irgendwann wäre das Haus abgezahlt, und dann wäre irgendwie Geld angespart, um sich auch Hilfe für Eddie leisten zu können. Nur war die Zeit abgelaufen. Die Hypothek war verfallen. Und es gab kein Erspartes für eine Operation für Eddie. Sie hungerten nicht, aber um nach außen hin einen gewissen Lebensstandard zu halten, mussten sie privat auf manche Dinge verzichten.

Die Luft im zum Auditorium umgewandelten Speisesaal war ein Wirbel an Düften jeglicher Art – säuerlich-süße, erdige, kräuterige und geröstete Aromen mischten sich mit butterigen Dämpfen. Obwohl vermutlich jeder gefrühstückt hatte, lief in den Mündern das Wasser zusammen und begannen Mägen zu knurren. Hätten die Leute die Augen geschlossen, sie hätten nicht erraten, dass diese betörenden Küchendüfte von einer Gruppe Minderjähriger produziert wurden, von denen viele nicht noch nicht einmal Teenager waren.

Schließlich begann der Countdown. Ein Kind begann zu heulen, weil etwas mit deutlichen Brandspuren auf der Unterseite herausgekommen war. Eine Kleine verlor die Fassung und rannte hektisch von einem Ende ihres Arbeitsplatzes zum anderen, nur um das, wonach sie gesucht hatte, direkt da unter ihrer Nase zu finden, wo sie zu Anfang gestanden hatte. Eddie beendete sein Gericht ein paar Minuten vor der Zeit, aber statt Stolz auf seine Leistung zu zeigen, half er dem winzigen Jungen neben sich, dessen Pasta-Gericht hübscher und appetitanregender anzurichten.

„Die Zeit ist um!" verkündete Paul, und alle Kinder traten von ihren Tellern zurück. Sie wirkten zerzaust und begeistert.

„Ich habe Eddie noch nie so glücklich gesehen", flüsterte Mrs. Beale. „Du?"

Mr. Beale grummelte etwas, aber es schien so, als sei endlich auch er beeindruckt. Inzwischen wurden alle Gerichte gefilmt und auf einen Bildschirm projiziert. Es gab eine Menge Applaus, obgleich einige Gerichte weniger appetitlich aussahen als andere. Am Ende wurden alle hinausgetragen in das Zimmer der Jury.

Die kleinen Köche mischten sich unter ihre Familien. Eddie näherte sich vorsichtig seinen Eltern und sah sie beinahe bettelnd an.

„Ich bin stolz auf dich, mein Schatz", sagte Mrs. Beale und lächelte ihn an. „Ich hatte keine Ahnung, wie talentiert du bist."

„Wecke keine zu großen Erwartungen in ihm", grunzte Mr. Beale. „Vielleicht gewinnt er nicht, und dann ist die Enttäuschung groß. Sei besser immer auf das Schlimmste vorbereitet."

Mrs. Beale legte ihre Arme um ihren Jungen und kuschelte ihn an sich. „Nimm ihn nicht zu ernst", flüsterte sie in Eddies Ohr. „Du weißt ja, wie das Leben ihn enttäuscht hat …"

Während die Zeit scheinbar nur schleichend verging, suchte Paul jede einzelne Familiengruppe auf, und es gab viel Gelächter. Die Tränen, die einige junge Köche zuvor vergossen hatten, waren bereits getrocknet. Und eine halbe Stunde später, während der alle angespannte Blicke auf die verschlossene Tür geworfen hatten, hinter der die Gerichte verkostet und diskutiert wurden, erschienen die Juroren endlich mit lächelnden Gesichtern und gingen auf Paul zu. Sie reichten ihm eine Liste und wechselten rasch ein paar Worte, die nicht gehört werden konnten, da Paul sein Mikrofon ausgeschaltet hatte. Alle nahmen Platz. Die kleinen Köche standen wieder hinter ihren Arbeitsplätzen.

Paul lächelte sie an und wandte sich dann an die Gäste. „Ich wette, Sie sind ziemlich überrascht, welches Talent in Ihren Kindern verborgen ist, das soeben zum Vorschein getreten ist. Sie alle haben mit sehr wenig Wissen angefangen, aber sie sind die begeistertsten Schüler, die Sie sich vorstellen können. Wo eine Begabung und die Leidenschaft zu lernen sind, sind die Möglichkeiten unbegrenzt. Es sei denn, sie werden durch jemanden beschränkt, der sie nicht über ihre Begabung und ihre Leidenschaft lernen lassen will." Er hielt inne. Mr. Beale rutschte auf seinem Stuhl herum, und Mrs. Beale errötete leicht. „Heute haben uns diese Kinder gezeigt, was man leisten kann, wenn man große Träume hat. Ihr größter Traum ist sicher nicht ein Rezept in meinem Kochbuch, sondern vielleicht eines Tages ein eigenes Kochbuch. Und Sie können heute alle stolz auf sie sein."

Hier klatschten alle. Dann verkündete Paul, wer die fünf Besten waren. „Und der Gewinner ist Eddie Beale mit seiner köstlichen gebratenen Entenbrust auf einem Bett von Sahnewirsing mit Gnocchi und einer Weißwein-Enten-Jus-Reduktion. Herzlichen Glückwunsch, Eddie – du hast einen Platz im Kochbuch gewonnen!"

Eddie stand nur da mit hängenden Armen, ein verwirrtes Lächeln im Gesicht, und begann plötzlich zu weinen. Er hob nicht die Hände, um sich die Tränen wegzuwischen. Er stand nur da und ließ es ihn überkommen.

„Warum zieht er jetzt eine Show ab und weint?" grummelte sein Vater und starrte geradeaus.

„Liebe Güte!" erwiderte Mrs. Beale und starrte ebenfalls ihren Sohn an. „Du kannst doch nicht so dumm und hartherzig sein, oder? Vielleicht ist er so glücklich, dass er gewonnen hat. Vielleicht ist er unglücklich, dass sein Hinken einer Karriere im Weg steht."

Mr. Beale wandte sich ihr zu und sah sie ernst an. „Nun, vielleicht ist es dann Zeit, dass wir etwas daran ändern, wenn er so leidenschaftlich am Kochen hängt."

„Was hast du gesagt?"

„Es muss einen Weg geben", stellte er ruhig fest, aber seine Stimme zitterte leicht. „Ich lasse mir von niemandem sagen, ich stünde nicht hinter unserem Sohn."

*

Dr. Katkar, Tiffaney Delaney und Tiffanys Sohn, Dr. Ron Delaney, saßen in Dr. Katkars Büro in der Unterstadt von Wycliff und starrten Paul ungläubig an.

„Warte", sagte Tiffany erregt und wedelte mit ihren patschigen Händen auf und ab. „Ich habe, glaube ich, gerade nicht richtig gehört. Könntest du bitte langsam wiederholen, was du gerade gesagt hast? Denn ich denke, dass ich es endlich verstehe, aber ich weiß nicht, ob ich es begreife."

„Deshalb haben Sie mich gebeten mitzukommen, richtig?" fragte Ron, ein wuchtiger Mann, etwa so alt wie Paul, der seiner Mutter ziemlich ähnlichsah. „Ich hatte keine Ahnung von diesem Teil Ihrer Geschichte …"

Paul nickte still. „Okay, dann will ich versuchen, es besser zu erklären. Danke, Dr. Ron, dass Sie deshalb hiergekommen sind. Ich weiß, ich bin eine Riesenenttäuschung für die Mitglieder der Handelskammer und alle anderen, die bislang Geld gespendet haben, um mir mit einem Robotikgerät zu helfen. Aber es gibt jemanden, der eure Hilfe noch weit mehr braucht als ich. Und zwar bald. Dr. Ron kennt die Geschichte schon. Und ihr alle kennt die Beales, denen es seit dem Immobiliencrash, als die Bank ihr Zuhause versteigert hat, nicht besonders gut geht. Das erste Mal, als jemand bemerkt hat, dass es schwer für den kleinen Eddie gewesen sein muss, war, als er Geld dafür annahm, einen Erpresserbrief abzuschicken für diesen … Na, ihr wisst schon."

„Für Prosper Martinovic, der versuchte unsere Zeitung zu erpressen, damit sie keine Artikel mehr über seine illegalen Müllverkippungen recherchieren und veröffentlichen sollte. Ich weiß", sagte Tiffany sanft und faltete ihre Hände im Schoß. „Zehn Dollar. Und Eddie war am Boden zerstört, dass seine Geldnot jemand anders dazu brachte, sich zu outen."

„Nun", sagte ihr Sohn mit leisem Lächeln. „Es war ein offenes Geheimnis, dass Redakteur John Minor schwul ist, oder? Eddie hat also nicht allzu viel Schaden angerichtet."

„Darüber lässt sich streiten", sagte Dr. Katkar ernst. „Es war seine Sache zu entscheiden, ob er sich outen wolle oder nicht, und nichts, wofür man erpresst werden sollte."

„Jedenfalls, was mein Punkt ist – Eddies Eltern können sich eine Operation nicht erlauben, und ich habe Dr. Ron darauf angesprochen, ob es irgendwelche Klinikfonds gibt, die orthopädischen Fällen wie Eddie helfen. Damit er ein normales Leben leben kann. Eine Investition, um weiteren Schaden an seinem Knochenbau zu verhindern." Paul wischte sich die Hände trocken. Komisch, er hatte sonst nie schwitzige Hände, aber er war auch noch nie in der Situation gewesen, jemanden um einen Gefallen zu bitten. Oder in einer, in der er ein kostbares Geschenk weitergab, das speziell für ihn bestimmt war. „Dr. Ron hat gesagt, es gebe vielleicht einen, aber vermutlich nicht genug, um die Kosten der Behandlung *und* der Reha abzudecken. Und ich denke, wir sollten es nicht in eine „Go fund me …"-Spendenaktion verwandeln, denn das könnte Eddies Eltern peinlich sein. Sie versuchen so sehr, den Schein zu wahren."

„Und deshalb dachtest du, du könntest unsere Spenden nicht annehmen, die dich mit einem ReWalk-Gerät ausstatten sollten. Du willst sie, um damit Eddies Operation zu bezahlen", seufzte Tiffany. „Du bist wirklich einzigartig, Paul Sinclair!" Sie sah in verzweifelt an und musste dann gegen ihren Willen lachen. „Liebe Güte, unsere Stadt Wycliff ist bis zum Rand gefüllt mit Wohltätern …"

„Es konnte Schlimmeres geben", lächelte Dr. Katkar weise. „Und hier kommt also mein Part, vermute ich?"

Paul blickte etwas verlegen. „Sie arbeiten zeitweise im Krankenhaus hier, und Sie sind Eddies Hausarzt. Ich dachte, ich müsste Sie einweihen und auch Sie um Unterstützung bitten."

„Warum ist Ihnen denn Eddies Schicksal so wichtig? Offenbar wichtiger als Ihr eigenes?" wollte Dr. Katkar wissen, lehnte sich in seinem Stuhl zurück und musterte das flehende Gesicht des Kochs.

„Man begegnet selten jemandem, der so schüchtern ist, dass er fast unsichtbar ist, so wie Eddie. Aber wenn sie sich dem hingeben können, womit sie begabt sind, fangen sie buchstäblich an zu glänzen." Paul wischte sich erneut die Hände an der Hose ab. „Ich weiß, es mag verfrüht klingen, aber wenn er je wirklich Koch werden will, wird seine Behinderung ihm im Weg sein. Oder ihn dies zumindest nie so ausüben und genießen lassen, wie er es können sollte. Weil er, wie Dr. Ron hier gesagt hat, operabel ist und eine Chance auf vollständige Genesung hat. Es könnte sogar zu noch mehr führen. Er könnte endlich an den Spielen seiner Altersgenossen teilnehmen. Er hätte Freunde auch außerhalb der Kochkurse."

„Während Sie …?"

„Während ich warten kann. Und ich drücke mich nicht." Paul wandte sich an Tiffany. „Ich schätze euer Geschenk unendlich. Und ich werde mein Versprechen an Eddie halten und versuchen, meine Gehhilfe sobald wie möglich zu bekommen. Aber jetzt gerade ist er viel wichtiger als ich. Er ist ein Kind mit unglaublichen Möglichkeiten. Ich *habe* mein Geschäft. Ich komme klar. Und meine Behinderung wird mir ein Leben lang bleiben. Also kann der ReWalk noch ein bisschen warten."

Tiffany runzelte die Stirn. „Die anderen werden das nicht gern hören", wandte sie ein.

„Bitte …", sagte Paul.

„Nun …"

Dr. Ron lehnte sich zu Dr. Katkar hinüber. „Besteht die Möglichkeit, dass ich Eddie drüben im Krankenhaus operiere?"

„Im St. Christopher's?"

„Ja."

„Möglich. Ich glaube nicht, dass vor den Feiertagen sehr viele Operationen angesetzt sind. Warum?"

„Weil es seinen Eltern Zeit und Mühe ersparen würde, ihr Kind in meiner Klinik in Seattle zu besuchen."

Dr. Katkar blickte seinem jüngeren Kollegen prüfend in die Augen. „In Ihnen steckt weit mehr als nur ein Chirurg."

„Einfühlungsvermögen und Mitgefühl", stimmte Tiffany zu.

„Vor allem eine Menge Fragen, die mir jetzt Dr. Katkar beantworten muss", sagte Dr. Ron und stand auf. „Vielleicht können wir das auf unserem Weg zum Krankenhaus besprechen? Ich würde gern sehen, ob wir ein Zeitfenster und einen OP-Saal vor den Feiertagen bekommen können, und ich muss natürlich auch mit Eddies Eltern sprechen. Es könnte ihr diesjähriges Weihnachten verderben, aber es verändert vermutlich Eddies Leben."

*

Trevor Jones saß an seinem Lieblingstisch im „Le Quartier", nippte einen Cappuccino und genoss einen Apfelkuchen à la Mode. Hannah hatte ihm beides serviert, und nun versuchte er, wieder ihren Blick einzufangen. Schließlich kam sie auf den Tisch zu.

„Möchten Sie die Rechnung?" fragte sie skeptisch.

„Ich würde bitte gern mit Barb sprechen."

„Oh, kommen Sie, Trevor. Sie hat so viel zu tun – verstehen Sie denn nicht? Sie hat keine Zeit für Sie."

„Ich würde das lieber von ihr selbst hören", sagte Trevor immer noch freundlich. „Würden Sie sie mir bitte holen? Es dauert nur eine Minute."

Hanna seufzte, zuckte die Achseln und ging zur Küche. Sie steckte nur ihren Kopf hinein, um die Botschaft zu überbringen. Dann ging sie wieder ihrer Arbeit nach.

Einen Moment später kam Barb heraus und marschierte zu Trevor hinüber.

„Hallo, Trevor", sagte sie. „Was gibt's?"

Trevor bückte sich, holte eine kleine Papiertüte unter dem Tisch hervor und überreichte sie ihr.

„Was ist das?"

„Wenn der Prophet nicht zum Berg kommt …"

„Was?"

„Es ist nur ein winziges Zeichen meiner unsterblichen Wertschätzung deiner guten Urteilskraft", scherzte Trevor, und plötzlich fühlte er wieder die alte Leichtigkeit in sich aufsteigen. „So frisch und kühl wie du selbst." Er zwinkerte ihr zu. „Deine Lieblingstorte vom Café Lalague …"

„Du bist extra für mich nach Lakewood gefahren, um mir ein Stück meiner Lieblings-Pfefferminz-Sahnetorte zu holen?"

„Da ist auch ein Päckchen von einer Konditorei in Bellingham drin, die du vielleicht noch nicht hast abchecken können. Echt inspirierend. Hab' dir eine richtig leckere Kokosnuss-Buttercremetorte mitgebracht. Das Geschäft heißt

‚Pure Bliss'. Ich hätte die ganze Torte inhalieren können. Ehrlich!"

Barb stand der Mund offen, dann begann sie zu strahlen. „Trevor Jones, du bist schrecklich! Jetzt erwartest du vermutlich von mir, dass ich doch noch mit dir ausgehe?"

Trevor schüttelte den Kopf. „Weißt du, durch all die Hochzeiten rundum hatte ich tatsächlich gedacht, ich müsse mich um mein Single-Dasein kümmern und es ändern. Aber du hattest recht. Wir bleiben vermutlich besser nur Freunde. Ich dachte mir nur, dass du in dieser extrem geschäftigen Jahreszeit vermutlich nirgendwohin kommst, und deshalb bin ich stattdessen losgefahren. Dafür sind Freunde da. Ohne Bedingungen."

Barb schüttelte den Kopf. „Weißt du, du verdienst wirklich jemand Besonderen, Trevor. Danke!"

Trevor lächelte wehmütig. „Ich hoffe, dieser besondere Jemand weiß das auch und kommt zu mir, bevor ich ein alter, langweiliger Mann bin."

„Wird sie", lächelte Barb. „Wenn du ihr nur die Zeit lässt, die sie braucht."

*

Es war der Sonntag vor Weihnachten, und Hannah hatte sich schick gemacht. Sie hatte einen Lockenstab verwendet und einen glitzernden Schal um ihren Kopf gewunden. Sie trug Lüster-Ohrringe und ein einfaches schwarzes Kleid. Und hohe Absätze, was sie neuerdings als zweite Restaurantmanagerin selten tat. Sie fragte sich, ob sie es nicht ganz aufgeben sollte, da ihre Füße bereits anfingen zu schmerzen.

„Du bist schön, Mommie", sagte Nessa, die bewundernd vor ihr stand.

„Danke, mein Blümchen", sagte Hannah mit einem glücklichen Lächeln und beugte sich zu ihrer Tochter hinunter, um ihr einen Kuss auf die Stirn zu geben.

„Nein!" lachte die kleine Nessa. „Du hast doch schon Lippenstift an." Sie kicherten beide.

„Magst du ein bisschen von meinem Parfum?" fragte Hannah, und Nessa nickte eifrig. Ein frischer, blumiger Duft entwich einer kleinen Glasphiole. „Gut, hm?"

„Toll." Nessa wand sich. „Kann ich aufbleiben, bis du zurückkommst?"

„Darf ich ..." berichtigte Hannah. „Und du kannst es versuchen, aber ich glaube nicht, dass du es schaffen wirst."

„Na, aber wenn ich ‚Frozen' und ‚Prancer' und ‚Arielle' gucken darf, bin ich immer noch auf", rief Nessa aufgeregt.

„Und deine Augen werden dann viereckig sein", neckte Hannah. „Warum lässt du deinen Babysitter nicht vorlesen, bis du einschläfst, statt drei Filme zu sehen. Sind zwei nicht genug?"

Nessa schmollte, sagte dann aber: „Na gut."

„Bist ein liebes Mädchen", lächelte Hannah und umarmte sie. In dem Moment klopfte es an der Tür. „Komme!" rief Hannah und beeilte sich zu öffnen.

Es war Finn. Er überreichte ihr einen kleinen Strauß herrlicher roter Rosen, aufgebunden mit Eukalyptus und Schleierkraut. „Für dich." Hannah schnappte überrascht nach Luft. Ihr hatte noch nie jemand Blumen geschenkt. Vor allem nicht rote Rosen. „Du bist wunderschön." Oder, abgesehen von ihrer kleinen Tochter, Komplimente gemacht. Allerdings war Nessa voreingenommen, oder nicht?

„Komm rein", sagte Hannah. „Lass sie mich ins Wasser stellen."

Ein paar Minuten später erschien ein atemloser Babysitter an der Tür und entschuldigte sich ausgiebig für die Verspätung. „Ein paar Touristen haben vom Auto aus nach dem Weg gefragt und dabei die ganze Main Street blockiert", erklärte sie. Hannah nickte und lächelte. Dann umarmte sie Nessa nochmals, schnappte ihre Handtasche und ging mit Finn.

Er hatte sich für den Abend ein Auto geliehen, und Hannah war recht überrascht. „Aber wir könnten zu Fuß gehen", sage sie. „Es ist nicht sehr weit in die Stadt."

„Ich wollte heute Abend nicht diese Stadt", sagte Finn. „Ich möchte nicht, dass uns die Leute anstarren und Kommentare abgeben. Ich möchte mich mit dir irgendwo besonders fühlen, wo uns keiner kennt." Er hielt ihr die Beifahrertür auf, und sie stieg ein.

„Sich mit mir besonders fühlen ...", sagte Hannah vor sich hin, als sie den Gurt anlegte und er auf den Fahrersitz neben ihr glitt.

Finn startete den Motor. „Bist du bereit?"

„Für welchen Teil davon?" scherzte sie schüchtern.

Er erstickte fast und konzentrierte sich darauf, rückwärts aus dem Wohnkomplex zu fahren. Er entschied sich für die Straße, die aus der Stadt Richtung I-5 führte.

Hannah schwieg eine Weile. Sie beobachtete ihn beim Fahren. Sein Gesicht war ruhig, seine Arme lagen fest aber ruhig auf dem Lenkrad. Schöne Hände. Obwohl natürlich mit den üblichen Narben eines Kochs von Verbrennungen und Schnitten. Zuverlässige Hände. Hände, die nicht von ihrer Arbeit abließen, auch wenn es übel wehtat. Hände, die in der Lage dazu waren, jemandem eine Champagnerflasche über den Schädel zu hauen. Sie erschauerte.

„Kalt?" fragte er.

Hannah schüttelte den Kopf. Ihre Gedanken rasten weiter. Aber er hatte sie auf den Kopf eines gewalttätigen Mannes gehauen. Um sie und Nessa zu verteidigen. Er war hart. Aber er war nicht bösartig. Er wurde nur brutal, wenn er dachte, jemand, an dem ihm lag, werde bedroht. Oder …

„Warum ich?" fragte sie und blickte geradeaus auf die roten Punkte Dutzender Rücklichter vor ihnen.

Finn sah sie von der Seite an und konzentrierte sich dann wieder auf den Verkehr. „Weil du du bist", sagte er.

„Jeder ist er selbst. Irgendwie", sagte Hannah.

„Du bist besonders. Deinethalben mache ich mir Gedanken." Finn sah sie wieder an. „Deinetwegen möchte ich ein besserer Mensch werden."

Hannah schluckte. „Ich weiß nicht, ob ich das wert bin."

„Bist du", insistierte Finn. „Ich möchte für dich und Nessa sorgen."

„Du kennst mich nicht einmal", sagte Hannah. „Ich weiß nicht mal, ob ich schon für eine Beziehung bereit bin."

„Ich glaube, ich kenne dich, Hannah", bestand er. „Deine Geschichte sagt mir eine Menge über dich. Wie du Menschen behandelst, sagt eine Menge über dich. Ich mag deine Stabilität. Ich mag, wie du dich allem, was du tust, von ganzem Herzen hingibst."

Sie fuhren schweigend weiter. Schließlich kam eine Ausfahrt für Steilacoom.

„Ich glaube ich verliebe mich gerade in dich", sagte Finn, als er die Ausfahrt wählte. Hannah antwortete nicht. „Ich … Ich hatte dir gegenüber damit nicht so bald herausplatzen wollen. Naja", lachte er nervös. „Vielleicht hätte ich dir das beim Dessert gesagt." Hannah schwieg. „Habe ich dich jetzt verärgert?"

Hanna schüttelte mit ernster Miene den Kopf. „Ich halte viel von dir, Finn. Aber ich erhalte von deiner Lebensgeschichte gemischte Signale, und ich möchte sichergehen, dass ich nicht wieder einen Fehler mache. Nicht allein meinetwegen. Wegen Nessa. Sie liebt dich, weißt du?"

„Und du?"

„Gib mir ein bisschen Zeit, Finn. Lass uns zu Abend essen, und erzähl mir mehr von dir. Wie du das Leben siehst. Was du dir davon erwartest." Sie legte den Kopf schief und lächelte ihn an. „Sag mir, wie du tickst."

*

Es war Weihnachten. Es war ein stiller Morgen im St. Christopher's Hospital in Wycliff. Die meisten Patienten hatten versucht, für die Feiertage nach Hause zu kommen. Und die, die es nicht geschafft hatten, waren meist bettlägerig. So auch der kleine Patient in Zimmer 12 der Kinderklinik.

Eddie hatte Schmerzen, und er hing immer noch an einem Infusionsschlauch. Aber er lächelte tapfer, da seine Eltern an seinem Bett saßen und ihm Geschenke zum Auspacken gebracht hatten.

„Bald wirst du Sport treiben können, Sohnemann. Wirst schon sehen", sagte Mr. Beale und zauste Eddies Haar.

„Es könnte noch etwas dauern", sagte Mrs. Beale sanft. „Erst einmal musst du verheilen und alles tun, was dir die Physiotherapeuten sagen. Wenn du ihre Anordnungen befolgst, funktioniert das normalerweise recht gut. Weißt du noch, als Thora im Frühsommer ihre Schulter gebrochen und ausgekugelt hat? Nun, man würde nicht glauben wollen, dass ihr das je passiert ist! Und das ist nur wie lang – erst ein halbes Jahr her?"

Eddie nickte. Beider Worte sausten in seinen Ohren. Es war ein ständiges verstecktes Streiten und Ermahnen, an das er sich gewöhnt hatte. Er hatte gelernt, es zu überhören, aber gleichzeitig so zu wirken, als höre er aufmerksam zu. Sein Schneckenhaus war seine Zuflucht. Außer dem Kochen. Und natürlich dem Unterricht von Chef Paul.

Sein Lächeln wurde breiter. Chef Paul. Er steckte hinter so vielem, das neuerdings sein Leben besser machte. Chef Paul war nicht nur der Held der Stadt. Er war Eddies persönlicher Held. Seit einer Weile schon hegte er den Verdacht, dass es nie ein Stipendium für passionierte Kinder gegeben hatte, sondern dass Paul irgendwie davon gehört hatte, wie er sich sehnte, an dem Kochkurs teilzunehmen. Paul hatte ihn wohl gratis aufgenommen. Und jetzt dies!

Natürlich tat es weh. Sie hatten ihn aufschneiden müssen, und später würde ihn eine Narbe daran erinnern. Aber was war schon eine Narbe, wenn das Hinken weg war und ein ganz neues Leben vor ihm lag?! Dr. Ron war so ein netter Arzt gewesen, und er hatte ihm die Operationsschritte erklärt. Er hatte ihm die Schritte sogar an einem Plastikmodel demonstriert, das er von seiner Klinik in Seattle mitgebracht hatte! Und Dr. Katkar hatte versprochen, ihn zu besuchen und während der Aufwachphase aus der Narkose zu begleiten. Aber am besten war gewesen, als sie sich wie große Jungs geknufft hatten, Dr. Ron Delaney und Dr. Ajith Katkar.

„Sollen wir es ihm sagen?" fragte Dr. Ron.

„Sag du's ihm", sagte Dr. Katkar.

„Oh, aber er muss stillschweigen, bis es vorbei ist."

„Die meisten Jungs können keine Geheimnisse für sich behalten. Aber vielleicht kann's Eddie …"

„Klar", sagte Eddie eifrig. „Klar kann ich das. Worum geht es?"

„Nun", sagte Dr. Ron. „Ich habe ein paar Fonds gefunden, die deine Operation bezahlen, und gebe meine Arbeit pro bono dazu."

„Das bedeutet kostenlos", erklärte Dr. Katkar. „Und ich tue das auch."

„Wir werden einen Fond für deine Reha schaffen", lächelte Dr. Ron. „Und das bedeutet, dass der Scheck, den dein Freund für dich hatte verwenden wollen, wieder in voller Höhe an ihn zurückgeht."

Eddie seufzte selig. „Oh wunderbar! Das ist alles zu gut, um wahr zu sein. Wie ein Märchen."

„Nun, manchmal werden Märchen wahr", hatte Dr. Ron gesagt.

Eddies Eltern waren skeptischer gewesen. Mr. Beale war es schwergefallen, das, was er „Almosen" nannte, anzunehmen. Er fühlte sich um seine Rolle als Beschützer seines Sohnes betrogen. Es war, als gebe er eine Schwäche zu. Mrs. Beales Betteln machte es noch schlimmer. Bis Dr. Katkar kalt zu Mr. Beale gesagt hatte: „Wissen Sie, hier geht es allein um die Gesundheit Ihres Sohnes, nicht um Ihr Ego."

Mr. Beale hatte seinen Mund geöffnet und geschlossen wie ein Fisch, aber der scharfe Kommentar hatte ihn ins Mark getroffen. Er hatte nur genickt, seine Hände erhoben und nachgegeben.

Also war Eddie ein paar Tage vor Weihnachten operiert worden, da einer der OP-Säle frei gewesen und für Dr. Ron und sein Team reserviert worden war. Man hatte mit Eddie gescherzt, bevor er in Narkose versetzt worden war, und der Arzt und sein Team hatten einige Stunden lang an seiner Hüfte und seinem Bein operiert. Als alles erledigt war und Eddie, immer noch bewusstlos, in den Aufwachraum gerollt worden war, war Dr. Katkar bereits da. Er hatte sich mit dem Kollegen aus Seattle die Hand geschüttelt. Sie hatten keine Worte gewechselt. Nur ein Lächeln ihrer Augen.

Eddie war in dumpfem Schmerz erwacht. Er hatte ein wenig gestöhnt, aber Dr. Katkar hatte seine Hand irgendwohin an seinen Hals gelegt, und er hatte sich besser gefühlt. Der Tag nach der Operation war langweilig gewesen. Seine Eltern waren nur kurz gekommen.

„Wir müssen noch so viel für Weihnachten tun", hatte seine Mutter erklärt.

Dr. Katkar war um die Abendessenszeit aufgetaucht.

Und Véronique war irgendwann zwischendurch für zehn Minuten vorbeigekommen, um ihm Grüße von Paul zu überbringen, der zu diesem Zeitpunkt zu beschäftigt war, selbst zu kommen. „Das verstehst du doch, oder?" fragte sie besorgt.

Eddie hatte nur genickt, obwohl ihm gerade jetzt ein Besuch von Chef Paul die Welt bedeutet hätte. Aber natürlich war Chef Paul vor Weihnachten mehr als beschäftigt. Und außerdem war er ein Erwachsener – warum sollte er also ein Kind besuchen wollen?

Und jetzt war es Weihnachtsmorgen. Einer der Krankenhaus-Kinderärzte hatte sich als Weihnachtsmann verkleidet und an seine jungen Patienten kleine Päckchen verteilt. Eddies hatte ein paar Postkarten mit aufgedruckten Motiven im derzeit angesagten Zen-Meditationsstil und einige Buntstifte enthalten. Und die Krankenhausküche hatte auf die Frühstückstabletts, die eine Schwester verteilte, Lebkuchen gelegt.

Dann waren seine Eltern gekommen, und schon jetzt stresste ihn das. Ja, er liebte sie. Aber es war schlimm, dass sie sich unterschwellig immer ein Tauziehen zu liefern schienen. Seine Mutter war sanft und liebevoll. Und sein Vater war vermutlich auch auf seine Weise liebevoll. Eddie seufzte, und sein Lächeln verschwand.

„Was ist los, Liebes?" fragte Mrs. Beale. „Hast du Schmerzen?" Sie schüttelte sein Kissen auf, indem sie es hier und da klopfte.

„Nein", murmelte Eddie. „Es ist nur – müssen wir immer jedes Bisschen diskutieren? Können wir nicht einfach abwarten, wie es mir gehen wird? Ich werde auf mich aufpassen. Und ich werde bestimmt mein Bestes tun. Nur, bitte, setzt mich nicht unter Druck …"

„Niemand hat dich unter Druck gesetzt, Sohnemann", sagte Mr. Beale. Dann merkte er, dass ihm kein neues, anderes Thema einfiel, und er ging ans Fenster. „Schade, dass du die schöne Aussicht von hier nicht sehen kannst."

„Sie geht zwar nicht auf den Sund hinaus", sagte Mrs. Beale. „Aber der Krankenhausgarten ist selbst um diese Jahreszeit hübsch."

Sie verstummten.

Ein Klopfen an der Tür unterbrach die Beklemmung. „Herein", rief Eddie.

„Frohe Weihnachten!" Véroniques Blondschopf kam durch den Türspalt. Sie strahlte über ihr hübsches Gesicht. Dann schlüpfte sie herein.

„Dir auch frohe Weihnachten", sagte Eddie und musste einfach zurücklächeln.

Sie hatte die Tür nicht ganz geschlossen und schien sie so festzuhalten. „Tut mir leid, dass ich dir kein Geschenk zum Auspacken mitgebracht habe, Liebes."

„Ist schon okay", nickte Eddie, obwohl er dachte, dass sie es als Erwachsene besser hätte wissen müssen.

„Weil ich mir dachte, dies hier würde dir sogar noch besser gefallen …"

Hier öffnete Véronique die Tür weit und ging hinaus um die Ecke. Eddie reckte den Hals aus seinem Kissen, konnte aber nichts sehen. Stattdessen hörte er ein rhythmisches Surren vom Krankenhausflur, das sich der Tür näherte. Und dann stand da plötzlich Chef Paul, auf Krücken gestützt, seine Beine in Transformer-ähnliche Metallschienen geschnallt. Véronique half ihm von hinten mit ihren Händen auf seinen Hüften.

Eddie schrie vor Freude. „Chef Paul! Wahnsinn! Du hast es getan, du hast es getan!" Oh, wie er sich wünschte, er könnte sich aufsetzen und aus dem Bett rennen, um seinen Helden zu umarmen!

Paul lächelte den blassen, kleinen Jungen an, dem nun die Tränen über das allersonnigste Strahlen schossen und die dicken Brillengläser beschlagen ließen. „Ja, ich hab's getan", sagte Paul still. „Und es fühlt sich großartig an. Ich danke dir."

*

Aus Véroniques Tagebuch:

Ah, les hommes! Welche Frau wird sie je ganz verstehen?!

Die letzte Woche vor Weihnachten war, gelinde gesagt, stressig. Einige Ortsfremde, die es nicht geschafft hatten, in ihrer eigenen Stadt ein Weihnachtsevent zu buchen, glaubten, nur weil dies hier das touristische Wycliff ist, dass wir sie noch in unseren Zeitplan quetschen könnten. Nun, irgendwie haben wir das geschafft. Aber es hat keinen Spaß gemacht.

Auch scheinen die Leute, je näher es auf Weihnachten zugeht, desto miesepetriger zu werden. Warum?! Wenn mit etwas, das so festlich sein sollte, so viel Stress verbunden ist, was machen dann die Leute falsch? Und warum geben sie allen anderen das Gefühl, es sei deren Schuld?! All die Leute, die zum Mittag- oder Abendessen hereinhetzen – sie wollen von Grund auf zubereitete Qualität, aber sie wollen darauf keine Wartezeit verwenden. Sobald sie sich gesetzt haben, möchten sie auch schon ihr Essen vor sich haben und wieder gehen. Weshalb die Eile?! Warum überhaupt ausgehen, wenn es einem keine Freude macht? Finn sagte mir, dass sich in Europa die Gäste alle Zeit der Welt lassen, um ihr Essen zu genießen. Und dass sie es sogar als unhöflich betrachten würden, legte man ihnen die Rechnung ungefragt vor. Offenbar zahlt es sich für die Restaurants auch aus. Warum können wir das hier nicht auch so machen? Ich meine, es würde alles für beide Seiten entspannter machen.

Apropos Finn. Er und Hannah scheinen sich einig zu sein. Es ist noch keine Verlobung, es liegt eine in der Luft. Ich spüre es. Hannah summt und läuft umher wie auf rosa Wolken. Und Finn hat immer häufiger diesen entrückten Blick. Ich frage mich manchmal, wie er sich so überhaupt auf seine Arbeit konzentrieren kann. Aber offensichtlich kann er das. Tatsächlich hat er sich in letzter Zeit ein paar hübsche Gerichte ausgedacht, die unsinnig gut schmecken und die wir nächstes Jahr auf unsere Valentinstag-Sonderkarte setzen werden.

Welch ein verrücktes Jahr liegt jetzt hinter uns! Von unserem Stamm-Team hatten vermutlich nur Christian und Barb ein ruhiges Jahr. Obwohl sie arbeitsmäßig hinter den Kulissen wie verrückt gerudert haben, um dieses Schiff von einem Unternehmen über Wasser zu halten. Hannah und Nessa scheinen sich gut von ihrer schmerzhaften Vergangenheit zu erholen. Finn ist nach seinen Abenteuern in Europa und seinem furchtbaren Kokainmissbrauch wieder clean und bemüht sich sehr, jemand zu werden, auf den man setzen kann, vor allem wegen Hannah und Nessa. Er geht so gut mit dem kleinen Mädchen um. Neulich sah ich tatsächlich, wie sie ihm einen Kuss gab. Und später sagte sie im Mitarbeiterzimmer zu ihrem Plüsch-Elefanten, sie hoffe, die Sonne werde an der Hochzeit ihrer Mommie scheinen und dass Cinderella vermutlich auch an ihrer Sonnenschein gehabt hätte. Und warum Märchen so etwas nie erwähnten? Ich frage mich das übrigens auch.

Die Woche vor Weihnachten brachte auch mir eine riesige Überraschung. Irgendwie bekam Paul den Scheck zurück, den er auf seinen kleinen Freund Eddie hatte verwenden wollen. Manche Menschen sind erstaunlich einfallsreich, wenn sie etwas durchsetzen wollen. Eddie ist also operiert worden, und all das, ohne auch nur einen Cent dafür bezahlen zu müssen. Was für wundervolle Ärzte! Und Paul hatte keine Entschuldigung mehr, nicht hoch nach Seattle zu fahren und hinsichtlich eines ReWalk-Geräts untersucht zu werden. Nicht das er eine gesucht hätte. Er bat mich sogar mitzukommen.

Kurz und gut: Er bekommt jetzt Physiotherapie, damit es ihm damit immer besser geht. Und an Weihnachten zog er das Exoskelett an, wie er es nennt, um den kleinen Eddie im Krankenhaus zu überraschen. „Der ‚bionische Koch', nicht mehr der ‚Koch auf Rädern'", scherzte er. Ich hätte weinen können, als ich sah, welche Freude es dem Jungen bereitete. Und wie sehr das auch Paul berührte. Am Ende heulten wir alle fünf in diesem kleinen Krankenhauszimmer. Und ein paar Schwestern und ein Arzt kamen herein, um zu sehen, was los sei. Natürlich war nichts „los". Und dann kamen ihnen auch die Tränen. Bis wir alle lachen mussten.

Ah, Weihnachten! Wycliff ist die schönste Kleinstadt, die ich mir um diese Jahreszeit vorstellen könnte. Und nun, da es vorbei ist, beginnen die Leute wieder, sich zu entspannen.

Was gibt es sonst noch zu sagen? Es ist eine Stunde vor Mitternacht an Silvester, und eine Flasche Champagner steht im Kühlschrank. Finn hat für uns alle die exquisitesten Hors d'oeuvres zubereitet, um uns dafür zu danken, dass wir ihm den Rücken gedeckt haben, als es mit ihm in freiem Fall bergab ging. Das Bistro ist wieder festlich, nachdem das Geschirr der letzten Gäste abgeräumt und alles wieder geputzt und zurechtgerückt ist. Morgen ist ein freier Tag; also können wir alle feiern. So vieles, was wir beendet haben oder das einfach von selbst aufgehört hat. Mitunter schmerzhaft. Manchmal einfach, indem wir unsere Gewohnheiten aufgegeben haben.

Aber es gibt auch Neuanfänge zu feiern.

Vor einer halben Stunde kam Paul ins Mitarbeiterzimmer und schickte die anderen auf einen Metzgergang. Ich war einfach so glücklich, ihn mit seinen Krücken und dieser Gehhilfe zu sehen, dass mir egal war, was für ein Garn er da für sie spann. Also ging einer nach dem anderen. Als der Letzte die Tür hinter sich geschlossen hatte, ging er zum Tisch und setzte sich. Er legte seine Krücken hin und nahm etwas aus seiner Jackentasche.

Mon Dieu! Ich wusste sofort, worum es ging. Er musste mich nicht fragen oder mir eine Rede halten. Er musste mir nicht einmal die kleine Schachtel öffnen und mir ihren Inhalt zeigen.

Ich habe einfach nur „Ja" gesagt.

Und, oh, der Ring, den er ausgewählt hat, ist wunderschön!

Rezepte

Finns französische Zwiebelsuppe

1 Pfund milde Zwiebeln

50 g Butter

1 TL Zucker

1 TL Mehl

1 l Rinderfond

Salz

Pfeffer

trockener Rotwein (z.B. Burgunder oder Merlot)

1 Scheibe getoastetes Weißbrot pro Schale

1 Scheibe Schweizer Käse pro Schale

Zwiebeln hälften und in Ringe schneiden. Butter in einer großen Pfanne schmelzen, Zwiebeln, Mehl und Zucker hinzufügen. Unter Rühren langsam karamellisieren lassen, bis die Zwiebeln goldbraun sind. Rinderfond in separatem Topf erhitzen. Zwiebeln hinzufügen. Mit Salz, Pfeffer und Rotwein abschmecken. 30 Minuten köcheln lassen. Suppe in Schalen füllen. Jede Schale mit einer Scheibe Toast und einer Scheibe Käse bedecken. Im Ofen überbacken, bis der Käse geschmolzen ist.

Finns griechische Moussaka

3 mittelgroße Russets oder andere mehlig kochende Kartoffeln

Olivenöl

Salz

1 große Aubergine

1 große gelbe Zwiebel

1 Pfund Lamm- oder Rinderhackfleisch

Pfeffer, Paprika

Thymian, Rosmarin, Salbei

1 Knoblauchzehe

2 EL Tomatenpüree

½ Tasse Fleischbrühe

Für den Guss:

½ Tasse Joghurt

3 Eier

Salz

geriebene Muskatnuss

Kartoffeln schälen, würfeln, leicht salzen und kurz in Öl anbraten, herausnehmen und beiseitestellen. Aubergine schälen (Kartoffelschäler funktioniert), würfeln, salzen, kurz in Öl braten, dann zu den Kartoffeln geben. Zwiebel hacken und in Öl zusammen mit dem Fleisch braten, Aubergine und Kartoffeln hinzufügen. Tomatenpüree und ¼ Tasse Brühe hinzufügen, nach Geschmack würzen und zum Kochen bringen. Mischung in eine gut gefettete Auflaufform füllen und mit dem Rest der Brühe bedecken. Mit Alufolie oder Deckel abdecken und 40 Minuten lang bei 200 Grad C backen. Joghurt, Eier, Salz und Muskatnuss mischen und über den Auflauf gießen. Weitere 10 Minuten backen oder so lange, bis der Guss gestockt ist. In der Auflaufform servieren.

Anmerkung: Natürlich wird die echte griechische Moussaka mit Sauce Béchamel bedeckt, aber wir alle wissen, dass Finn etwas anders tickt. Man kann auch Scheibenkartoffeln zwischen die Mischung aus lediglich Aubergine und Zwiebel-Hackfleisch schichten. Ganz nach Lust und Laune!

Finns schwedische Rote Grütze

½ Pfund geputzte Himbeeren

½ Pfund geputzte und geviertelte Erdbeeren

½ Pfund gewaschene, entsteinte Kirschen

2 EL Zucker

Optional: ein paar Tropfen Vanille-Essenz

¼ Tasse Wasser

1 EL Kartoffelstärke

Das Obst in einen Topf mit etwa einer Vierteltasse Wasser geben. Zucker und Vanille-Essenz hinzufügen. Zum Kochen bringen, dann bei niedrigerer Hitze etwa fünf Minuten köcheln lassen. So wenig wie möglich umrühren, da das Obst so ganz wie möglich bleiben soll. Währenddessen in einer Extratasse Kartoffelstärke in etwas kaltem Wasser auflösen. Zu dem heißen Obst hinzufügen. Umrühren, bis alles zu gelieren beginnt. In Dessertschalen füllen und abkühlen lassen, dann einige Stunden kaltstellen. Mit Vanillesoße, Vanillecreme, Schlagsahne oder Vanille-Eiscreme servieren.

Danksagung

Vielen Dank an all meine Leser für die unglaubliche moralische Unterstützung. Besonders denen, die mir zu meinen Wycliff-Romanen auf meiner öffentlichen Facebook-Seite schreiben, und noch mehr jenen, die in Druck- und Online-Medien Rezensionen veröffentlichen.

Kitchen Confidentials von Anthony Bourdain haben mir für die Atmosphäre in einer Restaurantküche Eindrücke vermittelt. Um mehr über die Gefühlswelt Querschnittsgelähmter zu lernen und sie in angemessener Weise einzubringen, habe ich _Staring Back. The Disability Experience from the Inside Out_ von Kenny Fries (Hrsg.) und die ausgesprochen inspirierende Website https://facingdisability.com studiert. Nachdem ich mich gefragt hatte, ob es nicht so etwas wie „bionische Beine" gäbe, stieß ich im Internet auf den Zeitungsartikel _Paraplegic walks tall with bionic backpack_ des The Sydney Morning Herald (1. April 2014). Andy Dolan, Vice President Marketing von ReWalk Robotics, Inc., hat mir die fiktionale Verwendung dieser genialen Technologie gestattet. Mehr Info unter www.rewalk.com.

Danke an das Café Lalague/German Pastry Shop in Lakewood und seinen Inhaber Dominique Lalague für all die wundervollen deutschen Torten- und Konditoreispezialitäten – insbesondere die feine Pfefferminz-Sahnetorte ... Und an „Pure Bliss" in Bellingham – die Kokosnuss-Buttercremetorte ist eine bleibende Erinnerung.

Besonderer Dank geht wie immer an meine Freunde Dieter and Denise Mielimonka für das Redigieren meines Erstentwurfs. Ihr kritischer Außenblick ist unbezahlbar!

Vielen Dank an Roger und Kathy Johansen, die Sock Peddlers LLC in Lakewood, WA, die mir in ihrem gemütlichen Handarbeitsgeschäft wundervolle Lese-Events ermöglicht haben, und an die Donnerstagsstrickrunde: Anne, Bettina, Elona, Judy, Laura, Linda, Loretta, Pattie, Thressa, und Toni. Und an Marianne Bull vom Steilacoom Historical Museum Association, dass sie meine Wycliff-Romane regelmäßig in ihren Museumsladen aufnimmt.

Danke an meine Autoren-Freunde, die mich mit ihren Plänen und Erfolgen inspirieren – ihr wisst, wer ihr alle seid. An Ben Sclair, Herausgeber der The Suburban Times (https://thesubtimes.com/) in Lakewood, WA, der mich seine wundervolle Plattform für meine Kolumnen sowie die Ankündigungen von Neuerscheinungen und Events nutzen lässt.

Danke an meine fantastisch inspirierenden Freunde aus der kulinarischen Welt: Köche, Gastronomen, Lebensmittelhersteller und Foodblogger aus aller Welt, besonders an Pascal Collomb, Katarina Delidimou, Johannes Guggenberger und Linda Feldman Shapiro sowie an all die Profi- und Amateurköche von The Kitchen Cabinet.

Ein Extra-Dank für besonders liebevolle öffentlichkeitswirksame Unterstützung an Karen Lodder Carlson (German Girl in America), Angela Schofield (All Tastes German),

Pamela Lenz Sommer (The German Radio) und Dorothy Wilhelm (Swimming Upstream).

Danke an meine Familie und Freunde in Europa, den USA und in aller Welt – eure Unterstützung bedeutet mir unglaublich viel!

Vor allem aber danke ich meinem Mann Donald, der für mich einen neuen Lebensabschnitt markiert hat, meine schriftstellerische Arbeit in allen Aspekten unterstützt, und für den ich meine deutsche Staatsbürgerschaft aufgegeben habe. Ohne dich … gäbe es nichts von all dem und gewiss kein Wycliff.

Susanne Bacon wurde in Stuttgart, Deutschland, geboren, hat einen Doppelmagister in Literaturwissenschaft und Linguistik und arbeitet seit über 20 Jahren als Schriftstellerin, Journalistin und Kolumnistin. Sie lebt mit ihrem Mann in der Region South Puget Sound im US-Bundesstaat Washington. Sie können mit ihr Kontakt aufnehmen über

www.facebook.com/susannebaconauthor.

„*Wo ein Wille ist*" ist Susanne Bacons vierter Wycliff Roman.

Made in the USA
Columbia, SC
24 October 2020